Nina Krone wohnt im letzten unsanierten Mietshaus der Gegend, klar, dass man hier noch mit Kohle heizt. Und keiner der Nachbarn ist unter 50 Jahre alt … Ihre Nachbarin Frau Scholz trägt ihr Leiden an der Welt demonstrativ vor sich her, besonders beim Kohleschleppen. Eines Tages kann Nina es nicht mehr ertragen und beginnt, der alten Dame jeden Tag einen Eimer Kohle vor die Tür zu stellen. Doch auch Nina hat ihr Päckchen zu tragen: Ihre Arbeit frustriert sie, ihr Chef wird immer seltsamer, sie steckt in einer Sinnkrise. Zu allem Überfluss konfrontiert ihr Sohn Rafi sie mit der Nachricht, dass er und sein Freund zusammen mit einem lesbischen Pärchen ein Kind bekommen möchten. Ihre Tochter Ella wiederum wirkt so diszipliniert und nur auf ihr berufliches Fortkommen fixiert, geradezu unheimlich …

Ein wunderbarer, witziger Roman über eine Freundschaft zwischen den Generationen und eine Familie, die aus den Fugen gerät.

Sarah Schmidt wurde 1965 in Dinslaken am Niederrhein geboren und zog 1976 mit der Familie nach Westberlin. Seit 1981 lebt sie in Kreuzberg und arbeitet seit 1994 als Autorin. Von 1995 an gehört sie als Stammmitglied zum »Frühschoppen«, der ersten Lesebühne Deutschlands. 2003 erhielt sie das Autorenstipendium des Rowohlt-Ledig-Houses, New York. Sie veröffentlicht regelmäßig Texte in Anthologien und Zeitschriften. 2006 hatte ihr Theaterstück über Billie Holiday »Strange Fruit« Premiere. Im Verbrecher Verlag erschienen der Roman »Dann machen wir's uns eben selber« (2004) und die Erzählbände »Bad Dates« (2007) und »Bitte nicht freundlich« (2010).
Siehe auch: www.sarah-schmidt.de

Sarah Schmidt

Eine Tonne für Frau Scholz

VERBRECHER VERLAG

Erste Auflage
Verbrecher Verlag Berlin 2014
www.verbrecherei.de

Lektorat: Kristina Wengorz
Grafik: Katharina Greve
Satz: Christian Walter
Druck und Bindung: CPI Clausen & Bosse, Leck

ISBN 978-3-943167-78-8

Printed in Germany

Der Verlag dankt Stefanie Gimmerthal.

GERÜCHTEN ZUFOLGE ist der Besitzer des Hauses, in dem wir wohnen, ein älterer Herr, der in einer anderen Stadt lebt. Genaueres weiß niemand und darum hoffen wir, dass er uns einfach vergessen hat, vielleicht ist er auch dement, das wäre herrlich. Das Haus steht wie ein mürbe gewordener Fels zwischen anderen mit frisch gestrichenen Fassaden und ausgebauten Dachgeschoss-Eigentumswohnungen. Es ist schon lange keine Schönheit mehr, die Hausverwaltung bleibt untätig, überall platzt der Putz ab, das Erdgeschoss ist feucht, an den Wänden blühen Schimmelblasen, die Keller riechen muffig, und wir heizen noch mit unseren Kachelöfen.

Das ist in der Stadt so selten geworden, dass die vergangenen drei Kohlenlieferungen von Journalisten begleitet wurden, zuerst kamen servile Japaner, dann schweigsame Schweden, in diesem Jahr agile Italiener. Sie schreiben für Magazine in aller Welt Reportagen, die mit pittoresken Fotos bebildert sind. Die Journalisten bestaunten uns, als wären wir vom Aussterben bedrohte Tiere. Mit einer Mischung aus Bewunderung und Mitleid schauten sie in den Hinterhof, der hässlich, eng und lichtlos ist. Zwei Kastanien, die sich gegenseitig stützen, sechs Mülltonnen, ein Fahrradständer, eine Teppichklopfstange und an der Brandmauer hängt ein altes Schild, auf dem »Das Spielen auf dem Hof ist verboten!« zu lesen ist. Es fehlen nur dreckige Kinder in Schürzen und mit nackten Füßen, die einen Leierkastenmann mit einem Äffchen oder einen Scherenschleifer mit Kaiser-Wilhelm-Schnauzbart umringen, um das nostalgische Bild zu komplettieren.

Nur wohnen hier keine Kinder. Hier lebt stattdessen die Kriegsgeneration, obwohl unsere Nachbarn, wenn man es nachrechnet, allenfalls in der Hitlerjugend gewesen sein können; sie wirken wie Überbleibsel einer fernen Welt, in der Trümmerfrauen und Russlandheimkehrer das Stadtbild dominierten. Zwei Frauen tragen immer Kittel, die eine ist in der Wohnung, in der sie heute noch lebt, geboren. Unvorstellbar. Ihre Ehemänner schlüpfen nur im Winter in Kittel. Manchmal denke ich, die vier werden vom Fremdenverkehrsamt bezahlt, diese längst vergessene Tracht vorzuführen, doch zu uns verirren sich keine Touristen, die das goutieren könnten. Beide Paare wirken so alt, dass ich nicht schätzen kann, ob sie siebzig oder neunzig sind. Ich bin sicher, dass sie in ihren Wohnungen so gut wie keinen Müll haben. Alles kann noch für irgendetwas benutzt werden und so wird aus einer löchrigen Unterhose ein Lappen, erst für die Küchenflächen, danach fürs Klo, dann für den Fußboden, und wenn sie sogar dazu nicht mehr taugt, legt man sie im Winter zwischen die Doppelfenster zu den anderen aussortierten Fetzen, damit der Ostwind nicht so in die Stube hinein pfeift.

Wir grüßen uns unverbindlich freundlich, manchmal führen wir ein kleines Gespräch, über ein Ärgernis: das Treppenhaus wurde diese Woche nicht geputzt, oder die Müllabfuhr hat die Tonnen auf dem Gehweg stehen lassen, statt sie in den Hof zu bringen. Und warum stand der Krankenwagen gestern vor der Tür? Um einen der Alten abzuholen. Doch die kommen stets nach einigen Tagen zurück, dann erkundigt man sich, und es war das Herz oder der Kreislauf oder das offene Bein, und dann tragen sie für einige

Zeit eine Sauerstoffpatrone auf dem Arm oder humpeln auf Krücken und haben ein blaues Auge. Nach kurzer Zeit vergessen sie, was passiert war und alles ist wie zuvor.

Auch Frau Scholz wohnt im Haus, in der Wohnung unter unserer. Sie ist im gleichen Alter wie die Veteranen, sie trägt kurz geschnittene graue Haare, in ihrem ausrasierten Nacken stauchen sich zwei Speckfalten, und sie riecht ein bisschen, aber nicht nach Urin, eher nach Mittagessen von gestern. In der Regel bemüht sie sich, mich zu übersehen, nicht mal das allgemein übliche kurze Lächeln bringt ihr altes Gesicht zustande. Meist trägt sie einen Eimer, im Sommer mit Müll, im Winter entweder mit Asche oder Briketts gefüllt. Sie schleppt an allem gleich schwer, und ihr Rücken ist gebeugt, egal, ob der Eimer gefüllt oder leer ist. Auf jedem Absatz verschnauft sie und nimmt die nächsten zwölf Stufen erst in Augenschein und dann in Angriff. Zwei-, dreimal hatte ich ihr Hilfe angeboten, jedes Mal hatte sie mürrisch den Kopf geschüttelt. Dann eben nicht.

Alles an ihr ist eine Anklage. Ihr Aussehen, ihr Geruch, ihr Gang, ihr Gesichtsausdruck. Eine Anklage gegen das Leben an sich. Anstatt laut darauf zu schimpfen, hat sie sich für die weibliche Klageform entschieden, den stillen giftigen Vorwurf. Den finde ich noch unerträglicher. »Ach, es geht schon«, scheint sie ständig zu sagen, obwohl sie »Nein, gar nichts geht, alles ist grässlich ungerecht«, meint. Sie fällt einem sofort auf die Nerven.

»Hallo, Frau Scholz.«

»Ja.«

»Ist wieder ganz schön kalt, was!«

» – «

Okay, das war eine dämliche Feststellung, aber nicht dämlicher als alles andere, was im Hausflur gesprochen wurde: Das Wetter ist toll oder schlimm, der Regen war lange überfällig oder soll endlich aufhören, was ist das nur für ein Sommer, die Blumen haben dieses Jahr Blattläuse, und das Eis auf dem Gehweg wird nicht mehr weggemacht, wie gefährlich ist das, und die Kastanien sind schon im Mai voll von Miniermotten, und ich muss dann mal weiter, morgen kommt der Schornsteinfeger, und die Tomaten auf dem Balkon sind dieses Jahr besonders blühfreudig. Na dann, auf Wiedersehen, bitte schließen Sie den Keller ab, man hört doch so viel von Einbrechern. Ja, ja, selber.

Der erste Raureif in diesem Jahr hatte sich über Nacht auf die Dächer gelegt. Ich saß auf meinem Stuhl am Schreibtisch, obwohl ich nichts zu schreiben hatte, ich saß dort einfach gerne. Ich legte die Beine auf die kühle Tischplatte, sah, wie die bleiche Sonne die Kälte von den Schindeln zu vertreiben versuchte, und beobachtete meinen Mann, der mit einer Biene kämpfte. Er lehnte sich mit aller Kraft gegen die Balkontür, um einer werdenden Bienenkönigin, die für ihren Staat ein Winterquartier in dem kleinen Spalt zwischen den Holztüren suchte und die immer wütender wieder und wieder an die Scheibe flog, den Eintritt zu verwehren. Ich hörte den Aufprall ihres Körpers auf dem Glas und sah, wie Fritz sich jedes Mal fester von innen dagegen stemmte, als wäre die Biene ein ernst zu nehmender Angreifer, fast gleich stark. So lächerlich und absurd es einem Fremden erscheinen könnte, wie sich ein Mann in seinen späten Vierzigern einer kleinen Biene entgegenstellte: Es war immerhin nicht irgendeine Tür, die er da verteidigte, es war unsere gemeinsame Tür, in unserer gemeinsamen Wohnung, dem Mittelpunkt unseres gemeinsamen Lebens. Ich blickte auf, Fritz rüttelte noch ein letztes Mal an der Tür, die Biene war weitergeflogen, und Fritz verschwand zufrieden summend in die Küche, wo er die Spülmaschine ausräumte.

Erst lachte ich über ihn, dann wurde ich von großer Zärtlichkeit und Dankbarkeit ergriffen. Mann hält Tür zu. Ist es das, was übrig bleibt, nach einer langen Zeit des Zusammenlebens?

Fritz und ich sind acht Jahre verheiratet, seit zwölf Jahren wohnen wir zusammen. Warum wir geheiratet haben, weiß ich nicht genau, es lag nicht an den Steuern, dazu verdienten wir zu wenig, es war nicht wegen der Romantik, ich hatte nie von einer Märchenhochzeit geträumt, auch als Kind nicht. Vielleicht, weil man in unserem Alter sonst nicht so oft feiert und eine Hochzeit ein guter Anlass dafür war. Es gab keinen Antrag, kein Niederknien, keine Rosen, kein Überraschungsabendessen, das in solchen Fällen immer ein Dinner ist, ein Candle-Light-Dinner, keinen Ring, der in der Schokoladen-Mousse versteckt war, keine mit Freunden heimlich einstudierte Tanz-Choreografie, wie ich sie mir manchmal auf YouTube ansehe. Das alles wäre ein Grund zum Neinsagen gewesen. Ich kann mich nicht einmal an den Moment erinnern, in dem wir uns dazu entschieden hatten. Als die Heirat beschlossen war, hatte ich darüber nachgedacht, meinen Nachnamen zu ändern, aber der von Fritz ist auch nicht schöner, origineller oder erhaltenswerter als meiner, und mir fiel keine Situation ein, in der ein gemeinsamer Name von Vorteil wäre, außer eine Szene im Krieg: Er säße schon in einem UNO-Flüchtlingslager und ich müsste vor den Toren um Einlass betteln. Ein solch überraschender Krieg kam mir aber unwahrscheinlich vor, und wenn, dann würde mir schon etwas anderes einfallen, ich könnte lügen, Geld oder Sex anbieten, um zu ihm zu kommen. So sind wir halt einfach verheiratet, meine Kinder und ich tragen den einen Namen, Fritz den anderen.

Ich habe den Eindruck, als würde ich Fritz nicht besonders gut kennen. Immer sehe ich nur mich in seinen Augen, und vielleicht geht es ihm genauso, er kann es nur besser verbergen. Natürlich weiß ich um seine Gewohnheiten, seine Vorlieben, also etwa, dass er sich morgens immer einen Toast mit Nutella schmiert, den er aber nur zur Hälfte isst, welche Geräusche er vor dem Einschlafen von sich gibt, dass er seinen linken Socken zuerst anzieht, aber ich gebe mir zu wenig Mühe, daraus seine Persönlichkeit zusammenzusetzen, ich liebe ihn einfach so. Mir genügen die kleinen Einzelteile, die ich sehe. Wenn wir uns streiten, fasst er in einem Rundumschlag meinen Charakter zusammen, will mir erklären, warum ich so und nicht anders argumentieren kann, dass er mich durchschaut und versteht, sich aber trotzdem darüber ärgert. Ich finde mich in diesen Analysen wieder und bleibe erstaunt über seine Fähigkeit, die einzelnen Aspekte zu einem Ganzen zu verbinden. Ich könnte das nicht, zum Glück stellt er mir auch niemals idiotische Fragen wie: Was liebst du an mir besonders? Was kannst du nicht leiden? Ich mache das. Manchmal frage ich ihn sogar, was er gerade denkt, und er antwortet mir ernsthaft. Das reicht, um ihn zu lieben, alles andere ist ein Geschenk. Etwa, dass er mich zum Lachen bringen kann, und wie er mit den Kindern umgeht, und dass er Bücher liest, viel gnadenloser als ich, er kann nach dreißig, vierzig Seiten aufhören, wenn ihm etwas nicht gefällt, ich muss jedes Buch zu Ende lesen, immer bekommt es noch eine Chance und noch eine, vielleicht ist das alles Absicht, eine Finte des Autors, und wenn ich erst über die Mitte eines Buches hinaus bin, dann wird mich die Idee vom Hocker hauen. Fritz liegt fast immer richtig mit seinem rigorosen Beiseiteschieben.

Er hat einen schönen Körper, obwohl er Sport verabscheut, und wenn er nackt ist, stößt mich nichts ab. Die Hüften sind weicher, der Rücken haariger als früher, doch er passt noch ziemlich gut in diesen Körper hinein.

Wir sind in der Stadt geboren, das ist immer ein Pluspunkt. »Oh, ein Eingeborener, so etwas gibt es doch gar nicht«, sagen die Leute dann, nachdem sie sich zuvor vergewissert haben, dass wir sie richtig verstanden hatten. »Wo kommst du her?«, fragen sie, und wenn man es sagt, wird nachgefragt: »Ich meine, wo bist du geboren?« Von allen. Immer.

Wir sind eher Intellektuelle als Angestellte, haben in den Achtzigerjahren Häuser besetzt oder Besetzer unterstützt, waren gegen Thatcher und Kohl und für Punkrock, wir lesen, gehen ins Theater und früher zu Konzerten von Madonna, Björk und den Fugees, wir sind Feministen und -Innen, wir haben mit ziemlich vielen Menschen geschlafen, sind in den Neunzigern in Clubs tanzen gegangen; die Zeit ist uns zu spießig und brand eins zu doof, wir wohnen zwischen Schwulen, Vegetariern, spanischen Hippies und Schauspielern, wir glauben nicht an die Rentenversicherung und wissen, dass in den kommenden Jahren alles zusammenbrechen wird, der Kapitalismus, der Sozialstaat, die Weltwirtschaft, der Euro, und wenn wir alt sind, werden wir zahnlos auf der Straße sitzen, weil es bald keine Krankenversicherung mehr gibt, die wir bezahlen können, und die Zustände in verlotterten Altersheimen um 2010 herum werden nur noch paradiesische Vergangenheit sein.

Darum macht mich alles so wütend. Weil wir trotzdem so klein geworden sind. Es ist mir unerträglich, genau wie mein Lamentieren darüber. Ich drehe mich im Kreis, weil ich alles weiß, davon wird es kein bisschen besser, aber ich kann nicht anders, als ständig zu überlegen, was eigentlich falsch gelaufen ist. Ist überhaupt irgendetwas falsch gelaufen?

Ziemlich viele Abende verbringen wir einfach vor dem Fernseher. Was nicht schlimm ist, wir kennen alles, was draußen los ist, und sind müde davon. Sorgen macht mir die Zufriedenheit, mit der ich auch nach dem dritten oder sechsten Abend, den wir zu Hause verbracht haben, ins Bett gehe, anstatt nervös zu werden, unruhig, nörgelig. Sich in der Nacht zu verlieren, ist so unwichtig geworden, furchtbar. Weil man zu viele Arten von Ekstase kennt und – was ich früher niemals geglaubt hätte – sich jeder Rausch abnutzt und schal wird, weil die Drogen nicht mehr wirken. Als Fritz und ich das letzte Mal gekokst haben, sind wir eine Stunde später schlafen gegangen. Schlafen! Das Kokain war nicht schuld daran, wir waren es, in denen nichts mehr drin ist, was aufgeputscht werden könnte.

Eine echte, gute Droge für Leute über vierzig, die müsste gefunden werden. Eine, die mich rücksichtslos überrennt, die Spaß macht und die Menschen nicht wie Crystal Meth oder Tilidin in gefühllose Hardcore-Zombies verwandelt. Damals, das Ecstasy, das hat uns noch mal fünf, sechs Jahre geschenkt, in denen wir uns hingeben konnten: der Musik, den wunderbaren, liebenswerten Menschen um uns herum, die man alle umarmen wollte, oder den Farben der Ampeln. Hast du schon mal ein schöneres Grün gesehen? Und das Rot, schau mal, toll, oder?

Vorbei. Heute feiert der eine Teil unserer Bekannten bald silberne Hochzeit oder, wenn sie nicht verheiratet sind, den 20. Jahrestag, der andere Teil hat es nicht geschafft oder gewollt, Beziehungen zu führen, die länger als drei, vier Jahre dauern. Sowohl in der einen als auch der anderen Gruppe sind nur wenige übrig geblieben, die nicht neurotisch oder langweilig sind.

Die Paare bestätigen alles, was gegen das Zusammenwohnen spricht. Ihre Wohnungen sind furchtbar, ihre Kleidung kann ich nur ablehnen, und dieses Eingerichtetsein im eigenen Leben finde ich abstoßend. Bei den Beziehungslosen sind die Frauen in der Überzahl. Frauen über vierzig, die nicht mit einem anderen Menschen zusammenleben müssen, sind schwer zu ertragen. Ihre Verzweiflung lässt sie schlecht riechen. Dass die meisten sich tatsächlich mit Zumba oder Esoterik im weitesten Sinne beschäftigen, also mit Engeln, Feen, Katzenpsychologie, Sternenkonstellationen und Buddhismus, lässt mich an ihrem Verstand zweifeln. Die vereinsamten Männer sind nicht besser, wir kennen nur weniger, weil die direkt auf den ersten Blick zu fett, zu schmierig, zu dumm wirken. Zwischen diesen Polen leben die Schwulen – bei denen sind auch die Älteren akzeptabel –, ein paar Frauen mit Humor und wir. Nicht einsam, nicht zufrieden, zu verheiratet für die einen und zu arrogant für die anderen.

Meine Eltern gaben sich am Ende jeden Tages drei Küsse. Nie zwei oder vier oder überhaupt keinen, nein, immer drei. Küss, Küss, Küss. Immer auf den Mund. Schmatz, Schmatz, Schmatz. Und gute Nacht, meine Liebe. Egal, was den Tag über passiert war, Streit oder Vorwürfe, egal, ob sie gefeiert hatten, den Kaufvertrag für ein Haus unterschrieben, ein neues Kind geboren wurde, egal, womit die vergangenen vierundzwanzig Stunden gefüllt waren, jeder einzelne Tag wurde mit drei Küssen weggewischt und vergessen. Der nächste war ein neuer Tag, und auch diesen machten sie abends mit Küssen ungeschehen. Einmal oder viele Male – das weiß ich nicht mehr genau, weil sich meine Erinnerungen vermischen mit Fantasien, wie alles auch hätte sein können, mit Erzählungen und mit Fotos aus alten Alben, mit gelesenen Büchern und den Geschichten anderer Familien, so lange, bis ich nicht mehr unterscheiden kann, was meines ist und was nicht – offenbarte mir meine Mutter, diese dumme Küsserei sei das alleinige Geheimnis eines glücklichen Zusammenlebens. Man müsse abends ohne Groll schlafen gehen, gleichgültig, wie der Tag verlaufen war, das wäre im Großen und Ganzen schon alles, was es zur Ehe zu sagen gebe. Höchstens noch, dass der Mann wichtiger ist als die Kinder, die kommen und gehen, nur der Mann bleibt. Wenn alles gut geht. Alles andere könne man nicht beeinflussen, das müsse man geschehen lassen, und fertig ist das Leben.

Ich küsse meinen Mann nicht. Jedenfalls nicht nach Plan. Mal schlafen wir küssend ein, manchmal vergessen wir es, mal sind wir zu müde oder zu wütend aufeinander. Eine kleine Unplanbarkeit in meinem Leben, die mich von meiner Mutter unterscheidet, obwohl das egal ist, sie liegt seit fünf Jahren auf dem Friedhof und ist, genau wie mein Vater, nur noch tot. Vielleicht hätte ich auf sie hören sollen: Küssen ist Glück, so einfach kann alles sein. Ich wünschte, meine Mutter wäre vielschichtiger gewesen, komplizierter und undurchschaubarer, ich versuche, ihr im Nachhinein Tiefe zu verleihen, es gelingt mir nicht. Früher oder später komme ich darauf, dass alles, was ich in sie hineininterpretiere, falsch ist, und übrig bleibt eine ziemlich einfältige Person, deren außergewöhnlichster Charakterzug darin bestand, ihren Mann sehr viel mehr zu lieben als ihre Kinder.

Das Erste, was ich nach dem Aufwachen sah, war der alte zerfledderte Teddy, der auf meinem Nachttisch sitzt. Es ist kein besonderer Teddy, und normalerweise nahm ich ihn überhaupt nicht mehr wahr, so wie man nichts von dem sieht, was immer am gleichen Ort steht. So könnte ich, würde ich gefragt werden, auch kaum beschreiben, was auf den Bildern, die in der Wohnung hängen, zu sehen ist. Das ständig Vorhandene verschwindet in eine Zwischenwelt. Doch an diesem Morgen sah ich den Bären. Genau genommen war er nicht mal mein eigener, sondern der meiner großen Schwester Nanette. Sie hatte ihn mir zu meinem dreißigsten Geburtstag mitgebracht. Ich war damals sehr gerührt von diesem Geschenk, es war, als hätte sie dadurch die Konkurrenz, die seit unserer Kindheit immer zwischen uns stand, nun, da wir beide längst erwachsen waren, aufgegeben. Ab jetzt ist es egal, wer die Ältere und wer die Jüngere ist, wir sind Schwestern, die sich mögen, alles andere ist Vergangenheit und der Teddy ein Friedensangebot, das ich angenommen habe.

Mein eigener Kinder-Bär ist seit Jahren verschwunden. Er war ein Siebzigerjahre-Kunstfaserteddy, hellblau und weiß und leicht entflammbar, aus dem Versandhauskatalog.

Meine Mutter hatte sich eines Nachmittags neben mich gesetzt, den ganz neuen und schweren Katalog auf den Tisch gelegt, die Seiten mit den Puppen und Teddys aufgeschlagen und gefragt, welchen ich mir wünsche. Ich zeigte auf einen Steiff-Bären, einen flauschigen mit bravem Bärengesicht, der wurde abgelehnt. Auch die Barbie, die ich viel lieber haben wollte, und auch die Puppe mit den goldenen Polyesterhaaren und Klappaugen, die Pipi machen konnte, gefielen ihr nicht. Dann blieb nicht mehr viel übrig, sie zeigte mit ihren schönen Fingern auf den blau-weißen: »Der ist hübsch.«

Na gut. Mir war es egal, ich bewunderte ihre Hände, die neben meinen lagen, blaue Flüsse schlängelten sich unter ihren glatten Handrücken entlang, die Haut darüber war durchscheinend und gespannt, die Fingernägel kurz geschnitten. Mit meinem Zeigefinger verfolgte ich die mäandernden Flüsse, sie teilten sich, verliefen in immer zarter werdenden Linien, ich drückte leicht, um einen Stausee zu bilden, und staunte, wie schnell er wieder verschwand, sobald ich losließ. »Solche Hände will ich später auch haben«, sagte ich. Sie stand auf, wischte die Hände an ihrem Rock ab und meinte, das solle ich mir lieber nicht wünschen, ihre Hände seien hässlich.

Sobald der neue Katalog im Haus war, gehörte der alte mir. Ich wühlte mich durch die sechshundert Seiten auf der Suche nach meinem zukünftigen Leben als Erwachsene. Würde ich auch solche Kleider tragen oder diesen Schmuck oder solche Unterwäsche, und was war nur dieser dunkle Fleck, den man unter den weißen oder fleischfarbenen Unterhosen der Katalogfrauen nicht richtig sehen, doch mehr als ahnen konnte? Konnte man das nicht mal genauer fotografieren? Unter meinem Bauch fand ich nichts Dunkles.

Ich schnitt aus, was ich mir gefiel, und klebte meine Zukunft auf DIN-A4-Blätter, die ich in einem Ordner sammelte: Diese Couch und diese Schrankwand, in deren offenen Fächern goldverzierte Vasen und Elefanten aus Porzellan und hohe Kerzenständer standen, in meinem Schrank hingen glitzernde Kleider neben weißen Kostümen und meinen Kindern würde ich natürlich die Pipi-Puppe und die Barbie kaufen, die würden sich nicht entscheiden müssen.

Mit vierzehn oder fünfzehn verbrannte ich die Hefter gemeinsam mit meinem Teddy, Glanzbildern und dem Grundschul-Poesiealbum. Es erschien alles so albern.

Der Teddy von Nanette ist mit Holzwolle ausgestopft, eine Pfote von einem längst gestorbenen Hund zerkaut, und seine Fußsohlen sind mit alten blau-weiß gestreiften Stoffresten geflickt.

Als ich an diesem Morgen den verblichenen Stoff sah, begann ich zu weinen. Ich weinte nicht oft. Ich sah meine Mutter, die diesen Stoff auf die Teddyfüße genäht hatte, der Fernseher war nebenbei gelaufen, es war ihre letzte Arbeit an diesem Tag gewesen, bevor es wieder hieß: Kuss, Kuss, Kuss. Ich weinte, weil das alles war, was von ihrem Leben übrig war, außer Erinnerungen, alles, was ich noch anfassen konnte, was greifbar existierte – ein paar Nadelstiche über alter Holzwolle. Und wenn ich sterben würde, hätten Rafi und Ella zu diesem Stoffbären keinerlei Verbindung, sie interessierten sich nicht für ihre Familiengeschichte, zumindest fragten sie mich nie etwas, und so wussten sie nichts darüber und würden ihn wegschmeißen oder an eine Kirche verschenken, zusammen mit den anderen Kisten voller Kram ihrer Mutter, und dann wäre von meiner Mutter gar nichts mehr auf der Welt. Das brachte mich zum Weinen. Es gibt nicht viel, das unangenehmer ist, als einen

Tag mit Tränen zu beginnen. Vielleicht, jeden Abend mit drei Küssen zu beenden.

Seit meine Mutter tot ist und die Kinder erwachsen sind, wird nicht mehr so viel an mir herumgenörgelt, das habe ich selbst übernommen. Ich schimpfe häufig mit mir, und, um mich davon abzulenken, ärgere ich mich über das Verhalten von anderen. In unserem Haus habe ich dazu viele Gelegenheiten. Jedes Mal, bevor ich die Wohnungstür öffnen kann, drücke ich mein Ohr an das Holz, um zu hören, ob jemand im Hausflur ist. Wenn ich Stimmen höre, warte ich so lange, bis sie verstummen. Das ist bescheuert, sage ich mir dabei, unwürdig, wenn ich wie ein neugieriges altes Weib Gespräche belausche, ich sollte einfach losgehen, allen einen schönen Tag wünschen und an ihnen vorbeilaufen.

Kann ich aber nicht, denn die meisten Unterhaltungen, die ich belausche, möchte ich nicht unkommentiert lassen. So wird der Briefträger mehrmals pro Woche abgefangen, obwohl doch wirklich jeder weiß, unter welchem Zeitdruck die stehen. Wir haben keine Briefkästen, sondern Schlitze in den Türen, durch die er die Post schiebt, und ich glaube, dass Briefträger unser Haus schon deswegen fürchten. Mehrere Nachbarn warten nur darauf, das entsprechende Geräusch zu hören, um die Tür aufzureißen und zu nörgeln.

»Bitte knicken Sie die Briefe nicht.«

»Aber anders passen sie nicht durch den Schlitz.«

»Dann legen Sie sie doch auf die Fußmatte.«

»Das darf ich nicht.«

»Ach so, stimmt, das haben Sie letzte Woche ja schon gesagt. Ist doch ein Ding, dass wir immer noch keine Briefkästen haben. Wir bitten die Hausverwaltung schon seit Jahren darum, aber nichts passiert.«

Schweigen und Füßescharren des Briefträgers.

»Ist wieder ganz schön kalt geworden«, sagen die Nachbarn im Winter zu ihm und im Sommer: »Ist wieder ganz schön heiß.« Im Winter sagen sie noch: »Na, dann ziehen Sie sich mal warm an, mein Mann hat im U-Bahnfernsehen gesehen, dass es heute Nacht minus 14 Grad werden sollen.« Und so weiter und so weiter, bis der Postler sich endlich traut, »Ich muss weiter« zu sagen.

Ist er weg, wird mit anderen darüber getratscht, dass die Post immer später kommt, dass aber sie selbst es sind, die mit ihrem überflüssigen Gequatsche zur Verspätung beitragen, darauf kommt niemand von ihnen.

Vor ein paar Tagen stand ich wie üblich lauschend an der Tür, ich war auf dem Weg zur Arbeit, und hörte fassungslos zu, wie eine Nachbarin dem Mann von der Hausreinigung etwas über ihre bröckelnden Backenzähne erzählte. Ich warte immer darauf, dass eines der Opfer mal sagt: »Das interessiert mich nicht. Halten Sie den Mund, machen Sie die Tür zu, bringen Sie sich um, aber seien Sie gefälligst still dabei.« Macht aber nie einer. Und das bringt mich wiederum zu dem Gedanken, ob eventuell beide Seiten diese Art der Unterhaltung genießen und ich die Doofe bin, die einfach nicht zu normaler Interaktion mit Menschen fähig ist und stattdessen hinter der Tür so lange lauscht, bis kein Mensch mehr zu hören ist.

Aus dieser Überlegung heraus beschloss ich, etwas zu ändern. Jede große Veränderung beginnt mit dem ersten Schritt, dieser Kalenderspruch schoss durch meinen Kopf. Nur: Was sollte ich anders machen? Ich würde den Nachbarn nicht sagen, was ich von ihnen denke, das macht man vielleicht mit zwanzig. Obwohl die Vorstellung in den Flur zu stürmen und laut »Können Sie endlich mal die Fresse halten, man kann doch nicht über Jahre ständig über das Wetter und Krankheiten reden« zu schreien, mir durchaus verlockend erschien, aber dazu war ich viel zu vernünftig. Es würde nichts ändern, nur wäre es danach für mich noch komplizierter, die Wohnung zu verlassen.

Dann fiel mir Frau Scholz ein. Frau Scholz, die sich wenig am Hausgeplapper beteiligte, die nicht jeden zweiten Satz mit »Und mein Mann sagt immer ...«, begann und die mich trotzdem mit ihrem vorwurfsvollen Stillsein und ihrer ablehnenden Haltung furchtbar nervte. Ich würde ihr, so sah mein kaum durchdachter Beschluss aus, ab sofort das Kohlentragen abnehmen. Der würde ich es zeigen. Oder so. Mir egal, ob das von ihr erwünscht war oder nicht.

Ich fing sogleich an und stellte nun jedes Mal, wenn ich in unseren Keller ging, einen meiner Eimer, gefüllt mit Briketts, vor ihre Wohnungstür. Am Morgen stand er leer im Hof neben den Mülltonnen. Ich nahm ihn, füllte ihn mit Kohlen und stieg die Treppe hoch, aber am vierten Tag riss Frau Scholz, als ich auf ihrem Treppenabsatz angekommen war, unvermittelt ihre Tür auf und blaffte mich an.

»Sie müssen das nicht machen. Ich kann das alleine.«

»Ich weiß«, sagte ich, setzte den vollen Eimer ab, lief weiter und fand mich dabei ziemlich lässig.

Beim Abendessen erzählte ich Fritz davon.

»Warum bringst du ausgerechnet der Kohlen? Die ist doch echt schlimm, die Olle.«

»Weil sie mir auf die Nerven geht, mit ihrem zur Schau getragenen schweren Leben. Weil ich ein guter Mensch sein will. Ach, echt keine Ahnung, ich will es einfach.«

Am darauffolgenden Morgen fand ich keinen Eimer im Hof. Stattdessen stand Frau Scholz im Keller. Ihre alte Strickjacke war fest um den Körper gezogen, ihre Hände unter den Achseln versteckt.

Sie muss schon eine ganze Weile hier gestanden haben, denn ich kam eine gute halbe Stunde später als gewöhnlich nach unten.

»Ich hab' auf Sie gewartet. Was soll das mit den Briketts?«, fragte sie mit vorwurfsvoller Stimme.

»Nichts. Sie brauchen sich nicht zu bedanken.«

»Hatte ich auch nicht vor. Wenn Sie unbedingt Kohlen tragen wollen, wenn Sie das glücklich macht, dann bitte sehr.«

Jetzt schwang ein generöser Ton mit, und ich versuchte, mit leiser Ironie zu kontern:

»Da bin ich aber froh, dass Sie mir das erlauben.«

»Sie nehmen dann aber gefälligst meine eigenen. Ihre Großzügigkeit habe ich nicht nötig. Ich will nichts geschenkt bekommen.« Sie hielt mir einen Schlüssel hin. »Hier, die Nummer Sieben.« Sie wies auf einen der Keller.

»Einverstanden, dann also ab sofort Ihre Briketts.« Ich nahm den Schlüssel, schaute zu dem Holzverschlag.

»Na, nun schließen Sie mal auf.« Sie stand mit verschränkten Armen neben mir, um anzudeuten, dass die Umsetzung kaum ohne ihr Zutun gelingen könnte. Zumindest nicht in meinem Fall. Ich steckte den Schlüssel in das Vorhängeschloss und musste feststellen, dass sie recht hatte. Ich bekam das Schloss nicht auf.

»Sie müssen den Schlüssel erst halb rumdrehen, und dann einen schnellen Ruck, nur so funktioniert es.«

»Ihr Schloss ist total verrostet.«

»Na und, ist doch meine Sache.«

»Ja, natürlich.«

»Und schnüffeln Sie hier nicht in meinen Kartons.«

»Nee, Frau Scholz, mache ich nicht.«

Ich ging in den halbdunklen Kellerraum, packte einen Eimer voll, ging in unseren Verschlag und füllte den zweiten. »Wollen wir?«, fragte ich sie, die unschlüssig im Gang stand und mir zusah.

»Ich will erst mal meinen Schlüssel zurück bekommen. Ich leg' ihn am besten unter meinen Fußabtreter«, sagte sie.

»Oder Sie geben ihn mir. Fände ich praktischer. Unter der Fußmatte kann er auch von der Putzfirma gefunden werden, beim Wischen.«

»Ich gebe Ihnen doch nicht einfach meinen Schlüssel. Was glauben Sie, wer Sie sind. Ich kenne Sie doch überhaupt nicht.«

»Frau Scholz, ich bin Ihre Nachbarin. Aber es ist auch egal, dann legen Sie ihn eben unter die Matte.«

»Sag' ich ja. Und nun gehen Sie, ich habe hier noch zu tun.«

»Gut, dann bis zum nächsten Mal.«

»Ja.«

Als Fritz zu uns zog, Ella war damals vierzehn und Rafi elf Jahre alt, freuten sich beide, doch noch ein paar Jahre lang eine echte Familie sein zu können, Vater, Mutter, Tochter, Sohn. Endlich jemanden zu haben, den sie Papa nennen dürfen. Es war ihre Idee, sie fragten ihn, ganz offiziell und aufregend naiv, ob es ihn stören würde, und wirkten dabei wie Kleinkinder, dabei waren sie schon Teenager. Fritz sah mich an, ich zuckte mit den Schultern, warum nicht, und dann stimmte er zu. In den ersten Wochen fühlten wir alle uns fremd mit diesem großen Wort, doch schnell wurde es alltäglich und war nichts mehr, worüber wir nachdachten. Ihr richtiger Vater besteht darauf, von den Kindern mit seinem Vornamen angesprochen zu werden. Er ist nicht besonders wichtig in unserem Leben. Es gab keinen Streit um die Sorge für die Kinder, als wir uns ein paar Monate nach Rafis Geburt trennten. Ich hatte die Kinder und wechselnde Freunde, erst mit Fritz änderte sich das.

Ella ist mir im Laufe der Jahre durch das Leben, das sie führt, fremd geworden. Groß und schön ist sie, seit der Pubertät immer ein wenig zu mager, nicht essgestört dünn, obwohl sie, weil es damals in ihrer Klasse Mode war, ein paar Mal versucht hat, ihr Essen auszukotzen, aber heute wirkt sie nicht zerbrechlich, eher drahtig.

Ihr Atem riecht immer nach frischer Pfefferminze. Geruch oder Geruchlosigkeit spielen eine außerordentlich wichtige Rolle bei ihr. Als sie mit fünfzehn auf dem Höhepunkt der Pubertät war und mich täglich für meine Existenz beschimpfte, weil sie alles an mir widerlich und peinlich fand, war ihr gemeinster Vorwurf, wenn ihr nichts anderes mehr einfiel: »Du stinkst!« Volltreffer. Sofort hatte ich das Gefühl, sie hätte recht, sah und roch mich kurz aus ihrer Perspektive und wurde in meine eigene Pubertät versetzt, erinnerte mich an das unangenehme Gefühl, wenn Jungs sagten: »Oh, es riecht nach Fisch«, sobald Mädchen den Raum betraten. Stimmt das? Bin ich das?

Ich schickte Ella dann auf ihr Zimmer, zum Nachdenken, etwas Besseres fiel mir nicht ein. Und im nächsten, unbeobachteten Moment schnüffelte ich an meinen Achseln und beugte mich zu meinem Schritt. Ich roch nicht, zumindest stank ich nicht, mein Fehler war nur, dass ich nicht wie sie täglich mit Achsel- und Intimdeo, mit starkem Parfüm, duftendem Shampoo, vanillesüßer Gesichtscreme und kokoslastiger Hautlotion hantierte. Sie konnte mich einfach nicht riechen – sich selbst natürlich auch nicht. Geblieben ist ihre panische Angst vor Mundgeruch.

Ella arbeitet, seit sie sechzehn ist. Während des Abiturs machte sie ein Praktikum im ARD-Hauptstadtstudio, danach bewarb sie sich für einen der wenigen Plätze im vierjährigen Studiengang Kamera an der Hochschule für Film und Fernsehen Konrad Wolf in Potsdam und wurde im ersten Anlauf genommen. Das hatte niemand erwartet. In den Wochen zwischen Bewerbung und Zusage bereiteten wir sie auf eine Absage vor, versuchten, ihr weiszumachen, dass die vielleicht sogar ein Vorteil sein könnte; wir bemühten uns, andere Perspektiven zu eröffnen, ein freiwilliges soziales Jahr, vielleicht im Ausland, Erfahrungen sammeln oder auch einfach mal einen Sommer nichts tun, chillen, nachdenken, das würde ihr gut tun. Ella wollte von all dem nichts wissen, sie versteifte sich so darauf, angenommen werden zu müssen, dass wir von Tag zu Tag mehr Angst vor dem entscheidenden Brief bekamen. Als er endlich eintraf, wurde mir schlecht, Ella blieb überzeugt von einer Zusage, ganz ruhig war sie, als sie den Briefumschlag öffnete und die Bestätigung in den Händen hielt. »Hab' ich doch gewusst.« Keine Überraschung, kein Jauchzen oder Schreien, keine Freudentränen, aber als wir am Abend den Erfolg feierten, trank sie so viel, dass ich später ihren Kopf halten musste, während sie sich über der Kloschüssel übergab.

Ihre erste Kamera bekam sie von Fritz geschenkt, und wir haben noch ihre Aufnahmen von damals, die »Weihnachtsdokumentation '97«, in der sie unser Abendessen so aufgenommen hat, dass es keinen Zweifel daran gibt, wie widerlich sie alles fand.

»Rafi, setz dich auf den Stuhl und nimm alle deine Geschenke in den Arm.«

Ein Bild für den weihnachtlichen Konsumwahn, das nur durch Rafis Strahlen ein bisschen gestört wurde.

Der Rest des Films besteht aus zusammengeschnittenen Szenen, in denen sie das Dahinsiechen der Weihnachtstanne zeigt. Am zweiten Januar stand sie früh am Morgen vor allen anderen auf, nahm die Kugeln, Kerzen und das Lametta ab und hängte stattdessen Müll in die Zweige. Leere Zigarettenschachteln, zerknüllte Zeitungen, einen halb gegessenen und dann vergessenen Apfel, aus dem Abfall gefischte Joghurtbecher. Das war nur der Anfang. Danach standen wir fast jeden Morgen vor einem neu geschmückten Baum, mal hingen Tampons drin, die sie vorher in rote Farbe getaucht hatte, mal aus Zeitschriften ausgeschnittene Bilder von Kriegstoten aus aller Welt, einmal hatte sie Kondome gekauft und mit Mehlpampe gefüllt. Bis Ende Januar musste der Baum im Wohnzimmer stehen bleiben, erst dann galt er für Ella als Baumleiche.

Sie nahm alles auf – wie sie sich schminkte, wie ich morgens nach dem Aufstehen aussah, wie Fritz in der Badewanne liegend seine Fußnägel schnitt und wie sie Rafi dazu brachte, einen Tobsuchtsanfall zu bekommen, indem sie seine mühsam aufgebaute Matchbox-Autobahn kaputt trat. Nachdem sie die gewünschte Aufnahme hatte, setzte sie sich zu ihm, tröstete ihn und baute die Bahn stundenlang wieder zusammen.

Denn meistens war Ella die Beschützerin von Rafi. Sie hatte diese Rolle von ihrer Oma übernommen. Meine Mutter hat ihr früher Geschichten erzählt, abenteuerliche Geschichten über meinen Onkel, ihren kleinen Bruder Klaus, und Ella saß mit großen staunenden Augen und offenem Mund neben ihr, wenn sie hörte, wie meine Mutter Klaus vor den brutalen Eltern beschützte, wie sie ihn aus den brennenden Ruinen von Danzig befreite und kurz darauf vor dem Erschießen durch »den Russen« gerettet hatte. Nur seinen tödlichen Unfall mit der Straßenbahn konnte sie nicht verhindern und fühlte sich lebenslang dafür verantwortlich.

Ella spielte seitdem gerne die bessere Mutter, die meine angeblich viel zu unaufmerksame Erziehung von Rafi ausgleichen wollte. Sie führte als Jugendliche pädagogische Streitgespräche mit mir, versuchte, mich überzeugen, dass ich mich mehr um den Kleinen kümmern müsste, horchte mich, wenn ich von Elternabenden nach Hause kam, aus, erinnerte mich an seine Termine beim Kinderarzt und überprüfte, ob ich die Geburtstage von Rafi gebührend vorbereitete. Das war unnötig, ich war Rafi keine schlechtere Mutter als ihr, aber sie gefiel sich in der Rolle und sah sich jedes Mal, wenn ich in ihren Augen versagte, weil ich vergessen hatte ihm ein neues Schulheft zu kaufen oder seine Sportsachen nicht gewaschen waren, bestätigt: Ohne sie würde unsere Familie im Chaos versinken.

Meine Mutter wiederum war der Meinung, Ella sei die Gefährdete in unserer Familie, viel zu freizügig sei meine Erziehung. Meine Mutter und meine Tochter waren, wenn auch aus unterschiedlichen Perspektiven, beide überzeugt, dass ich so ziemlich alles falsch machte.

Für Ellas Abschlussfilm an der Uni bekam sie eine Auszeichnung. Aber das erfolgreiche Studium und dessen Exklusivität verschafften ihr danach keinen einzigen gut bezahlten oder auch nur sicheren Job.

Mittlerweile ist sie sechsundzwanzig, und seit über einem Jahr als Mädchen für alles, oder, wie sie es nennt: »Assistentin der Geschäftsleitung«, in einer Filmproduktionsfirma, die keinerlei Relevanz besitzt, beschäftigt. Ich sehe keinen Unterschied zu ihren vorherigen Praktikumsstellen, der Lohn ist lächerlich, ihr Arbeitspensum enorm. Sie nimmt alles furchtbar ernst, ist gradlinig und diszipliniert. Warum lässt sie sich nicht entmutigen, und wieso kommt sie eigentlich nie auf die Idee, dass es nicht an ihr, sondern an der Branchenphilosophie liegt, wenn sie, nach einer weiteren erfolgreichen Projektbetreuung, nicht aufsteigt, wie es ihr in Aussicht gestellt worden war, sondern genau auf der untergeordneten Position sitzen bleibt, die sie auch zuvor innegehabt hatte?

Die Firma kalkuliert mit jungen, sehr gut ausgebildeten Frauen, die an Aufstieg glauben. Sind sie nach einigen Jahren ausgebrannt, stehen andere motivierte Einsteigerinnen Schlange, die ihre Stelle übernehmen wollen. Die beiden, natürlich männlichen Geschäftsführer sind smart genug, Ella jedes Mal erneut Hoffnung zu machen und daran gut zu verdienen. Sie wird nicht müde, immer und immer wieder beginnt sie von vorn, überzeugt, dass sie diesmal alles richtig machen würde und es keine andere Möglichkeit gäbe, als irgendwann Erfolg zu haben.

Wäre nur sie so strebsam, würde ich mir ziemliche Sorgen machen. Doch fast alle von Ellas Freundinnen sehen blendend aus, sind eloquent, treten selbstsicher auf und verfolgen einen Plan. Sie haben eine imaginäre wirtschaftliche Herausforderung angenommen und stellen kaum etwas infrage. Flexibel sind sie, jederzeit zum Firmen- oder Ortswechsel bereit, Selbstoptimierung ist für sie selbstverständlich, und sie warten nur darauf, dass die alten Männer in den gut dotierten Jobs endlich sterben. Man bekommt schnell ein bisschen Angst vor dem inneren Stechschritt, mit dem sie ihr Leben zu meistern glauben. Da muss doch geradezu etwas passieren. Diese Frauen, die jetzt Mitte, Ende zwanzig sind und auf denen, wenn ich alles richtig verstanden habe, was ich im Wirtschaftsteil der Magazine gelesen habe, die zukünftige Verantwortung für unsere ganze Gesellschaft lastet, werden mit vierzig kollektiv zusammenbrechen. Noch gute zehn Jahre, und dann müssen sie einfach ex- oder implodieren.

Wenn Ella aus ihrem Alltag erzählt, kann ich nur mühsam folgen. Sie trifft sich mit Freundinnen zum Brunch oder auf einen »After-Work-Drink«, sie geht, um sich zu belohnen, zur Maniküre und lässt sich ihre Fingernägel modellieren, und sie mag den Graf von Unheilig, einen Mittvierziger, der mit großen vaterländischen Gesten singt, während in der Kulisse um ihn herum Fahnen im Wind wehen und Fackeln fackeln. Ella hat mir zum letzten Muttertag eine CD von ihm geschenkt, weil er ein Lied über seine Mutter singt. Das fand sie passend. Fehlte nur noch eine Großpackung

Merci, dachte ich damals und bedankte mich trotzdem bei dieser jungen Frau, die meine Tochter ist. Die eigentlich wissen müsste, dass ich eher Rammstein mag, wenn es schon um Pathos und mächtige Gesten geht. Vielleicht war es auch einfach eine Spitze von ihr, die ich nicht richtig verstanden habe. Ironie ist nicht Ellas Stärke.

Es ist selten geworden, dass sie, eine Flasche Crémant in der einen Hand und eine Platte voller Tapas aus dem KaDeWe in der anderen, überraschend vor der Tür steht. »Ich hab den Nachmittag frei«, sagt sie dann, und ich freue mich sehr. Fühlbare Nähe zwischen uns entsteht erst, wenn wir beide das dritte Glas ausgetrunken haben. Dann erinnere ich mich an die frühere Ella und wünsche mir, dass sie wieder klein wäre, unvernünftiger, weniger Ziele hätte und sich nicht ständig so pragmatisch geben würde. Dass sie wieder, wie als Teenagerin, Frisuren der jungen Gloria von Thurn und Taxis ausprobieren würde und knallgrünen Glitzerlidschatten auftrüge, statt der so erwachsenen Brauntöne und der dezenten Frisur, die sie jetzt trägt. Mir fällt dann auch wieder ein, was für eine fantastische große Schwester Ella ist.

Als sie und Rafi noch klein waren, schleppte sie ihren Bruder überall mit hin, sie spielte stundenlang Autoquartett mit ihm, und als sie alt genug war, um abends auszugehen, nahm sie ihn manchmal mit und gab mit ihm an. Er sah älter aus, als er war, und wahrscheinlich hatte er einen gefälschten Schülerausweis. Noch mit dreizehn Jahren tapste er manchmal schlaftrunken aus seinem Zimmer, die Bettdecke hinter sich herziehend, um den Rest der Nacht neben Ella zu schlafen. Morgens fand ich meine Kinder aneinander gekuschelt, Beine, die quer übereinander lagen, Ella schlief immer wie eine angstlose Prinzessin, mit ausgebreiteten Armen auf dem Rücken, Rafi auf der Seite liegend, wie ein kleiner Igel zur Kugel zusammengerollt, das Gesicht Ella zugewandt. Es roch morgens so gut in dem Kinderzimmer, süßlich und nach Kinderschlaf. Erst wenn dieser Duft langsam verschwand, öffnete ich das Fenster, um Morgenluft hereinzulassen.

Ich mag Rafi und Ella, ich mag sie sehr, ich bin nicht gefühlskalt, aber diese große, unbändige Liebe, die ich empfand, als sie Babys, Schulkinder und Jugendliche waren, die ist einer gewissen Gleichgültigkeit gewichen, seit sie erwachsen sind und nicht mehr zu Hause wohnen. Ich könnte sagen: Ich habe meine Kinder losgelassen, sie leben schon seit einigen Jahren ihr eigenes Leben, und ich mische mich nicht zu sehr ein, lasse sie in Ruhe.

Kann ich aber nicht, denn es geht um etwas anderes. Wenn eines meiner Kinder sterben würde, wäre es selbstverständlich furchtbar, aber der Schmerz, den ich empfände, wenn Fritz stirbt, wird gewaltiger, zerstörender sein. Viel gewaltiger, viel zerstörender.

Da bin ich mir sicher, denn ständig sehe ich Filme vor meinem inneren Auge, in denen die Kinder oder Fritz sterben. Besonders niveauvoll sind meine Filme nicht, sie haben keinen französischen Esprit, orientieren sich nicht am expressionistischen Stil, nein, ich bin eine billige Vorabend-Soap-Regisseurin und da existiert nur die Holzhammerszene: Von einer Sekunde auf die andere wird das ganze Leben verändert. »Als nichts mehr war wie zuvor« lautet der Titel meiner schnell produzierten Serie.

Mal ein übersehenes Auto, ein Gerüst, von dem sich eine Eisenstange löst, oder ein Gehirnschlag, dann ein Schnitt, ein Zeitsprung, nächste Szene: mein Schmerz, meine Einsamkeit, mein Zusammenbruch, mein leeres Leben, in dem ich nur noch warme Hülle für kaltes Inneres bin, und bei dieser Vorstellung läuft mir als Zuschauerin ein schönschlimmer Grusel über die Haut.

Wenn Rafi und Ella mitspielen, ist eine andere Sequenz dabei. Früher oder später denkt die Frau im Film: Zumindest hatten sie etwas von ihrem Leben. Gott sei Dank sind sie nicht schon als Kinder gestorben. Dadurch ist es nicht mehr so arg, und ich komme darüber hinweg, ja, es macht mich … interessanter. Weil der Verlust eine schicksalsschöne Herbheit in mein Gesicht bringen wird.

Bei Fritz ist es anders, denn auf den kann ich, im Gegensatz zu den Kindern, nicht verzichten. Ich wache manchmal nachts auf, weil er tot zu sein scheint. Er atmet so leise im Schlaf, ich liege dann ganz still und halte die Luft an, um etwas zu hören, aber da ist nichts. Die Bettdecke bewegt sich nicht. Ich springe schreiend aus dem Bett, kurz darauf ist der Notarzt da, kann nichts mehr tun, jemand ruft jemand anderen an, damit ich nicht alleine in der grell erleuchteten Wohnung bleibe, in den kommenden Tagen wechseln sich Schwester und Kinder, Freundinnen und entferntere Verwandte dabei ab, mich zu beaufsichtigen, aber alles ist vorbei. Es gibt keine Schönheit im Alleinsein. Ich traue mich nicht, den kalten Körper neben mir zu berühren, sobald ich ihn anfasse, wird alles Gewissheit und nie wieder verschwinden. Noch kann ich es mir nur ausmalen, aber mit einem leichten Kuss wird aus Fantasie Realität, eine Wirklichkeit, die alles Vorstellbare in den Schatten stellt. Ich will aber auch nicht weiterhin neben einem Toten liegen, spätestens in der Morgendämmerung werde ich ihn sowieso sehen, möglich, dass jetzt noch ein Rest Leben in ihm ist, ich muss ihm helfen, der Arzt wird später sagen, der Mann hätte, bei früherem Einschreiten, vermutlich überlebt. Dann Reha, ein Arm bleibt steif, na und, es ist nur der linke, er schätzt das Leben seitdem etwas mehr, ich auch. Ich strecke die Hand aus, ich weiß, wie sich der Tod anfühlt, ganz schnell verschwindet die Wärme unter der Haut, ich werde ihn trotzdem reanimieren, dreizehnmal auf die Brust drücken, Nase zuhalten und kräftig in seinen Mund pusten. Oder fünfzehnmal pressen? Das wird egal sein, auch Rippen werden wahrscheinlich gebrochen werden, doch die wachsen wieder zusammen, aber ich muss endlich anfangen. Sofort!

Er bewegt sich, ich kann ihn nun anfassen, er ist warm und dreht sich, durch meine Berührung gestört, auf die andere Seite.

Ich habe ein schlechtes Gewissen, weil ich Fritz mehr als die Kinder liebe, obwohl er nicht einmal der Vater von Ella und Rafi ist und obwohl man die Kinder über alles lieben sollte, nicht den Mann. So heißt es doch immer. Aber ich bin die Tochter meiner Mutter.

Bei Rafi fällt es mir leichter als bei Ella, ihn gern zu haben. Er ist zwar ziemlich schlaff, aber ungeheuer sympathisch, sozial kompetent, ohne Pläne, ohne Ehrgeiz, jedoch nicht unzufrieden, mehr so, als wüssten er und seine Freunde, die ähnlich ticken, genau, dass in ihrer Generation die Frauen die Welt lenken werden. Die Jungs wissen nicht genau, wo ihr Platz sein könnte, sie studieren halbherzig Geschichtswissenschaften oder Sinologie und schwimmen wie betörend träge Fische im fahlen Mondlicht durch ihr Leben und schauen den Mädchen bei der Karriereplanung zu.

Mit fünfzehn Jahren hat er uns eröffnet, dass er schwul ist. Ella wusste es wohl schon länger, sie saß dabei, als Rafi mich und Fritz in die Küche bat. Er müsse uns etwas Wichtiges erzählen, sagte er. Sofort schossen damals alle möglichen Varianten von »etwas Wichtigem« durch meinen Kopf: unerwünschte Schwangerschaft, Schulabbruch, eine heimliche Autofahrt inklusive Unfall, beim Klauen erwischt ... Und dann sagte er es, nachdem sich alle vier um den Küchentisch herum gesetzt hatten, er räusperte sich kurz: »Mama, Papa, ich bin schwul. Wahrscheinlich für immer.«

Erleichterung. Und keine große Überraschung.

»Fein!«, sagte ich. »Dann haben wir ja eines gemeinsam: Wir können beide nicht so gut mit Frauen.«

Es sollte ein Scherz sein, um die Spannung zu lösen, es ihm leichter zu machen, aber das ging nach hinten los, Rafi schaute beleidigt und rollte mit den Augen, nichts sagte der Mann, den beide »Papa« nennen, obwohl er nicht ihr Vater ist.

»Entschuldigung, das war ein ganz blöder Witz, ich habe es nicht so gemeint.«

Obwohl: Es war so gemeint, aber es war der falsche Moment, ich hätte etwas Großes, etwas Mütterliches sagen sollen, in Ohnmacht fallen, laut schimpfen, weinen und ihm einen Psychologen empfehlen, das sah ich am enttäuschten Blick von Rafi. Mir fiel auf die Schnelle nicht ein, was in dieser Situation das Richtige wäre, das, was erwartet wurde. Das Einzige, was mir passend erschien, war aufstehen, Rafi zu küssen, in die Arme zu nehmen und »Das ist doch toll« zu sagen. Rafi entzog sich unzufrieden meiner Umarmung.

Nach der Erklärung änderte sich wenig im Familienleben.

Dass er sich heute in derselben Kneipe, in der wir uns seit Jahren hin und wieder betrinken, am Donnerstag, dem »Schwulenschubs-Abend« vergnügt, ist merkwürdig, aber auch nur von außen betrachtet, von Menschen, die meinen, Kinder müssen sich immer in ganz anderen Kreisen bewegen als ihre Eltern. Aber wir können sie ja nicht zwingen, woanders zu leben als wir. Sie wollen einfach nicht weg. Was an diesen Abenden auf den Unisextoiletten der Kneipe mit Rafi passiert, oder was er anderen Männern passieren lässt, dass er vermutlich Poppers nimmt, ziemlich wahllosen Sex hat, und wie viele Identitäten er auf GayRomeo pflegt, will ich mir nicht in allen Einzelheiten vorstellen.

Außerdem ist mein Blick auf Schwule durch Rafi auch einfach verklärt. Ich blende die Frauenhasser unter ihnen und die mit den vielen Rückenhaaren genauso aus, wie die, die auf Nazi-Uniformen stehen, und sehe nur den kosmopolitischen und metrosexuell daherkommenden Schwulen.

»Meinst du, es ist möglich, eine posttraumatische Störung zu haben, ohne ein schlimmes Erlebnis dafür verantwortlich machen zu können?«

»Was? Wie kommst du denn darauf?«

Fritz knöpfte sein Hemd zu, ich schminkte mich vor dem Badezimmerspiegel.

»Weil ich mich nicht mal an den Namen meines ersten richtigen Freundes erinnern kann. Das ist nicht normal. Du kennst alle deine Ex-Freundinnen, egal, wie lange das her ist. Ich weiß noch ungefähr, wie er aussah, und ich weiß, weil es mir ein gemeinsamer Freund, den ich Jahre später mal getroffen habe, erzählt hat, dass er bei den Zeugen Jehovas gelandet ist, aber ich habe keine Ahnung mehr, wie er heißt. Ich weiß auch nicht, wer mich entjungfert hat. Oder wann ich zum ersten Mal meine Periode bekommen habe. Ob es Nanette oder ich war, die im Schulchor gesungen hat. Ich habe zwei Erinnerungen. In der einen stehe ich im Chor auf der Bühne, ziemlich in der Mitte und singe ›In the mood‹ von Glenn Miller. Ich fühle mich toll dabei, in dieser Gemeinschaft, und der Swing dieses Liedes ist total auf mich übergesprungen. Ich erinnere mich an den Applaus danach und dass wir auch ›C-A-F-F-E-E – Trink nicht so viel Kahafeeh‹ gesungen haben. Oder: Ich saß neben meinen Eltern in der Schulaula und bewunderte meine singende Schwester. Beides fühlt sich völlig richtig an. Ich weiß nicht, woran ich festmachen kann, was nun stimmt.« Mist, Wimperntusche daneben geschmiert. »Gib mir mal bitte ein Q-Tip.«

»Ist doch nicht so schlimm, nimmst du einfach die Erinnerung, die dir besser gefällt. Das ist doch nicht so wichtig. Sag mal, steht der Wein im Kühlschrank? Ich schau schnell nach.«

Ich rief ihm hinterher: »Was ist das denn für eine vollkommen idiotische Reaktion: ›Es ist nicht so wichtig!‹?«

Sein Gesicht erschien wieder im Spiegel, er grinste.

»Jetzt reg dich nicht auf, ich meinte nur, dass Erinnerungen nicht alles sind.«

»Natürlich sind die alles. Ich weiß nicht, wer ich bin. Wer von den vielen Möglichkeiten, die ich zur Auswahl habe. Ständig habe ich das Gefühl, ich könnte es herausfinden. Wenn ich mich nur mal ordentlich anstrengen würde, richtig doll nachdenke, oder eine Psychoanalyse mache, und dann kommt vielleicht raus, der lächerliche Missbrauch – du weißt schon –, ich habe den nie als ungewöhnlich schlimm empfunden, mehr so: Das gehört bei allen Frauen dazu, wir sind als Kinder oder Jugendliche übergriffig behandelt worden und wahrscheinlich sogar auch fast alle Männer, davon lasse ich doch nicht mein Leben beeinflussen, also, dass der Missbrauch doch viel schlimmer war, als ich es in Erinnerung habe, weil manchmal habe ich so komische Triggersituationen, wenn mir blonde, dickliche Männer mit Schnurrbart zu nahe kommen. Möglicherweise habe ich das nur zu gut verdrängt, aber es beeinflusst trotzdem mein ganzes Leben. Nur weil ich sage, ich will das nicht, will dem nicht diese Wichtigkeit geben, heißt es ja noch lange nicht, dass das auch funktioniert. Und stell dir vor, was passieren könnte, wenn ich endlich die Wahrheit zulasse: Plötzlich weiß ich alles wieder ganz genau. Wie die anderen Menschen, die in ihren Erinnerungen so sicher sind. Es war natürlich André, der mich entjungfert hat, und es war schön, ich weiß, dass Rafi die Windpocken hatte und Ella war die mit Scharlach, ich kann mich daran erinnern, ob ich mit diesem Typen in der Kneipe geschlafen habe oder ob es meine damals beste Freundin Katja war und ich mich völlig umsonst schäme, weil der ein vollkommener Idiot war. Ich würde nie mehr völlig aus der Bahn geworfen werden, wenn ich jemanden kennenlerne und nach einer Stunde Smalltalk feststellen muss, dass ich den schon seit Jahren, na ja … ›privat‹ kenne. Weil ich von Anfang an genau weiß, wer das ist. Verstehst du?«

Ich beendete meinen Vortrag im Bad mit einer Wolke Parfüm, dann war ich fertig und wir gingen in die Küche, der Tisch war gedeckt, das Essen fertig, gleich würden unsere Gäste klingeln, wir setzten uns, ich öffnete die Sektflasche und goss zwei Gläser ein.

»Aber«, Fritz nahm das Gespräch wieder auf, »vielleicht findest du dann was echt Fieses heraus, dass du Opfer einer Sekte warst, deine Eltern satanistische Praktiken in einem Nazi-Orden mit dir gemacht haben, so etwas. Oder dass du mich gar nicht liebst.«

»Ja, genau. Das ist durchaus möglich. Wenn du nicht zuhören willst. Ich hab' doch gesagt: Ich bin mir sicher, dass da nichts Schlimmes in meiner Vergangenheit ist. Also nichts außergewöhnlich Schlimmes. Prost. Ich gehe schnell noch Kohlen holen, es wird kalt. Mir wird kalt.«

Ich schlüpfte in meine Schuhe, schnappte mir zwei Eimer und lief in den Keller. Zog den Handschuh über, der dort bereitlag, füllte die Eimer mit Briketts, zwölf Stück auf jeder Seite schaffte ich locker hochzutragen, ab vierzehn wurde es eng. Als ich ein paar Minuten später wieder oben ankam, standen Gabriela und Jan bereits im Flur und zogen ihre Mäntel aus.

»Fritz hat erzählt, dass du Kohlen holst. Das habe ich ja lange nicht mehr gehört, eure Wohnung hat echt noch Öfen?«

»Mhm.« Ich stellte den Eimer ab.

»Ist ja irre.«

»Ja, irre.«

Jan küsste mich auf beide Wangen, reichte mir den üblichen Besuchsblumenstrauß, Gabriela hielt eine Flasche Rotwein in der Hand, ich sagte: »Vielen Dank«, sie sagten: »Ihr habt es aber schön hier«, während wir gemeinsam in die Küche gingen, ich sagte: »Vielen Dank«, und »Sollen wir uns setzen?« und »Ihr nehmt auch ein Glas, oder?«, Fritz holte eine Vase aus dem Regal, schnitt die Blumen an, und ich füllte zwei weitere Gläser, dann stießen alle an.

Gabriela und Jan waren leider wie die meisten, die zu Besuch kamen und von ihren Reisen oder ihren Hausumbauten erzählten, manche wenigstens vom Ärger oder Erfolg im Beruf, doch das interessierte weder mich noch Fritz. Schade um die beiden, bislang hatte ich sie fast sympathisch gefunden. Wir hatten uns auf der Party von Claudia kennengelernt und uns gut verstanden, sie rauchten und tranken, und ich hätte so gerne neue Freunde gefunden. Wir hatten zwar Bekannte, aber gemeinsam mit denen in einer Küche oder Kneipe zu sitzen und sich so in Rage zu reden und zu trinken, bis alle kurz davor sind, sich die Köpfe einzuhauen – das war lange her.

Fritz war misstrauisch, als ich ihm nach der Party vorschlug, die beiden mal zum Essen einzuladen. Ich versuchte, ihn zu überreden: »Wir müssen irgendwie neue Leute finden, Schatz. Wir vereinsamen sonst. Und dann stirbst du, und ich stehe völlig alleine da.«

»Ich sterbe nicht.«

»Das kannst du überhaupt nicht entscheiden.«

Ich sah wieder Soap-Szenen vor mir, wie wir in Zukunft vieles gemeinsam erleben würden, allerdings nicht auf diese verlogene Pärchenart, sondern ganz lässig und cool, und alle wären froh, dass wir uns gefunden haben. Wir würden gemeinsam in den Urlaub fahren, aber nicht aufs Land, nur in Großstädte, in denen wir alle vorher noch nie waren, und zwischen Gabriela und Fritz würde es ein bisschen knistern und zwischen Jan und mir ebenfalls, einfach, um uns noch attraktiver zu finden.

»Die beiden geben sich Mühe mit ihrer Kleidung. Und Gabriela schminkt sich schön. Das ist ein gutes Zeichen, wie oft treffen wir solche Leute? Nie! Hier läuft jeder in blöden Outdoor-Klamotten rum, und dass sie auch ins Mölbe gehen, zeugt von Geschmack, die sind nicht so ein blödes Paar. Lass es uns doch wenigstens probieren.«

Als wir sie zwei Wochen später zufällig in der Kneipe wiedersahen, hatte ich darin ein Zeichen gesehen und sie doch eingeladen. Sie hatten freudig angenommen.

Doch mit diesem Satz zur Ofenheizung hatte sich alles erledigt, ich bereute die Einladung bereits, obwohl sie erst seit einer halben Stunde da waren. Ich fühle mich nicht in der Lage, dasselbe Gespräch schon wieder zu führen. Wobei »Gespräch« zu viel wäre, wir sollten uns immer wieder Monologe anhören, vermischt mit Mitleid, einem unausgesprochenen »Ihr könnt euch wohl nicht mehr leisten, Ihr Armen«. Tatsächlich sagten sie: »Und trotzdem, es ist richtig warm bei euch.« Ja, stellt euch vor.

Ich begann wegzuhören, denn der Vortrag, der unweigerlich folgen würde, war mir einfach zu vertraut: Eine Geschichte aus der Kindheit von Jan oder Gabriela, da hätten die Eltern ja auch nur Öfen gehabt, oder aus der WG, in der sie als Studenten gewohnt hatten, wie lustig das war, keiner kannte sich mit der richtigen Befeuerung aus, und was sie da alles verbrannt haben, das würde man sich heute nicht mehr trauen, eine echte Umweltsau war man, und die Wintermorgen, die so kalt waren, dass Eisblumen an den Fenstern blühten, schon auch schön war diese Zeit, man war näher dran am Leben. Und früher oder später würde einer der beiden sagen, dass die Wärme aus Öfen wissenschaftlich erwiesen viel gesünder sei, wegen der langwelligen Infrarotstrahlung, die wäre besser, weil sie bis in die Körperzellen reiche, im Gegensatz zur Wärme der Zentralheizung, die nur an der Oberfläche bleibe, ja, das hatte man mal bei Wikipedia gelesen oder im Spiegel, und dann würden wir verwundert nach noch vorhandenen Kohlenhandlungen befragt werden, und dass man gerne auch so einen Bollerofen hätte, aber die machen halt auch viel Dreck, und man hat gar nicht die Zeit dazu, trotzdem wünscht man sich einen, am besten mit einer urigen Bank davor, auf die man sich am Abend mit einem Glas Wein setzen würde, um zu lesen, mit der Katze auf dem Schoß, und der Fernseher bleibt dann einfach mal aus, das wäre doch wunderbar. Lesen wäre dann mein Stichwort, und ich würde versuchen, Jan nach seinen letzten Leseerlebnissen zu fragen, aber Jan würde dann sicher antworten, er käme einfach nicht mehr zum Lesen, wenn überhaupt, dann mal einen Krimi.

Also nichts.

Und wir würden, weil wir gute Gastgeber sind, etwas Lustiges sagen, von wegen, dass wir nicht arm seien, sondern avantgardistisch, denn immer mehr Menschen ließen sich doch diese Pellett-Heizungen einbauen, und das sei im Prinzip dasselbe, nur dass wir die veraltete Brückentechnologie der Zentralheizung einfach übersprungen hätten, und dann würde man sich anderen Themen zuwenden, nur welchen? Ich würde zu viel trinken, sehr schnell zu viel trinken, und wenn das nicht reichte, würde ich im Klo einen Joint rauchen, die Mischung aus genügend Alkohol und Gras haute mich immer noch ziemlich zuverlässig um, ich würde danach zehn Minuten selber monologisieren, aber über ein interessantes Thema, nämlich über mich, währenddessen würde mir hoffentlich schlecht werden, ich müsste mich übergeben und würde mir dabei keine Mühe geben, die Geräusche zu dämpfen, nein, sie sollten es hören, und dann würde ich vom Bad direkt ins Schlafzimmer gehen und meinen Mann bemitleiden, denn er müsste noch eine halbe Stunde allein mit Jan und Gabriele verbringen, bis sie sicher wären, dass ich nicht zurückkäme, bevor sie endlich ihre Mäntel und Taschen und Schals nehmen und verschwinden würden.

Nur schade, dass ich dann richtig betrunken und stoned wäre und mich nicht bei Fritz bedanken könnte für die letzte halbe Stunde, oder mich entschuldigen, weil ich es wieder einmal ihm überlassen hatte, oder um mit ihm zu lachen und uns zu freuen, dass wir so gut eingespielt waren im dezenten Rauswurf von Idioten.

»Wir sind zu alt für neue Freunde.« Das würde er beim morgendlichen Kaffee sagen.

»Nein, das stimmt nicht, die waren halt blöd«, würde ich entgegnen.

»Natürlich, aber das sind alle. Selbst die Handvoll Menschen, mit denen wir überhaupt noch zusammenkommen. Die sind zwar ebenfalls blöd, nur macht es uns nicht so viel aus, weil wir sie schon so lange kennen.«

Möglicherweise wäre alles einfacher, wenn wir in einer Kleinstadt wohnten. Da fiele es nicht so auf, dass unser Leben, unsere Gedanken, unsere Freunde, dass auch wir klein sind. Oder wenn wir ausgetretenere Wege gewählt hätten, so wie die ehemaligen Schulfreunde, die Ärztinnen geworden sind, oder Referatsleiter beim DGB, Architekten, das sind ja keine schlechten Leute, wirklich nicht, sie sind nur anders. Es geht mir dabei nicht ums Geld, ich bin nicht eifersüchtig auf die Häuser und Autos und Reisen. Ein bisschen neidisch bin ich auf die Freiheit, die Geld bietet.

Wir aber wollten das alles ja auf keinen Fall. Waren misstrauischer. Oder fauler. Haben nicht so viel an später gedacht, diese ganzen einfachen Weisheiten über den gedankenlosen Mut der Jugend trafen auf uns zu. Doch jetzt, wo wir älter sind, ist so wenig davon übrig geblieben.

Aber noch war ich nicht betrunken, noch saßen die beiden in der Küche, aßen unser Essen und langweilten mich. Ach, was soll's, den einen Abend halte ich noch aus, beschloss ich und fragte Jan nach seiner Arbeit und Gabriele nach dem kommenden Urlaub, und ob sie Kinder haben und was ihre Eltern beruflich tun. Dann wünschten wir uns alle vier, dass der Abend zu Ende sei, denn nichts war, wie wir es uns vorgestellt hatten. Nur leider war so ein Abend viel länger als eine 25-Minuten-Serie.

Fritz und ich sitzen morgens gemeinsam in der Küche. Bevor sich jeder hinter seinem Laptop verschanzt und dort Zeitung liest, Mails abruft, guckt, was bei Facebook los ist, trinken wir zwei, drei Tassen Kaffee zusammen. Ein halbstündiges Ritual. Wären wir Darsteller in einem Werbefilm, würde dazu Musik einsetzen und eine Stimme aus dem Off etwas von Lebensqualität säuseln, die wir uns bewahren, weil wir mit diesem oder jenem Waschmittel waschen, die wir schützen, weil wir eine Versicherung abschließen, die noch fantastischer wird, wenn wir einen Kredit aufnähmen oder wir nicht mehr dieses lästige Völlegefühl hätten, unter dem unsere Lebensqualität leidet.

Ein besonders idiotischer Begriff. Mir fehlen zwar oft eigene Worte, so viel verschwindet, wird absorbiert und zu häufig benutzt, und für vieles in mir drin habe ich überhaupt keine Wörter, noch nie gehabt, aber »Lebensqualität«, das gehörte nicht zu mir. Ich will nur in der Küche sitzen und rauchen und weigere mich, dabei ein Lebensgefühl zu entwickeln. Ich will keinen Lebensstandard, keine Lebenslust, keinen Lebenstraum, keine Lebensphilosophie. Finde ich alles zum Kotzen, und wenn jemand diese Ausdrücke benutzt, ist er unten durch, und ich bin beinahe froh, wenn mir die Worte abhandenkommen. Vielleicht ist es das Alter, man wird weniger – weniger Wut, weniger Liebe, weniger »Ich halte das nicht mehr aus«, weniger alles, und am Ende wird man weniger Körper und stirbt ganz zufrieden oder bringt sich um, wenn man das Nichtssein nicht mehr mag. Gegenwärtig aber kann ich andere noch ein bisschen mehr verachten als mich selbst. In naher Zukunft sterben werde ich also nicht. Wir husten uns die Nacht aus den Lungen, rauchen und erzählen, was wir geträumt haben.

Ich bin stolz darauf, dass Fritz sich an Träume erinnert. Als wir frisch zusammen waren, konnte er sich, wie so viele Männer, nie daran erinnern, was ihm nächtens passiert war. Ich fand das unsympathisch, dieses tumbe Ins-Bett-fallen, wie tot, und am nächsten Morgen acht Stunden besinnungslos gewesen zu sein, weil es unwichtig ist, was man geträumt hat, Kinderkram, Unbewusstes, Freud'scher Quatsch, irrelevant.

Darum habe ich ihn von Anfang an fast jeden Morgen gefragt und erzählt, an was ich mich erinnern konnte. Nach und nach wusste auch Fritz etwas zu berichten. Möglicherweise hat er am Anfang gelogen, wollte meine Erwartungen erfüllen, aber mit der Zeit konnte er sich ernsthaft erinnern. Es ist nicht wichtig, was wir geträumt haben, wir messen dem keine bedeutende Rolle im Alltag bei, aber es macht Spaß, diesem Zweitleben am Morgen zehn Minuten zu widmen. Fritz träumt oft von kaputten Autos, was kein Wunder ist, er arbeitet bei der Feuerwehr. Ein Job, in den er mehr zufällig als absichtsvoll hineingerutscht ist und mit dem er sich leidlich wohlfühlt. Es ist eine nicht vollkommen sinnentleerte Tätigkeit, Fritz koordiniert die Wartung und Reparatur der Einsatzfahrzeuge, »Serviceeinheit Fahrzeug und Gerät« nennt sich das in der Betriebssprache, und er ist, zusammen mit vier Kollegen, für die neunhundert Fahrzeuge der Berliner Feuerwehr zuständig.

Er beauftragt die Vertragswerkstätten mit dem rechtzeitigen Wechsel auf Winterbereifung, nimmt Schadensmeldungen entgegen, kümmert sich um TÜV-Termine und zusätzliche Seitenspiegel. Vor zehn Jahren hat er sich »runterwazen« lassen, die wöchentliche Arbeitszeit von vierzig auf dreißig Stunden verkürzt, so dass er an den meisten Tagen erst mittags das Haus verlässt. Die Arbeit belastet ihn nicht besonders, sie bietet keinerlei Aufstiegschancen, was Fritz entspricht, er will sich nicht verbessern, er will diese Arbeit einfach nur behalten, und da er die vergangenen vier vom Senat erzwungenen Entlassungswellen überstanden hat, besteht keine Gefahr mehr, mittlerweile sind er und sein Vertrag zu alt, um entsorgt werden zu können. Fritz sieht den Hauptzweck seiner Arbeit, neben dem Gehalt, in der sozialen Kontrolle, in der Pflicht sich täglich zu waschen, zu rasieren, darauf zu achten, welche Kleidung er trägt und im Gespräch mit den Kollegen nicht zu wunderlich zu werden. Nur der auch bei der Feuerwehr immer mehr im Fokus stehende Optimierungsdruck nervt ihn. War ein Auto in einen Unfall verwickelt und ist dabei ein Seitenspiegel kaputt gegangen, muss Fritz den beteiligten Feuerwehrleuten einen Brief in die Hand drücken, der vom Fahrer unterschrieben zurückgegeben werden muss und in dem ihm das »Verursachen von sogenannten Fehlleistungskosten in nicht unbeträchtlicher Höhe« vorgeworfen wird. Weiter heißt es dann: »Sie haben somit in Zeiten knapper Budgets durch diese Ersatzleistungen unnötig die Kostenentwicklung der Dienststelle belastet, in der auch Sie letztlich Ihren Arbeitsplatz haben!« Eine ziemlich unverhohlene Drohung.

Über die von der Zentralverwaltung ausgedachten Losungen, die an die einzelnen Wachen und alle anderen Stellen verteilt werden, macht er sich lustig. »Wir haben übrigens ab Montag die ›Woche des richtigen Reifendrucks‹. Hui-Hui-Hui«, sagt er dann, und der Dezember ist in jedem Jahr der »Monat der Mitarbeiter-Gesundheit«, was heißt, dass in jede Wache eine Kiste Äpfel geliefert wird, aus der sich die Angestellten bedienen können. Es erinnert an alte DDR-Parolen, aber da niemand diese so richtig ernst nimmt, stören sie auch nicht besonders, sondern wirken so, wie sie sind: lächerlich.

Unser Telefon klingelte nicht mehr sehr oft. Ich kann nicht gut mit Menschen sprechen, die ich nicht sehe. Es entstehen peinliche Pausen, in denen ich unsicher bin, ob mein Gegenüber noch etwas hinzufügen will oder auf eine Antwort wartet, dann sage ich etwas, natürlich im selben Moment wie der andere, oder ich weiß nichts weiter zu sagen. Nein, telefonieren ist nicht meine Sache, skypen ist besser, aber auch albern, fast wie rausgehen, man muss darauf achten, nicht zu popeln, und sich vorher die Haare kämmen und überprüfen, was man anhat, bis das alles erledigt ist, habe ich schon keine Lust mehr. Zum Glück gibt es Telefone, auf denen die Nummer des Anrufers steht, das erleichtert mir die Entscheidung, ob ich abhebe oder nicht. Früher, als Telefone einfach nur geklingelt haben, musste ich immer den Hörer abheben, weil ich neugierig bin und es könnte auch jederzeit der Anruf sein, auf den ich, ohne es zu wissen, schon mein Leben lang gewartet habe. Oder die Polizei ruft an, um mir etwas Schreckliches mitzuteilen, da konnte ich mir nie die Ohren zuhalten und mich vor dem Klingeln hinter einer Tür verstecken. Wenn ich aber Rafis oder Ellas Nummer sehe, hebe ich immer ab, mit den Kindern zu telefonieren, ist kein Problem.

»Hallo Rafi, na, wie geht's, was machst du, wie ist das Wetter in Schöneberg, hast du dir heute schon die Ohren gewaschen?«

»Tach, Mamse, wie immer, ja, mittel, muss ich noch machen. Und bei euch?«

Nachdem wir uns gegenseitig alles abgefragt hatten, sagte er:

»Ich würde morgen Abend zum Essen vorbei kommen, geht das? Oder habt ihr schon was vor?«

»Nein, wir haben nichts vor, und wenn, dann würden wir es natürlich sofort verschieben, wenn unser Lieblingssohn uns besuchen will. Wir freuen uns.«

»Ihr habt nur einen Sohn.«

»Na ja, unsere anderen Söhne, die waren so missraten, die haben wir natürlich gleich nach der Geburt ins Heim gegeben. Ich frage Ella, ob sie auch kommen möchte, einverstanden?«

»Die hat morgen ein Arbeitsessen, ich hab' vorhin mit ihr telefoniert. Aber ich würde meinen neuen Freund mitbringen, Ben.«

»Oh, ein neuer Freund! Wie sieht er aus, was machen seine Eltern, heiratet ihr bald?«

»Mama!«

»Schon gut, also bis morgen. So gegen acht, ja?«

»Wir bringen Wein mit.«

Rafi ist Biertrinker, wie ich. Wein, den trinken wir alle natürlich auch hin und wieder, aber normalerweise ist es so, dass bei uns Bier auf dem Tisch steht. Oder Wodka, wenn es ernst oder lustig zu werden verspricht. Nun also Wein.

»Rafi kommt morgen Abend zum Essen und bringt seinen neuen Freund mit. Ben, den Weintrinker. Kochst du?«

»Ben, der Weintrinker? So hat er ihn vorgestellt?«

»Ach, Quatsch.«

Natürlich kochte Fritz. Ich bin, wie die meisten Frauen, die ich kenne, nicht besonders am Kochen interessiert. Ich bin überhaupt nicht besonders an der Küche oder an Sauberkeit interessiert, er schon. Erstaunlicherweise bereitet ihm das Putzen Freude, er genießt es, mit einem Lappen durch die Wohnung zu laufen und Flächen abzuwischen, und er kann es nicht ertragen, wenn abends noch schmutziges Geschirr in der Küche herumsteht, das in die Spülmaschine gehört. Darüber zu streiten, haben wir längst aufgegeben, solange ich oft genug sage, wie schön sauber es ist oder ›Oh, du hast das Bad geputzt‹, sind wir beide zufrieden mit der Situation. Glaube ich jedenfalls. Ich kaufe auch sehr gerne Putzmittel, und als die Schlecker-Drogerie geschlossen wurde, war das ein ziemlicher Schlag, ich hatte dort sehr lange vor dem Regal mit Reinigern der verschiedensten Art stehen können, mir alle Anwendungsmöglichkeiten durchlesen und dann etwas kaufen, was mich überzeugte. Einen Schmutzradierer oder Kochplattenreiniger oder ganz neue Mikrofasertücher mit Ionenaustauschbezug. Den Gebrauch meiner

Einkäufe finde ich langweilig. Ich stelle mir nur gerne vor, wie ich, wenn ich frei habe und zu Hause bin, Musik auflege und dann mit meinem neuen Radierer sämtliche Flecken an den Wänden wegwische oder voller Elan die Fenster putze, und mit diesem neuartigen Sprühreiniger mit der Lotusblumen-Formel geht das fast von alleine, und es gibt keine Streifen. Wirklich zu putzen, dazu komme ich nur selten. Stattdessen zeige ich Fritz meine Einkäufe, er schüttelt den Kopf, stellt sie zu den anderen und dann vergesse ich sie. Wir besitzen ein erstaunliches Reservoir an Reinigungsutensilien, von denen er nichts benutzt. Er schwört auf ein paar Klassiker und wirft hin und wieder meine Wundermittel in den Müll, damit ich was Neues anschleppen kann.

Etwa zwei Wochen nachdem Frau Scholz mir so generös meine Unterstützung erlaubt hatte, fing sie mich erneut auf der Treppe ab.

»Guten Morgen«, begrüßte ich sie, »ich gehe schnell zum Bäcker und dann in den Keller.«

»Sie kommen jetzt erst mal rein.«

»Nee, Frau Scholz, ist wirklich nicht nötig.«

Ich wollte nicht in ihre Wohnung. Es roch schon an der Tür nach altem Essen, alter Wäsche, alten Möbeln, alter Frau.

»Ich habe das schon ernst gemeint, ich bringe Ihnen einfach nur die Kohlen mit hoch. Keine Verpflichtung, kein Nachbarschaftskaffee, nichts anderes. Nur Kohlen.«

»Ich meine es auch ernst, also kommen Sie gefälligst rein.«

»Ist ja gut, ich bleibe aber höchstens fünf Minuten!«

Ich betrat die Wohnung und hatte sofort das Gefühl, nicht mehr richtig atmen zu können. Frau Scholz ging in die Küche. Ich kannte den Weg natürlich, unsere Wohnungen haben den gleichen Schnitt. Das war auch die einzige Ähnlichkeit. Während wir den fensterlosen Flur Tag und Nacht mit verschiedenen Lampen beleuchteten, hing bei ihr eine einzige Deckenlampe, die mehr Schatten als Licht warf. Der Flur war mit Umzugs- und Obstkisten vollgestellt, beladen mit Aktenordner und in zerknülltes Zeitungspapier verpackten Gegenständen. Auf manchen Kisten lagen Decken oder Bettlaken und verwehrten den schnellen Blick hinein. Wir gingen durch den langen schmalen Gang, die Tür, die zu den zwei Zimmern auf der rechten Seite führte, war geschlossen, die zum Schlafzimmer stand einen Spaltbreit offen, ich erhaschte einen Blick auf einen hohen, dunkelglänzenden Holzschrank. Rote und dunkelblaue abgelaufene Teppiche schichteten sich auf dem Dielenboden bis zur Küchenschwelle, an den Rändern wellten sie sich. So macht man das also, wenn man sich den Oberschenkelhalsknochen brechen will, dachte ich. Natürlich waren die Tapeten vergilbt, an den hohen Decken hingen Spinnweben, da wo man mit dem Besenstiel nicht hinkam oder wo man sie in dem Dämmerlicht schnell übersah. Wenn ich wieder oben wäre, nahm ich mir vor, würde ich sofort unsere Decke absuchen.

Auch in der Küche war auf den ersten Blick nichts zu finden, das nach 1980 gekauft war. Neu musste es ja nicht sein, aber hier war alles altersbeige und fettig, auf der einen Seite des Küchentischs aus Resopal (natürlich Resopal, dachte ich) stapelten sich Zeitschriften, Prospekte und Post. Drei Stühle standen um den Tisch und an der Stirnseite ein Sessel mit Armlehnen und einem hohen Rücken mit Ohren. Er war mit abgeschabtem dunkelgrünen Stoff bezogen, zu groß für den Raum und zu niedrig für den Tisch. Die fehlende Höhe wurde mit Backsteinen unter den Füßen und zwei Kissen auf der Sitzfläche ausgeglichen. Er wirkte wie ein Thron und war unverkennbar der Stammplatz von Frau Scholz.

»Setzen Sie sich, ich habe Kaffee gekocht.«

Ich wollte hier nicht sitzen, und auf keinen Fall wollte ich Kaffee trinken. Filtertütenkaffee, dass es so etwas überhaupt noch gab!

Auf dem Tisch standen bereits zwei Tassen, eine Dose Büchsenmilch und eine Glasschale, in der Würfelzuckerstücke lagen. Die Tassen waren sauber. Und auch der Keksteller sah okay aus. Frau Scholz goss das kochende Wasser auf den Filter, ich bemühte mich, langsam wieder tiefer zu atmen. Es ging sogar ganz gut, solange ich versuchte, jeden Gedanken an Ekel zu unterdrücken: Nein, ich stelle mir jetzt nicht vor, wie hier Kartoffeln mit Soße von gestern gegessen werden, oder wie Frau Scholz abends ihre Fußnägel schneidet, diese Geräusche, wenn der brüchige Nagel abgeknipst wird, und dann, wenn er durch die Kraft des Schnitts auf etwas Metallischem landet … Oder wie sie mit einem alten, schmierigen Lappen ohne Spülmittel über die fettigen Flächen wischt.

»Frau Scholz, Sie müssen sich nicht so viel Arbeit machen.«

»Ja, ja, papperlapapp. Was wissen Sie schon von Arbeit?«

Da war es wieder. Alte Menschen, immer mussten sie einem über den Mund fahren. Gleich fängt sie vom Krieg an, den sie kaum erlebt haben kann, von der Flucht aus Ostpreußen, und dass sie sich nur von Schlamm und Rinde ernährt haben, oder sie meckert über Ausländer, obwohl die gerade hier in unserem Haus überhaupt keine Rolle spielen.

»So, dann trinken wir mal zusammen Kaffee. Möchten Sie Kekse?«

»Ja, danke.«

Während sie unsere Tassen füllte, nahm ich einen Dänischen Butterkeks und betrachtete ihre alten Hände. Nicht so schön wie die meiner Mutter, ihre Finger waren verkrümmt wie im Märchen bei den Hexen, und ihre Nägel hatte sie auf eine altmodische Art sehr spitz gefeilt. Sie trug keinen Ehering, überhaupt keinen Schmuck.

»Wissen Sie Frau …«, sie stockte, »Wie heißen Sie überhaupt?«

»Nina Krone.«

»Das kann ich doch nicht wissen.« Der vorwurfsvolle Ton.

»Nee, macht ja nichts.«

»Wenn wir hier wenigstens Briefkästen hätten, also moderne Briefkästen, die unten im Hausflur hängen, statt nur die Briefschlitze in den Wohnungstüren, dann wäre das anders. Aber Sie wohnen ja über mir, da bin ich nie.«

»Ich weiß.«

»Na und, was soll ich da oben auch? Durch Ihren Briefschlitz gucken?«

»Wie schon gesagt, es macht nichts, und nun wissen Sie ja, wie ich heiße. Steht übrigens auch seit zwölf Jahren unten auf dem Klingelschild.«

Ach verdammt, es war nun völlig egal, ob die Scholz meinen Namen kannte oder nicht, sie sollte nur nicht so tun, als wäre es unmöglich, ihn zu kennen.

Wir tranken beide einen Schluck aus unseren Tassen, so mies schmeckte der Kaffee doch nicht, ein bisschen wie früher, als ich noch ein Kind war und Milch mit einem Tropfen Kaffee zum Frühstück bekam. Ich goss mehr von der Büchsenmilch hinein und nahm noch ein Stück Zucker.

»Wie auch immer Sie heißen …«

»Immer noch Krone, Sie können auch einfach Nina sagen.«

»Also Frau Nina, was ich eigentlich sagen wollte: Sie machen mir sehr viel Mühe. Ist Ihnen das überhaupt klar?«

Sie blinzelte mich streitlustig an und streichelte ihre Hände, als wäre sie sehr zufrieden mit dem Verlauf der Unterhaltung.

»Was?« Ich schreckte hoch. »Ich mache Ihnen Mühe? Womit denn? Ich sagte doch, ich brauche keinen Kaffee und schon gar kein Gespräch.«

Ich wollte ja keinen Dank, das hätte ich von der Scholz gar nicht erwartet, ich wollte doch nur … aber dass sie einfach behauptete …

»Meinen Sie, Frau Krone, es ist angenehm, ungefragt so behandelt zu werden, als sei man bekloppt?«

»Das mache ich doch gar nicht.«

»Und was soll sonst dieser Quatsch mit den Kohlen? Sind Sie von der Heilsarmee?«

»Nein. Ich wollte Ihnen nur einen Gefallen tun.«

»Ich brauche keine Gefallen.«

»Vielleicht«, holte ich tief Luft, »könnten Sie es so nehmen, wie ich es meine, nämlich nett.«

»Ach, also in meiner Generation ist ›nett‹ ein Schimpfwort. Und im Übrigen finde ich nicht, dass Sie wie eine nette Person wirken.«

»Stimmt. In meiner Generation sagt man: Nett ist die kleine Schwester von Scheiße. Ich meine ›freundlich‹, das mit den Kohlen ist freundlich von mir.«

»Mir scheint, ihre Generation ist nicht besonders witzig. Und freundlich ist auch nicht besser. Wie sagen Sie und ihre Altersgenossen dazu? Freundlich ist der Bruder von Kacke?«

Nicht schlecht, ungewollt musste ich grinsen. Das würde ich Ella und Rafi erzählen.

»Na gut, Frau Scholz, dann sage ich Ihnen, wie es in Wahrheit ist. Mir geht es wahnsinnig auf die Nerven, wie Sie sich durch den Hausflur schleppen. Immer tragen sie einen Eimer Vorwürfe mit sich herum. Und Leid, ganz viel Leid, wie Sie ihren Rücken beugen, das ist doch nicht nur das Alter, das ist eine Anklage an die Welt, die Sie ungerecht behandelt hat. Oder auch nicht. Und dabei sind Sie doch wahrscheinlich Witwe und gehören zu der Generation, der es ein Leben lang gut ging. Immer aufwärts, und die Kinder konnten gute Schulen besuchen, der Job, ach nein, damals gab es ja noch Berufe, richtige Berufe, einmal Bäcker, immer Bäcker, die waren sicher und Rente gibt es für Ihresgleichen reichlich. Und trotzdem immer dieses Meckern und Jammern. Das konnte ich nicht mehr mit ansehen, und darum bringe ich Ihnen Kohlen mit. Von mir aus zur Strafe. Eigentlich kann ich alte Menschen überhaupt nicht leiden. Sie riechen nicht gut und ich fühle mich immer wahnsinnig angestrengt, wenn ich mit ihnen zusammen sein muss, natürlich, Sie können nichts dafür, das ist meine Macke, ich kann mit Alten – und übrigens auch mit Behinderten – einfach nicht normal umgehen. Ich will sie auf keinen Fall anfassen müssen. Aber ständig soll man Alte anfassen und ihnen den Arm als Stütze anbieten, obwohl sie noch sehr gut alleine laufen können, wir sollen ihnen damit zeigen, dass sie immer noch dazugehören, zu was auch immer, oder dass sie nicht einsam sind, obwohl sie es doch sind, oder weil sie angeblich nicht mehr ohne Hilfe aufstehen können. Es ekelt mich an. Entschuldigung.«

Frau Scholz saß da, sie hatte den Blick gesenkt, ihre Hände im Schoß gefaltet, sie blieb einen Moment still. Dann sah sie auf, schaute mir in die Augen und sagte: »Sagen Sie mal, sind Sie etwa eine Konvertierte?«

»Was soll das denn sein?«

Sie verdrehte die Augen: »Eine Sapphistin.«

»Sagt mir auch nichts.«

»Mein Gott, Sie sind aber begriffsstutzig. Sind Sie eine warme Schwester?«

»Ach, Sie wollen wissen, ob ich eine Lesbe bin. Nein, wie kommen Sie denn darauf?«

»Sie reden doch die ganze Zeit davon, mich anfassen zu wollen.«

»Nein, ich sagte, ich möchte keine alten Menschen anfassen müssen. Das finde ich eklig. Tut mir leid.«

»Wissen Sie, das muss es nicht. Ich möchte nämlich auch auf keinen Fall von Ihnen angefasst werden.«

Jetzt senkte ich meinen Blick.

Ella und ich machten einen Spaziergang, sie hatte mich abgeholt, um, wie sie sich ausdrückte, einfach mal etwas spontan zu tun. Ich hasse es, wenn meine Tochter wie eine Idiotin spricht und glaubt, es wäre mir noch nicht aufgefallen, dass sie immer, wenn sie meint, mir ginge es nicht gut, und ich bräuchte töchterliche Aufmerksamkeit, mit mir »spontan« spazieren gehen möchte. Es war gleichzeitig rührend, und ich ging natürlich mit. Während wir liefen, versuchte ich, sie auszuhorchen, da ich vermutete, Fritz hätte mit ihr gesprochen und sie gebeten, mit mir etwas zu unternehmen, sich ein bisschen um mich zu kümmern. Aber Ella ließ sich nichts anmerken. Trotzdem war ich verstimmt.

»Worüber soll Papa denn mit mir gesprochen haben?«

»Ach, ich dachte nur.«

»Wieso, ist da etwas, über das er mit mir sprechen sollte?«

»Nein, Ella, es ist nichts.«

Obwohl am vergangenen Donnerstag am späten Nachmittag, als ich mich endlich hatte entschließen können raus zu gehen, schon was gewesen war. An Tagen, an denen ich nicht durch die Arbeit gezwungen bin, einfach loszugehen, ohne darüber nachzudenken, ob das überhaupt sinnvoll oder notwendig ist, kann ich viele Stunden damit verbringen, drinnen zu bleiben. Ist nicht unbedingt besser, denn ich beschäftige mich nicht, ich räume nicht auf oder lese oder koche, nein, ich mache nichts.

Ich schaute aus dem Fenster und suchte Gründe für und gegen das Draußen. Es würde mir guttun, die Bewegung, der Kreislauf, die frische Luft. Auch Essen im Kühlschrank zu haben, wäre schöner. Das sind also Pluspunkte. Minuspunkte: das Wetter, die Menschen, das Haare kämmen und Zähneputzen und die große Frage: Was soll ich da? Ich bin keine Flaneurin, ich schlendere nicht, bin keine Walkerin, keine Joggerin, ich sitze nicht gerne in Cafés, fahre manchmal Fahrrad, aber nur, weil das Laufen so furchtbar langweilig ist. Mich interessiert nicht viel da draußen. Kenn ick, weeß ick, hab' ick selba. Trotzdem geht es mir besser, wenn ich täglich mindestens einmal um den Block gelaufen bin. Also gehe ich. Jetzt. Jetzt. Jetzt. Jetzt.

Draußen war es wie immer gewesen. Alle Häuser noch da, Straßen sahen aus wie am Vortag, die Menschen im Großen und Ganzen auch die gleichen wie an den anderen Tagen. Himmel vorhanden, Ostwind. Gehe ich eben einkaufen, was soll ich sonst tun. Butter, Milch, Obst, Klopapier, solche Sachen, die wir jeden Tag brauchen. Immerhin, das ist ein Plan, und ein Plan ist besser, als einfach nur ohne Ziel und Sinn herumzulaufen. In Gedanken erstellte ich eine Liste, was zu Hause fehlte. Ist auch gleich da vorne, der Supermarkt, in dem ich alles auswendig kenne, die Angestellten, die Ware, die Gänge, den Alki, der fast immer vor dem Eingang steht, mit einem leeren Kaffeebecher um Spenden bittet, ihm gegenüber eine junge Rumänin mit einer Obdachlosenzeitung in der Hand. Der Trinker bleibt normalerweise stumm, sie hingegen spricht ausnahmslos jeden an. »Guten Tag«, sagt sie und: »Auf Wiedersehen«. Ich vermeide den Blickkontakt mit ihr, empfinde es als eine Zumutung, dieser Ansprechtrick soll mich unter moralischen Druck setzen, es ist schwerer, nichts zu geben, wenn man freundlich begrüßt wird, und so muss ich mich jedes Mal, wenn ich sie von Weitem sehe, innerlich wappnen. Ich habe bereits beim »Guten Tag« Angst vor ihrem »Auf Wiedersehen«, immer muss ich darauf reagieren, aber so schlimm ist das doch auch nicht, es ist doch nur ein Gruß, meine Güte, ganz schnell einen Einkaufswagen freischalten, damit durch die Automatiktür und das Drehkreuz. Dann sofort Überdruss: Ich kann das alles nicht mehr sehen, dieses Obst und Gemüse, und weil es Winter ist, werden auch Nüsse und Datteln angeboten, keinerlei Überraschung, nichts, nichts, nichts. Dann aber doch etwas. Mir wird heiß. Ich beginne zu zittern. Aber warum, was ist denn nur los? Ich fühle mich zu eng an und zu heiß. Mein Blickfeld verengt sich, an den Seiten ist nur noch Schwarz zu sehen, wie durch eine zu starke Linse wird alles kleiner und kompakter und gleichzeitig weiter weg. Ich werde doch hier nicht einfach ohnmächtig, oder? Ich bleibe stehen, halte mich am Wagen fest, aber nein, da kommt keine Ohnmacht, warum auch, ich werde nie ohnmächtig, aber was ist das sonst? Dieses Gefühl … Unterzuckerung, schießt mir durch den Kopf, ich versuche mich an die Anzeichen dafür zu erinnern, Oberlippenschweiß? Ja. Zittern? Ja. Weiche Knie? Ja. Allgemeine Schwäche? Oh ja. Aber das kann nicht sein, ich habe zu Hause doch gegessen, genug gegessen, und es ist egal, was das ist, es soll bitte aufhören. Was mach' ich denn jetzt? Ist das ein Herzinfarkt? Sterbe ich hier? Kann mich doch nicht einfach hinlegen, auf den Kachelboden. Ich muss hier raus, ganz schnell an die Luft, das wird helfen. Bestimmt. Im Kopf summt es, oder in der Luft, ich kann nicht mehr unterscheiden, wo ich aufhöre. Schluss jetzt! Habe ich das gedacht oder gerufen? Einfach weiterlaufen, da sind schon die Kassen, an allen drei stehen Schlangen. Egal, wer komisch guckt, es ist zu heiß, nur nicht angehalten werden, nicht ansprechen, sprecht mich bitte nicht an, dann bin ich draußen, aber es wird trotzdem nicht besser. »Auf Wiedersehen«.

Ich hockte mich in eine Hausecke, zum Glück haben so viele Häuser Treppen vor der Tür, ich wartete, damit sich Schweiß und Zittern und Enge und Kopfkreisel wieder verwandelten in Atem und Herzschlag und Kraft. Es dauerte lange, bis ich wieder aufstehen konnte, immer noch langsam, langsam. Dass nur keine Tür im Hausflur aufgeht, ich konnte nicht sprechen, nicht grüßen, nicht lächeln. Ich konnte: Tür aufschließen und hinter mir zufallen lassen, ich konnte: Mich endlich der Schwäche hingeben, ließ mich auf den Boden gleiten, Stirn auf kühle Holzdiele. Stille.

Dann kniete Fritz neben mir. »Was ist los?«

»Warum bist du hier?«

»Betriebsversammlung. Hab' ich doch erzählt, dass ich heute früher komme. Was ist mit dir, Nina?«

Er zog mich hoch, nahm mich in seine Arme, half mir, Mantel und Schuhe auszuziehen, und brachte mich zum Sofa. »Ich mach' am besten erst mal Tee.«

»Ich dachte, ich werde ohnmächtig. Im Supermarkt. Ich habe wahrscheinlich zu wenig gegessen. Obwohl, nee, kann nicht sein, ich hab' vorhin sogar sehr viel gegessen. Das war es. Ich hatte zu viel Blut im Magen und zu wenig im Kopf. Ekelhaftes Gefühl. Oder ein Herzinfarkt.«

»Nein, du hast doch keinen Herzinfarkt. Oder tut dir was weh?«

»Nö, eigentlich nicht.«

»Na, siehst du. Beim Herzinfarkt tut immer etwas weh. Lächel mal.«

»Warum?«

»Na los, lächele mich an. Prima, es geht. Also war es auch kein Schlaganfall. Bei einem Schlaganfall kann man nicht mehr richtig lächeln. Du trinkst einfach viel zu wenig. Das sag' ich dir seit Jahren, du musst mehr trinken.«

Er hielt meine Teetasse, und brav nahm ich einen Schluck, während er weiter diagnostizierte:

»Am wahrscheinlichsten war es eine Panikattacke. Ich habe da gestern im Fernsehen was über HSP gesehen.«

»Ich habe keine Panikattacken. Und was soll HSP sein?«

»Abkürzung für ›Hochsensible Persönlichkeiten‹. Leute, die vor jeder Kontaktaufnahme wahnsinnige Angst haben. Das gilt mittlerweile als Krankheit, in Deutschland sollen rund 250.000 Menschen davon betroffen sein.«

»Ja, aber nicht ich. Und außerdem: Wo soll denn da die Krankheit sein? Es ist doch vollkommen gesund, Angst vor der Welt zu haben. Wie könnte man denn sonst existieren? Ich kann daran nichts Krankhaftes erkennen, wirklich nicht. Und bislang habe ich es noch immer geschafft, trotzdem rauszugehen. Es ist eher ein Unwille, ich weiß halt nicht, was ich da soll, aber Panik löst es nicht aus. Ich denke, das war nur mein Kreislauf. HSP, also sag mal, was für ein Quatsch. Ist natürlich hart, wenn man tatsächlich nicht mehr mit Menschen sprechen kann oder meint, man hätte kein Recht auf die Straße zu gehen, aber …«

Fritz unterbrach mich: »Ich dachte früher jahrelang ernsthaft, ich hätte Rechte. Also nicht juristische, sondern einfach nur, weil ich da bin, hätte ich ein Recht auf ein schönes Leben.«

»Damit wird im Moment Werbung gemacht. Ist supermodern, man redet den Leuten ein, sie hätten ein Recht. Das Recht auf Ruhe, auf gute Unterhaltung, auf Sauberkeit, ›Ihr Recht auf mehr Sicherheit‹ …«

»Ich weiß nicht genau, warum ich das verloren habe. Vielleicht ist es einfach das Alter? Andererseits: Ich kenne genug Leute, die das ihr Leben lang glauben, dass sie ein Recht auf irgendwas haben. Haben die weniger Angst, oder sind die einfach blöder als ich?«

»Beides. Zum Beispiel meine Freundin Britta. Freundin ist übertrieben, wir waren ja nur zusammen in der Grundschule, und dann ist sie mit ihren Eltern weggezogen. Heute hat sie ein Haus in der Kleinstadt, zwei Söhne, einen dummen Mann, aber auch nicht viel dümmer als sie, und sie arbeitet, seit sie mit der Volksschule fertig ist, bei der Stadtverwaltung.«

Zustimmendes Nicken, noch mehr Tee, mir ging es schon sehr viel besser. Britta und ich hatten uns seit über zwanzig Jahren nicht mehr gesehen, bis sie mich bei Facebook entdeckt und mir eine Freundschaftsanfrage geschickt hatte. Im vergangenen Frühling hatte sie dann nach Berlin-Tipps für ein Wochenende gefragt, und nachdem ich ihr ein paar Orte abseits der üblichen Touristenpfade vorgeschlagen hatte, verabredeten wir uns für einen Nachmittag in einem Café. Sie sah so ungebrochen aus, das fand ich verrückt. Früher hätte ich auf alles geschworen, dass ich das schönere Leben von uns beiden habe werde. Mittlerweile war ich mir nicht mehr so sicher. Intellektuelle Überlegenheit, ja, die hatte ich, und sicher auch viel mehr erlebt, mehr gelesen, mehr getanzt und getrunken und gevögelt, und glücklicher und viel unglücklicher als sie war ich sicher auch, aber was davon übrig bleibt, das ist hauptsächlich das Gefühl, immer weniger zu werden, und sie war so rosig und proper und viel.

»Ich habe auf ihrem Facebook-Profil nur eine dicke und schlecht geschminkte Frau in Kleinstadtkleidung gesehen, und erzählt hat sie dir angeblich ausschließlich von ihren Söhnen. Das ist doch kein Glück.«

»Ja, das stimmt schon. Aber was ich eben gesagt habe, stimmt genauso. Natürlich hatte sie Schiss, weil sie nicht genau wusste, wie sie sich verhalten soll, diese typische blöde kleinstädtische Neurose, die hat sie, obwohl sie geborene Berlinerin ist, sie ist zu früh weggezogen, aber wie oft ist sie denn in einer größeren Stadt? Vielleicht zehn Tage im Jahr, an denen sie unsicher ist. Finde ich nicht so viel. Ich weiß nicht, ob ich zehn Tage im Jahr keine Angst habe.« Ich nahm noch einen Schluck Tee. »Habe ich echt gerade gesagt: ›Ich habe jeden Tag Angst‹? Boah, das ist so bezeichnend, immer übertreiben. Ich habe überhaupt nicht jeden Tag Angst. Ich will nur angeben und so tun, als wäre ich eine dieser sensiblen, feingliedrigen, neurotischen Frauen, die durch die Stadt laufen und die ganz schönes Zittern und großes Auge und dunkle Stirn sind. Bin ich aber nicht. Ich bin selber proper. Also. Es kann übrigens auch ein Gehirntumor sein, die Symptome stimmen, oder Leukämie, wegen der plötzlichen Schwäche, einen Drogenflashback habe ich auch noch gar nicht in Erwägung gezogen, oder es ist etwas ganz, ganz

Schlimmes, Schizophrenie, das ist erblich, da können wir uns schon freuen, ich tippe eher auf Ella als Rafi, was meinst du? Dann wird das Leben endlich richtig spannend.«

»Nun hör aber auf!«

»Egal. Ich laufe jedenfalls nicht immer voller Angst rum, ich meinte das mehr so als Gegenbeispiel zu Britta. Bei der war das nur Unsicherheit, so eine kleine Nervosität. Ich habe mich ihr mein Leben lang überlegen gefühlt. Obwohl sie älter ist als ich, war immer ich es, die bestimmte, was wir spielen, wo wir hingehen, über was wir uns unterhalten. Ich war ihr überlegen. In jeder Hinsicht. Und auf einmal überlege ich, ob ein Leben wie ihres nicht auch mich glücklicher gemacht hätte. Oder nein, nicht glücklicher, aber ich hätte mir nicht so viele Fragen stellen müssen, ohne Antworten.«

»Ach, Schatz, wärst du in eine kleine Stadt gezogen, würdest du entweder nicht mehr leben, oder du wärst so ein Faktotum geworden, die Verrückte, die niemand ernst nimmt und mit der auch keiner etwas zu tun haben will, weil du zwischendurch immer wieder schreien und schimpfen oder spucken würdest.«

Gar nicht wahr, dachte ich. Ich stellte mir vor, wie ich wäre: sehr, sehr glücklich mit meinem Mann, der zufällig Fritz ist, aber einen Schnurrbart trüge. Wir hätten eine Garage und zwei Kinder mit abgeschlossenen Ausbildungen. Handfeste Sachen würden unser Leben bestimmen. Lass uns die Terrasse im nächsten Jahr umbauen, oder: Das Dach muss neu gedeckt werden, der Schornstein aufgemauert, und Katja, unsere Tochter, hätte schon ein Kind oder zwei, gut, eine Scheidung auch, aber sie hätte bereits wieder einen neuen Freund, der die beiden Kleinen auch mag, und Hans, so hieße unser Sohn, hätte sich für sieben Jahre bei der Bundeswehr verpflichtet, und ich ginge halbtags arbeiten, natürlich in einem Büro.

»Uns würde es da besser gehen.«

»Ach, ich müsste auch da leben?«

»Natürlich, ohne dich könnte ich nirgendwo sein.«

Nachdem Fritz sich bei Rafi erkundigt hatte, ob der neue Freund Veganer, Vegetarier oder Laktose-Intoleranzler sei, und alles verneint wurde, kochte er sein übliches Erstes-Besuchs-Essen: persischen Entenreis. Ein Gericht, das bisher jeder mochte. Es ist nicht besonders aufwendig in der Zubereitung, sagt Fritz, und trotzdem beeindruckend. Wir spulten routiniert unsere Gastgeber-Vorbereitungen ab: staubsaugen, Küche wischen, Kerzen aufstellen, Tisch decken, aus den Hausschuhen raus und in schicke Schuhe rein, Parfüm, Schminke, ein Hemd und ein Kleid anziehen, was man halt so macht. Die Jungs waren pünktlich, sehr pünktlich sogar, und die ersten zehn Minuten waren Geplauder. Gelegenheit für mich, Ben unauffällig zu scannen. Er trug einen Haarschnitt, für den er meiner Meinung nach zu alt war, enge Hipster-Jeans, in denen seine kräftigen Beine wie Würste aussahen, und weiße Sneaker. Er versuchte, sich an uns ranzuschmeißen, schon als er seinen Blumenstrauß an mich übergab, erzählte er zu viel dazu.

»Wäre jetzt Sommer, dann hätte ich Ihnen natürlich selbstgezogene Blumen mitgebracht, Frau Krone. Ich engagiere mich in einer Stadtgarten-Gruppe. Kennen Sie das?«

»Du kannst uns duzen. Ich bin Nina, und das ist Fritz. Und ja, ich weiß, wovon du sprichst. Mir gefallen deine Blumen trotzdem, danke sehr.«

»Das Kleid ist toll, steht dir sehr gut.«

»Noch mal danke, und nun setzen wir uns mal lieber und fangen an zu essen.«

Ich wusste, so ein erster Besuch bei den Eltern des Freundes ist immer komisch, unangenehm für beide Seiten, und von mir aus wäre er auch gar nicht nötig. Ich hätte für das erste Zusammentreffen eine neutralere Umgebung vorgezogen. Unwichtig, denn Rafi sah so stolz auf seinen Ben aus, wenn der etwas sagte, das war einfach zu niedlich anzusehen, als dass ich etwas hätte anmerken wollen. Die beiden saßen natürlich nebeneinander, und in den nächsten Stunden beobachtete ich ihren Umgang miteinander. Sie hielten Händchen, Ben wischte mehrmals imaginäre Flusen von Rafis Schultern, zweimal küssten sie sich, und ich überlegte, was ich sagen könnte. Alles, was mir einfiel und was mich tatsächlich interessierte, erschien mir unpassend. Bist du schon immer schwul, hattest du viele Freunde vor Rafi, was sind deine Eltern für Menschen, was hat Rafi dir von uns erzählt, hat er dich vor irgendetwas gewarnt, seid ihr auf dem Weg hierher eher beklommen oder ganz entspannt gewesen? So etwas kann ich doch nicht fragen, es wäre Rafi bestimmt peinlich gewesen, andererseits: Er kennt uns, wir sind seine Eltern, die müssen peinlich sein, oder?

»Warst du schon häufig bei den Eltern deiner Freunde zu Besuch?«

»Nein, nein, tatsächlich sogar noch nie, aber der Rafi ist so ein wichtiger Mensch für mich, da ist es für mich selbstverständlich, auch seine Familie kennenzulernen.«

Mir taten bereits die Wangenmuskeln vom freundlichen Lächeln weh. »Der Rafi ist ein wichtiger Mensch für mich«, so etwas denkt man vielleicht, aber man spricht es doch nicht aus, jedenfalls nicht, wenn man kein Manager oder Politiker oder Spitzensportler ist. Vermutlich wird er gleich noch Emotionen statt Gefühle haben: Ich spüre eine große Emotion für den Rafi. Ich hielt mich zurück, aber es wurde nicht besser. Ben referierte über seine Arbeit, er machte irgendwas mit irgendwas, und sein Chef war auch schwul. Ich sagte mir noch mal, dass er sicher nervös sei, aber versucht man dann nicht eher, sich in ein gutes Licht zu rücken, anstatt wie ein zu großer Teenager mit krummem Rücken, von der Arbeit zu erzählen wie von Spielplatzbesuchen? Und dann hat mein Chef, und dann habe ich, und er hat, woraufhin ich mich für das gelbe Förmchen entschieden habe. »Und wisst ihr, was er dann gesagt hat? Ben, hat er gesagt, das war eine sehr gute Idee von dir. So machen wir das.«

Nachdem die beiden gegangen waren, hatte ich von zu viel Wein Sodbrennen und trank noch ein Glas Milch, Fritz hatte sich ein Bier geöffnet, wir beide waren ratlos. Wir hofften, dass sich der erste Eindruck mit der Zeit relativieren würde, vielleicht steckte ja doch ein guter, lustiger Kerl in Ben, nur hatten wir den an diesem Tag noch nicht kennengelernt.

Muttersorgen-Ella warf mir weiterhin prüfende Seitenblicke zu, während wir in Richtung des ehemaligen Flughafengeländes schlenderten, der von den Medien Tempelhofer Freiheit, von allen anderen einfach Tempelhofer Feld genannt wird.

»Ist wirklich alles in Ordnung?«

Ich fühlte mich genötigt, mit noch mehr Überzeugung als beim ersten Mal zu antworten.

Auf dem weiten Feld war es wie immer windig, wir liefen an zwei Kitesurfern vorbei, die sich von dem eisigem Wetter nicht abschrecken ließen, und ich verdrängte das Bild von Ellas Kopf, der von den mit hoher Geschwindigkeit durch die Luft pfeifenden Nylonschnüren abgetrennt auf der Rollfläche vor mir lag, ich hörte nicht auf mein Schreien, ich sah nicht in ihre toten Augen, achtete nicht auf das geschockte Schweigen der Menschen um mich herum, hörte nicht auf die Feuerwehrsirenen in der Ferne und las auch nicht die BZ-Schlagzeile des nächsten Tages: Junge Frau von Drachen enthauptet, nein, ich lief mit ihr weiter zu der Ecke, in der Kindergartengruppen, alte Türkinnen, die mehrere Röcke übereinander trugen, und junge Paare Obstkisten mit Erde füllten und darin Tomaten, Paprika, Salat und Blumen pflanzten. Jeder hütete hier sein eigenes kleines Paradies, alles war ineinander verschachtelt. Man fühlte sich hier so toll, dass mir sofort schlecht wurde. Bei den Kindern verstand ich das, es machte ihnen einfach Spaß, in der Erde zu buddeln, und man konnte ja auch nicht jeden Tag frühkindliche Förderungen in der Kita buchen, wer sollte das bezahlen und für die alten Türkinnen war es auch sinnvoll, die kamen sonst selten aus ihren Wohnungen raus, wie ich wusste, aber die jungen Paare, die glückselig ihre Ringelblumen betrachteten, verachtete ich.

Zwar war im Moment alles vom Schnee bedeckt, nur hier und dort sahen wir erfrorene, braune Stängel in den Kästen, aber es würde nicht mehr lange dauern, bis wieder eifrig gesät werden würde.

»Mein Gott, wenn die auf ihren Fensterbänken Blumen pflanzen wollen, habe ich ja nichts dagegen, aber hier? In der Öffentlichkeit? Man muss doch nicht alles so niedlich machen, dieses beschissene urban- oder guerilla-gardening, jede winzige Fläche um jeden verdammten Baum in der Stadt ist doch mittlerweile von Kleingärtnern bepflanzt worden. Es sieht natürlich schöner aus, das gebe ich zu, aber muss immer hinter allem eine Ideologie stecken? Die fühlen sich dabei wer weiß wie avantgardistisch, und ihre Freundinnen umhäkeln die Äste der Bäume mit bunter Wolle, urban knitting. Machen letztlich genau dasselbe wie ihre Großeltern – Schrebergarten und Handarbeit, nur dass sie andere Begriffe benutzen. Ich glaub', es hackt.«

»Ben hat hier doch eine Kiste, oder?«

»Das hat er uns auch erzählt. Er hat gekaufte Blumen mitgebracht, aber wenn wir uns im Sommer sehen würden, bekäme ich selbstgezogene Kornblumen von ihm, sagte er. Aus seinem eigenen Samen.«

»Und, wie gefällt er dir?«, fragte Ella und fuhr fort: »Ich mag ihn nicht. Diese Frisur. Hat er die aus der Bravo oder so? Das ist der Original-Justin-Bieber-Schnitt. Nur ist der fünfzehn und trägt ihn schon seit fast zwei Jahren nicht mehr. Aber Ben. Ich verstehe nicht, was Rafi an dem findet.«

Na toll, was soll ich dazu sagen? Darf ich ihr zustimmen? Kann man völlig ehrlich zu seinen Kindern sein? Eher nicht, bislang ging das jedes Mal schief. Manchmal vergesse ich das Gefälle zwischen uns und spreche mit ihnen wie mit Fremden. Nein, nicht wie mit Fremden, sondern so, wie es mir halt in den Kopf kommt, ohne den Mutterfilter einzusetzen. Normal. Aber das begreifen Kinder nicht, sie können noch so aufgeschlossen und modern und erwachsen sein, die Mama aber soll bitte immer so sprechen, wie sie es von klein auf gewohnt sind. Ich erfülle das nicht, jedenfalls nicht zu häufig. Allerdings: Ich schimpfe, wenn ich das Gefühl habe, Rafi oder Ella erwarten es, auch ganz ohne sauer zu sein. Schimpfe wegen Unpünktlichkeit, oder wenn sie vergessen, ihrer Tante zum Geburtstag zu gratulieren, weil es sie glücklich macht, als bräuchten sie diese Konstante in ihrem Leben. Ich muss Mama was erzählen, dann schimpft sie und ich fühle mich besser.

Seit die beiden zwanzig sind, habe ich das mütterliche Meckern nach und nach zurückgefahren, aber Rafi und Ella haben empört reagiert. Sie wollen von mir ausgeschimpft werden.

Als Rafi vor Jahren hintereinander dreimal nicht zu seinem Termin beim Arbeitsamt gegangen war, ist ihm das Arbeitslosengeld gesperrt worden. Kleinlaut war er eines Abends vorbeigekommen und hatte es »gestanden« – in Erwartung einer Strafpredigt. Wovon zahlst du denn deine Miete, von uns bekommst du nichts, wenn du da nicht hin willst, musst du dir eben einen zweiten Job suchen. Wann ist der nächste Termin? Wir könnten dich anrufen, damit du nicht wieder verpennst, du Trottel. So etwas in der Art hatte er hören wollen, aber ich hatte damals nur »Aha« gesagt, und noch etwas wie: »Ich hätte auch keine Lust, vom Amt zu leben.« Sonst nichts. Keinerlei Vorhaltungen. Der Junge war schließlich erwachsen.

Rafi war erschüttert gewesen, hatte das Thema gewechselt, war bald gegangen, und eine knappe Stunde später hatte seine Schwester angerufen: »Ihr könnt Rafi doch nicht einfach so weitermachen lassen. Der fliegt aus seiner Wohnung, wenn er nicht zum Amt geht.«

»Ja, wissen wir. Und?«

»Ihr interessiert euch überhaupt nicht mehr für uns. Wir sind doch eure Kinder! Nicht mal ein bisschen Einfühlungsvermögen zeigt ihr. Besonders Mama, eiskalt bist du. Hat Rafi gesagt.«

Meine Güte, hatte ich mir danach gedacht, dann schimpfe ich halt. Es fällt mir nicht schwer, und wenn sie so das Gefühl haben, geliebt zu werden, bitte sehr.

Aber Ellas Frage nach Ben machte mich unsicher. Sollte ich ihr die Wahrheit sagen? Dass Ben ein Vollidiot ist, der nicht erwachsen werden will und darum mit Ende zwanzig die Frisur eines Disney-Kinderstars trägt. Soll ich ihr erzählen, dass ich hoffe, die Beziehung erledige sich möglichst bald? Ben war nicht gut für Rafi, ich wusste nur noch nicht, warum. Klar würde Ella, falls ich das zugäbe, sofort ihren Bruder anrufen, um zu petzen, dass Mama Ben ganz furchtbar fände. Rafi wäre stinksauer, zu Recht, würde sich daraufhin wochenlang nicht melden, aber ein Stachel wäre gesetzt. Ich weiß, dass beiden meine Einschätzung wichtig ist, aber mir fehlt die Erfahrung der anderen Seite, ich kann schlecht beurteilen, wie es sich aus der Kinderperspektive anfühlt, die Meinung der Mutter wichtig zu nehmen, und darum passieren mir oft Fehler. Ich gehe dann zu weit.

Ich habe mit meiner Mutter wenig gesprochen, versucht, möglichst viel in einer Art Familienuntergrund zu leben, und es ist eine absurde Vorstellung, ich hätte ihr jemals erzählt, dass ich betrunken in ein öffentliches Klo gekotzt habe, nachdem ich dort mit einer

Kneipenbekanntschaft Sex hatte, und dass es mir danach richtig gut ging.

Bis heute erlebe ich jeden verkaterten Tag als Geschenk, eine innere Freude ist an diesen Katertagen in mir, es wieder einmal geschafft zu haben, sich dem Rausch hinzugeben, obwohl und obwohl und obwohl. Ich überlege dann, was meine Mutter wohl dazu gesagt hätte. »Du benimmst dich wie eine Nutte«, das war einer ihrer Sätze, wenn sie sich mit mir beschäftigte. »Du musst dich für die Männer rarmachen«, ein anderer. Das mit der Nutte hörte ich das erste Mal mit vierzehn. Es waren die Jahre, in der Zeit keine verlässliche Größe darstellte, entweder dehnte sie sich bis zur Unerträglichkeit, oder sie schnurrte so zusammen, dass man kaum hinterher kam. Die Wochenenden konnten spannend und verheißungsvoll glitzern oder niemals zu Ende gehen. Wie lang ein Samstag plus Sonntag sein kann, an dem man keine Freunde treffen darf, das lernt man mit vierzehn. Nie wieder danach fühlte ich einen so allumfassenden gähnenden Stillstand, die nicht vergehenden Minuten, Stunden, Tageszeiten, am Sonntagnachmittag, nach dem Mittagessen, nach dem Mittagsschlaf der Eltern, ein Spaziergang zum Wannsee mit den Eltern, bei dem ich immer aufpassen musste, nicht vor Langeweile einfach hinzufallen. Wie nebelige Watte wurde die Zeit, und ich wusste genau, es würde noch Jahre voller erzwungener Spaziergänge und Mittagsschläfe geben, bevor ich da heraus komme. Wenn ich das überhaupt überlebe, denn wo ist der Unterschied zwischen tot sein und Zeit ohne Ende? Die Aussicht auf eine Party aber drehte das Wochenende komplett um. Die Zeit flirrte, und was wohl passieren würde heute Abend?

Ich saß in meinem Zimmer und versuchte, mich zu schminken. Blauer Lidschatten, Wimperntusche, Rouge, die Haare vielleicht so oder besser so? Meine Mutter kam rein, schaute mich an, verpasste mir eine Ohrfeige und sagte den Satz: »Wasch dir sofort dein

Gesicht, du siehst ja aus wie eine Nutte.« So war sie, nicht besonders hilfreich für einen Teenager. Sie kaufte mir auch keinen BH, als meine Brüste anfingen zu wachsen, ja, sie empfahl mir nicht mal, vielleicht einen zu tragen. Stattdessen schimpfte sie auf einem Geburtstag der Großmutter in Ostberlin, weil ich eine Bluse trug, die ein bisschen durchsichtig war, ohne dass ich es bemerkt hatte. »Wie eine Nutte.« Es gibt ein Foto von diesem Omageburtstag und bis heute werde ich rot, weil ich meine kleinen Brüste sehen kann.

Wegen solcher Szenen war es mir viel leichter gefallen, meine Eltern von meinem eigenen Erwachsenenleben auszuschließen, als es das für Rafi und Ella je war. Viel zu nah sind wir uns alle. Manchmal wünsche ich den beiden eine blödere Mutter, eine, die Ohrfeigen verteilt hätte, und Hausarrest, die auf Ordnung geachtet und viel mehr verboten hätte, damit die Kinder sich gegen sie auflehnen müssten. Habe ich eindeutig verpasst, falsch gemacht, und nun ist es, wie es ist, und ich liebe dieses Leben mit den Kindern in meiner Nähe, ich genieße es, auf Partys eingeladen zu werden, dort mit Mittzwanzigern, die ich seit ihrer Windelzeit kenne, zu trinken, Drogen zu nehmen, und nur selten habe ich dabei ein Gefühl von Peinlichkeit. Junge Menschen mögen mich, weiß der Teufel warum. Und Ella fragt mit ihrem ernsthaften Erwachsenengesicht, was ich von Ben halte?

Ich sollte die Klappe halten und den Dingen ihren Lauf lassen. Rafi war schließlich erwachsen, mehr als das: Er war ein nicht mal mehr besonders junger Erwachsener. Ich beschloss, mich Ella gegenüber neutral zu verhalten. Oder wenigstens, mich nicht noch voreingenommener zu zeigen. Ich glaube, an diesem Punkt wurde mein Schimpfen nicht erwartet.

»Tja, kann ich nicht viel zu sagen, die Frisur ist schon ein bisschen affig, oder? Aber sonst, wenn Rafi ihn liebt, wird schon etwas dran sein an Ben.«

War Rafi wirklich in diesen Mann verliebt? Er versuchte zumindest, den Eindruck zu erwecken. Glaubwürdig waren sie trotzdem nicht. Irgendetwas stimmte nicht. Wenn er nur mit ihm ins Bett ginge, hätte er Ben nicht zu uns gebracht.

Ella sah mich ungläubig an, dann wechselten wir das Thema. Sie erzählte eine Arbeitsgeschichte, ich schaute in den weiten Himmel und hörte weg.

»Bewerbung oder Pass?«

Es ist überhaupt keine anspruchsvolle Arbeit, die ich erledige, und darüber bin ich sehr froh. Fünfundzwanzig Stunden pro Woche verbringe ich in einem kleinen Fotogeschäft damit, Kunden zu fragen, ob sie Fotos für ihren Personalausweis oder für ein Bewerbungsschreiben bräuchten. Je nachdem, wie die Antwort ausfällt, richte ich das Gerät aus, das man kaum noch »Fotoapparat« nennen kann, es ist ein narrensicherer Computer, bei dem alles bereits voreingestellt ist, ich muss nur noch auf dem Display zwischen den Brennweiten wählen und den Fokus scharfstellen, das ist schon die ganze Arbeit. Seit für den Ausweis biometrische Bilder verlangt werden, muss ich den Menschen ihr automatisches Foto-Lächeln abgewöhnen, das ist der aufwendigste Teil meiner Aufgaben. Bitte nicht freundlich. Stellen Sie sich einfach vor, dass Sie mich nicht leiden können. Ja, so ist es richtig.

Eine Herausforderung sind nur Kinderausweisfotos, aber die werden in unserem Geschäft kaum verlangt. Ich weise den Kunden die passende Sitzposition zu, drehe den Hocker je nach Größe höher oder niedriger und drücke auf den Auslöser. Seit ein paar Jahren habe ich mir angewöhnt, denjenigen, die ein Bewerbungsfoto brauchen, vorher das Gesicht zu pudern. Ich habe dazu zwei Puderdosen, eine für helle Haut, eine für dunkle, und einen riesigen, puscheligen Pinsel, mit dem ich in ihren Gesichtern rumwedele. Es geht weniger um den Glanz, den ich damit abdecke, als um das Gefühl, das ich bei ihnen damit hervorrufe. Sie sehen nach dem Pudern genauso aus wie davor, nur in ihren Augen verändert sich etwas. Jemand hat sich um sie gekümmert. Es ist traurig, aber es funktioniert.

Ich kann den Menschen, die das Geschäft betreten, ansehen, welche Fotos sie verlangen werden. Männer, die in hellen, kleinkarierten Hemden hereinkommen, wollen fast immer ein Bild für ihre Bewerbungsmappe. Manchmal bin ich versucht zu empfehlen, sich die Ausgabe doch besser zu sparen oder in zwei große Biere anzulegen, die Chancenlosigkeit ist so vielen anzusehen. Die meisten kommen nicht aus eigenem Antrieb, sondern werden vom Arbeitsamt gezwungen, jeden Monat Dutzende sinnlose Bewerbungen rauszuschicken, sie benötigen immer eine Quittung, ohne die sie das Geld vom Amt nicht wiederbekommen. Bei denen, die mir vertrauenswürdig erscheinen, schreibe ich höhere Beträge auf die Rechnungen, dann haben sie ein Foto und ein Bier. Mit dem Pudertrick schenke ich ihnen einen kleinen Moment Glamour, vermittele das Gefühl, diese Knipserei wäre eine große Sache.

Wäre heute noch Personal für das Entwickeln von Fotografien wichtig, hätte ich den Job nicht erhalten, mir fehlt jedes Fachwissen. Zu meinem Glück wird, zumindest für diese einfache Art der Fotos, kein Labor mehr benötigt, keine roten Lampen, die den Eintritt in die Belichtungskammer verhindern, keine Chemikalien, die gewissenhaft in Plastikwannen gemischt werden. Das übernehmen längst Computer, die Kopierern ähneln. Man muss nur regelmäßig Farbe und Fotopapier nachfüllen, das ist meine Aufgabe, und da ich früher in einem Kopiergeschäft gearbeitet habe, war ich qualifiziert genug, diesen Job zu bekommen. Ich bin keine Fotografin, ich bin, beruflich gesehen, nichts. Ich verkaufe Menschen ziemlich jämmerliche Porträtfotos, manchmal auch Fotoalben für ihre

Urlaubs- oder Hochzeitsfotos, und ich nehme alte, zerknitterte Fotografien an, die Karl, mein Chef, retuschiert und mit Photoshop bearbeitet. »Aus alt mach neu«, steht auf einem Aushang im Schaufenster, darunter kleben drei Vorher-Nachher-Fotos. Das Plakat habe ich geschrieben, ich habe eine schöne Handschrift, und Karl meinte, für eine so nostalgische Aktion wäre ein gemaltes Plakat passender als eines mit Computerschrift. Meistens sind es Familienfotos, die uns zum Aufpolieren gebracht werden, fast immer sind darauf ernste, sich sehr gerade haltende Menschen zu sehen, und mindestens einer der Männer trägt eine Uniform mit Hakenkreuz.

Als ich vor sechs Jahren hier angefangen habe, hatte ich romantischere Vorstellungen von meiner Arbeit. Ich hatte an »Peeping Tom« oder Ähnliches gedacht. Nach einer Weile wurden mir aber die Bedeutungslosigkeit und auch die fehlende Verantwortung sehr recht. Kein Aufstiegswille, die Bezahlung ist in Ordnung und konstant, und wenn ich abends die Geschäftstür hinter mir schließe, nehme ich nichts in Gedanken mit nach Hause.

Wenn ich mich besonders langweile und Karl nicht im Laden ist, nehme ich Selbstporträts auf. Anfangs habe ich jede Woche am Mittwochabend eines geschossen, mit dem Film »Smoke« im Hinterkopf, in dem Harvey Keitel jeden Morgen die Straßenecke fotografiert, an der sein Tabakgeschäft liegt. Aber ich bin keine Straßenecke. In meinem Gesicht geschah nichts Aufregendes, und nach vier, fünf Monaten habe ich mein Projekt aufgegeben und die Bilder weggeworfen.

Vor ein paar Wochen hatte ich mich an diese Fotos erinnert. Ich war allein im Laden gewesen, Karl hatte einen Termin im Schöneberger Amtsgericht.

Seit einigen Monaten ist er von der Idee, seine Familiengeschichte zusammenzutragen, geradezu besessen. Er verbringt seinen Feierabend und auch viele Arbeitsstunden vor dem Computer und sucht bei den Mormonen, Kriegsveteranengruppen und Heimatvereinen, in alten Kirchenarchiven und auf Standesämtern nach Unterlagen seiner Vorfahren. Warum er sich plötzlich für seine sogenannten Wurzeln interessiert, ist nicht aus ihm herauszubekommen. Ich will es auch nicht wissen, trotzdem muss Karl mich immer wieder mit seinen Funden belästigten.

Er erzählte mir, dass Tante Elisabeth, eine geborene Lohse, einen Offizier geheiratet hat, der im Zweiten Weltkrieg an der Westfront gefallen ist, und beschrieb, wie er das am Vortag seiner Mutter auf vergilbten Dokumenten genau nachweisen konnte. Mein Einwand, seine Tante sei doch sicher die Schwester seiner Mutter und die wisse bestimmt, mit wem die verheiratet gewesen sei, ja, sie sei ziemlich wahrscheinlich sogar dabei gewesen, live, wurde zur Seite gewischt.

Ich habe kein Verständnis für dieses Vergangenheitsgestöbere. Was sucht er überhaupt, glaubt er, sein eigenes, kleines Dasein würde dadurch erhöht, dass er Vorfahren besitzt? Die hat schließlich jeder, und bis auf Eltern und vielleicht noch die Großeltern haben die Toten wenig Einfluss auf das eigene Leben. Man wird nicht spannender, weil vor langer Zeit dies oder das geschehen ist, außer man ist Nachfahre einer sowieso bekannten Familiendynastie und kann von deren Geld leben. Kann Karl aber nicht. Meine Großeltern waren Gutsbesitzer oder -verwalter irgendwo in Pommern oder Schlesien. Ich lebe trotzdem in einer kleinen Wohnung ohne Heizung, oder? Karl war schon immer schwierig, aber seit er mit diesem Ahnenkram begonnen hat, ist er kaum noch zu ertragen, er hat sich vollkommen eingebuddelt und kann über nichts anderes mehr sprechen.

Er ist nicht älter als ich, aber verweigert sich starrköpfig jeder Neuerung und denkt, das allein würde ihm schon eine Haltung verleihen. Er will nicht, dass etwas »von außen« auf seine so wertvolle

Persönlichkeit einwirkt und ihn verwässert, und führt ein aus verschiedenen Theorien zusammengesetztes fast mönchisches Leben, hart an der Grenze zum Verschwörungsfanatiker. Überall wittert er Angriffe auf seine Identität. Internet fand er lange unmöglich, ein Computer störe seine Konzentration. Der Computer, der seit zwei Jahren trotzdem im Geschäft steht, ist ein lahmes Monstrum, das ihm einer seiner Freunde, die ebenfalls prinzipielle Verweigerer sind, zusammengefrickelt hat. Musik, die seinen Ansprüchen genügt, gibt es seit Ewigkeiten nicht mehr, alles Mist. Wäre er ein paar Jahre älter, gehörte Karl sicher zu den Typen, die Bob Dylan verachteten, weil der in Woodstock erstmalig auf einer elektrischen Gitarre gespielt hat. »Das ist doch keine Musik mehr! Pop und Techno sind seelenlos.« Widerlich findet er das, es beschmutzt ihn, überhaupt davon zu wissen, und darum will er sich auch nichts davon anhören; sein Handy ist ein alter Knochen, am liebsten hätte er eines mit Antenne, schade, dass es so etwas nicht mehr gibt; er betritt den Osten der Stadt nicht. »Was soll ich da?«, fragt er. Ich weiß nicht, wo er seine Kleidung kauft, in irgendeinem Dogma-Laden, der nur veraltete Schnitte für Jeans erlaubt, nur Pullover in unmodischen Farben führt und bereits beim Kauf ausgeleierte T-Shirts. Karl lebt in einer winzigen Wohnung – ich besuchte ihn einmal dort –, er hat nicht mal eine Dusche, obwohl es ihm nicht am Geld mangelt. Nein, es ist seine Art, die Welt zu verachten, den Spekulanten die Stirn zu bieten.

Ich kann die ganzen Verbote, die Karl sich und nach Möglichkeit auch seiner Umgebung auferlegt, nicht ernst nehmen und versuche, Gespräche, die über das Berufliche hinausgehen, zu vermeiden. Immer mehr erscheint mir alles, was Karl von sich gibt, wie Sprechblasen, Begriffe, die er sich anklebt, um seinen Panzer abzudichten, hier ein Aufkleber »Konsumterror«, da ein »Staatsapparat« daneben ein »Die da oben« und ein »Wegwerfgesellschaft«. Ich habe es schon länger aufgegeben, mit ihm zu diskutieren, einmal, weil es so sinnlos ist, und auch, weil er mein Chef ist und ich meinen Job behalten und ihn so unkompliziert wie möglich einfach nur erledigen will.

Es gab nichts zu tun an diesem Nachmittag, das Wetter war miserabel, und wer konnte, blieb zu Hause, die anderen versuchten, ihre Angelegenheiten auf das Allernötigste zu reduzieren und so schnell wie möglich zu erledigen. Durch die Schaufensterscheibe beobachtete ich die hochgezogenen Schultern, griesgrämigen Gesichter und eiligen Schritte der Vorbeihastenden. Niemand brauchte Fotos, und nach siebzig Partien Solitär an meinem Laptop, den ich immer mit ins Geschäft nahm, weil ich an Karls Computer nichts tun wollte, was über die Buchhaltung hinausging, setzte ich mich vor den Fotocomputer und schoss eine Reihe Bilder von mir. Nachdem sie entwickelt waren, betrachtete ich sie ratlos. Mein Gesicht stimmte nicht mehr. Das Foto, auf dem ich glaubte, fröhlich geguckt zu haben, war eine verzerrte Fratze, das ernste wirkte boshaft, das lustige wie ein psychotischer Clown, und so ging es weiter: hämisch und derb, gehässig und verzweifelt – zwanzig Gesichtsausdrücke, die allesamt falsch waren. Doppelt falsch, weil einerseits natürlich die Emotionen gespielt waren und andererseits mein inneres Gefühl nichts mehr mit meinem Ausdruck zu tun hatte. Überhaupt nichts mehr.

Später, auf dem Weg nach Hause, vermied ich jeden Blickkontakt, die ganze Zeit stellte ich mir vor, wie mein scheinbar freundlich neutraler Blick auf andere wirken musste. Ich sah aus wie ein bösartiger Mensch. Ich war froh, dass Fritz noch nicht da war, ich ging noch im Mantel ins Bad und auch da: Mein Schneewittchenspiegel war kaputt, so konnte man doch nicht aussehen. Oder, war es wie bei Bulimiekranken, die sich nicht realistisch sehen können, statt schlanker Schönheit glotzt ihnen fettes Fleisch entgegen?

Konnte ich mich nicht mehr richtig sehen? Das wäre noch die tröstlichste Antwort gewesen. Ich war psychisch krank, eine einfache Persönlichkeitsstörung, das wäre nichts Ungewöhnliches. Aber es fühlte sich eigentlich nicht so an.

Die Badezimmertür ging auf, Fritz stand im Türrahmen, ich drehte mein hässlich verzerrtes Gesicht zu ihm, aber er bemerkte nichts, er kam auf mich zu, er küsste meinen falschen Mund.

»Na, alles okay?«

»Nein, überhaupt nichts ist in Ordnung. Hast du gesehen, wie ich aussehe?«

»Hör einfach mal auf, dich immer nur mit dir zu beschäftigen.«

Trotz der deutlichen Worte von Frau Scholz brachte ich ihr weiterhin Kohlen, stellte sie vor die Tür, nahm die Ascheimer mit zu den Mülltonnen und unterhielt mich ansonsten nur in Gedanken mit ihr. Es war mir nicht klar, ob ich sie näher kennenlernen wollte oder ob ich einfach nur meinem Impuls, ihr zu helfen und sie damit auf eine perfide Art zu demütigen, folgte. Hatte ich vor, ihr eine Lektion zu erteilen, zu beweisen, dass ihr Leben doch nicht so schwer war, wie sie es in meinem Augen darstellte?

Schon ein paar Tage zuvor hatte ich eine Flasche Eierlikör für sie gekauft, mich aber nicht getraut, sie ihr zu geben. An einem Morgen, an dem ich mich mutig genug fühlte, band ich eine Schleife um die Halbliterflasche, hängte ein kleines Schild mit einer gemalten Sonne und dem Satz: »Wärmt von innen, ich wünsche Ihnen einen guten Tag!« daran und stellte sie neben den Kohleneimer auf die Fußmatte der alten Frau. Im Laufe des Tages dachte ich einige Male daran und freute mich. Als ich am Abend von der Arbeit nach Hause kam, stand Frau Scholz an ihre Tür gelehnt und wartete.

»Kommen Sie rein?«

»Ja, gerne.«

Wir gingen den Flur entlang in die schmuddelige Küche, auf dem Tisch stand die Flasche, Frau Scholz nahm in ihrem Thron Platz und zeigte mit spitzem Finger auf den Likör.

»Was soll das?«

»Nichts. Ich hatte an Sie gedacht beim Einkaufen.«

»An mich und Eierlikör?«

»Nicht genauso. Ich dachte nur, Sie freuen sich vielleicht. Oder trinken Sie etwa keinen Alkohol?«

»Ich trinke keinen Eierlikör. Da hätten Sie auch gleich Eckes Edelkirsch mitbringen können.«

»Ach so, ich dachte ...«

»Ja, das machen Sie ja augenscheinlich sehr gerne. Kommt nur nicht viel dabei raus, was? Sie dachten, eine alte Frau muss Eierlikör mögen. Und Buttercremetorte. Und abends trinken wir alle Klosterfrau Melissengeist. Sagen Sie mal, in welchem Jahrhundert leben Sie bloß? Meine Mutter hat das so gemacht. Wenn Sie mir eine Freude bereiten wollen, dann bringen Sie mir Wodka mit. Allerdings brauche ich überhaupt keine Freude. Also keine in Ihrem Sinne. Haben Sie keine Eltern, die Sie betreuen können?«

»Jetzt seien Sie doch nicht gleich wieder so unfreundlich.«

»Warum nicht? Was soll mich denn daran freuen? Ich muss sowieso auch weitermachen.« Frau Scholz stand auf.

»Weitermachen womit?«, fragte ich.

Frau Scholz starrte mich böse an. »Das geht Sie meiner Meinung nach einen feuchten Kehricht an.«

»Sie haben wie immer recht. Ich habe keine Eltern mehr.«

Gleich am nächsten Tag kaufte ich zwei Flaschen Wodka. Guten, teuren, finnischen Wodka. Nach dem Abendessen stellte ich zwei Gläser und eine der Flaschen auf den Tisch.

»Ich habe gestern Frau Scholz besucht. Die ist echt furchtbar.

Ich weiß überhaupt nicht mehr, was ich mir dachte, als ich mit diesen blöden Kohlen anfing.«

»Du wolltest etwas Gutes tun und dich darin sonnen.«

»Du bist gemein.«

»Nein, bin ich nicht. Mir gefällt es, wenn du so lustige Sachen machst.«

»Ich finde das nicht besonders lustig. Die schimpft, egal, was ich tue.«

»Was hast du denn gemacht?«

Ich erzählte vom Likörfiasko und meinem gestörten Verhältnis zu alten Menschen, dieses falsche Lächeln im Gesicht, von dem mir sofort die Wangenmuskeln wehtun, und egal, was ich sage oder wie ich mich verhalte, immer ist es knapp daneben.

»Na ja, du bist ja auch im Umgang mit anderen Menschen nicht besonders fit, sondern eher komisch. Warum sollte das gegenüber Senioren nicht auch so sein?«

»Ich bin überhaupt nicht komisch. Ich kann mich sehr gut unterhalten, und ich bin empathisch, und ich höre zu.«

»Wem?«

Ich musste grinsen, trank das nächste Glas und antwortete: »Dir!«

»Hier ist ja auch sonst niemand. Mir musst du zuhören. Außerdem stimmt nicht mal das. Du tust nur so, als ob, und dann vergisst du es gleich wieder. Deshalb kann ich dir Geschichten auch so oft erzählen, für dich sind sie jedes Mal ganz neu. Das mag ich.«

»Das ist totaler Quatsch.«

»Nee, das ist süß.«

»Ach, du bist betrunken.«

»Ja, und du auch. Komm wir nehmen noch ein Glas auf Frau Scholz und auf dein großes Herz.«

»Ich geb' dir gleich großes Herz.«

Wir tranken und rauchten noch eine Weile und gingen dann zu Bett. Kurz vor dem Einschlafen wurde mir ein bisschen schlecht, aber ich habe eine Methode erfunden, die es mir ermöglichte, mich nicht übergeben zu müssen. Ich brumme. Ziemlich laut und gleichmäßig, im Rhythmus meines Atems und vor allem ununterbrochen. Das Vibrieren des Körpers beruhigt den Magen, so bilde ich mir zumindest ein. Einen Moment dachte ich daran, wie peinlich mir das früher war, lieber ging ich für Stunden ins Bad, hockte mich dicht an die Toilettenschüssel und wartete auf die Welle der Übelkeit, als dass ich gebrummt hätte, wenn jemand neben mir lag. Fritz aber gab mir das Gefühl, es sei das Normalste der Welt bei einer Frau zu liegen, die Geräusche wie ein alter, schnarchender Bär von sich gibt. Kurz fühlte sich alles genau richtig an, nach dem Glück der Liebe. Gerne hätte ich es ihm noch gesagt, doch Fritz war eingeschlafen. Ich brummte und brummte, und dann schlief auch ich ein.

Ziemlich zerknittert hockten wir am Morgen in der Küche.

»Was tun wir eigentlich, wenn wir unsere Arbeit nicht mehr machen können?«

»Was meinst du?«

»Ich kann mir vorstellen, dass ich eines Tages aufwache und feststelle, dass ich nie wieder Bewerbungsfotos schießen kann. Nie wieder. Gut möglich, dass es nicht mehr lange dauert. Mir kommen die Fotos, die ich mache, nicht mehr gut vor.«

»Die sind auch nicht gut. Das sind nur Bewerbungsfotos, keine künstlerischen.«

»Weiß ich selber. Aber es ist so, als ob der Fotoapparat nicht immer das aufnimmt, was er sieht.«

Ich überlegte einen Moment, ob ich Fritz von meinen Selbstporträts erzählen sollte, entschied mich aber dagegen.

»Stell es dir einfach vor: Man kann es nicht mehr. Man fühlt sich nicht mal mehr in der Lage aufzustehen und sich anzuziehen oder zu duschen und zu frühstücken, wenn man nur an die Arbeit denkt.«

»So ist es doch jeden Tag.«

»Nein, das stimmt nicht.«

»Also mir macht das nichts aus.«

»Das glaube ich dir nicht. Du siehst oft so müde aus, wenn du nach Hause kommst.«

»Ja, bin ich ja auch, ist doch normal, oder?«

»Nein, du siehst nicht nur müde und alt aus, du wirkst dann so, als ob du diese Last nicht mehr tragen könntest.«

»Es ist doch keine große Last.«

»Natürlich, von meinem Gehalt alleine können wir nicht leben, von deinem notfalls schon.«

»Genau, darum ist es auch so sinnvoll, meinen Job weiter zu erledigen.«

»Ich rede auch nur so vor mich hin.«

Es war nicht die Arbeit, die mich belastete, nicht die Beziehung zu Fritz, nicht die Wechseljahre, nichts aus meiner Kindheit, das mit Gewalt nach oben schwappte, und trotzdem war da etwas, das mir immer mehr das Gefühl gab, es würde nicht mehr lange gut gehen. Nur was, das fand ich nicht heraus. Möglicherweise das Wohlstandsproblem einer Frau mittleren Alters. Oder Sehnsucht nach dramatischeren Erfahrungen. Ich habe keinen Krieg erlebt, aus dem man ein Leben lang Sinn schöpfen kann, ich komme ja nicht mal aus der DDR. Warum bloß ist man nicht als Kind dünnhäutig und durchlässig und schafft sich dann, im Laufe der Jahre, das berühmte dicke Fell an? Mir schien es so, als ob mein Fell immer löchriger werden würde, überall schon spürte ich kahle Stellen. Wie halten das nur die anderen aus?

Fritz machte sich fertig und verließ das Haus, ich musste erst am Nachmittag ins Geschäft. Ich räumte halbherzig den Frühstückstisch ab, als Ella anrief. Sie rief mindestens einmal in der Woche an, es gehörte zu ihrer Vorstellung einer guten Tochter, die sich um ihre Eltern kümmert. Rafi meldete sich oft wochenlang nicht, mir gefiel beides nicht – Rafi fand ich unsozial, Ella übertrieben. Sie erzählte, natürlich von der Arbeit, von ihrem neuen Projekt, das »ihre« Firma im Moment anleierte.

»Ella, kannst du dich eigentlich noch an Oma erinnern?«

»Ja, ein bisschen. Sie hat mir leckeres Essen gekocht, und ich war gerne bei ihr zu Besuch. Aber als sie krank wurde, fand ich sie unheimlich. Sie hat mich immer beschimpft. Aber das war nur, weil sie so Angst hatte, weil sie sich an nichts mehr erinnern konnte. So hast du es mir damals erklärt. Ich aber glaube, sie war in sich drin schon immer so, und als sie Alzheimer bekam, ist ihre wahre Persönlichkeit ans Licht gekommen. Da war sie nicht mehr in der Lage sich zu verstecken. Einmal hat sie mich hysterisch angeschrien, ich solle ihr nichts antun. Da war ich fünfzehn oder erst vierzehn?«

»Leckeres Essen? Das kann nicht sein, das Essen von Oma war immer grässlich.«

»Ich hab' es gemocht.«

»Na ja, zum Glück ist sie ja tot. Übrigens, ich gehe jetzt manchmal zu der Frau, die unter uns wohnt, und unterhalte mich mit ihr. Sie erinnert mich an deine Oma. Sie ist auch böse.«

»Du hast Sehnsucht, Mama, darum besuchst du eure Nachbarin. Papa hat es mir schon erzählt.«

»Nein, ich habe überhaupt keine Sehnsucht nach Oma. Mit der Frau, das hat sich einfach so entwickelt. Sie ist ja nicht nur böse, sie trinkt zum Beispiel gerne.«

Ella schnaubte verächtlich und hielt mir einen Vortrag über

meine »total kranke« Theorie, in der Trinken für Freundlichkeit stehe, idiotisch wäre das, und mein Einwand, dass ich nicht das Trinken an sich meinte, es vielmehr für ein bestimmtes Gefühl stünde, das Gefühl, man könnte sein Leben nicht besonders gut ertragen und wäre keiner von diesen Menschen, an denen einfach alles abprallt, wurde von ihr energisch weggewischt. Ella hat wenig Verständnis fürs Trinken, sie wird sehr streng und regt sich auf, ich wollte sie nur ein bisschen ärgern und handelte mir ein weiteres Referat über die Schwäche von Trinkern ein.

»Ich hasse diese Leute, die saufen, um sich dann mal so richtig gehenzulassen. Du findest das ja toll, ich weiß, aber in Wirklichkeit ist das nur Schwäche. Ekelhaft finde ich das. Dieses Gelalle, und alle fühlen sich supersupertoll, weil sie knülle sind. Am nächsten Tag jammern und eine Bierfahne haben, nee, echt, ich hasse das.«

Sie hörte gar nicht mehr auf mit ihrer Antialkoholiker-Predigt.

»Wann bist du bloß so eine vernünftige Klugscheißerin geworden? Du trinkst schließlich selber gerne. Verträgst halt mehr als andere. So richtig betrunken bist du doch sehr selten.«

Auf der anderen Seite Schlucken und Schweigen. Ich überlegte hektisch, an welchen Punkt unser Gespräch aus dem Ruder gelaufen war, wie aus einer kleinen Neckerei plötzlich etwas ganz Ernstes geworden war, und wie ich Ella zurückholen könnte auf die Plauderebene, aber sie war schneller.

»Ich leg' jetzt auf. Ich lass mich nicht von dir beschimpfen. Ich bin keine Trinkerin!«

Sofort bestätigte ich sie, nie habe ich auch nur den Verdacht gehegt, sie könnte zu viel trinken, auf keinen Fall. Langsam wich die Schärfe aus ihrem Ton.

»Außerdem hast du doch angefangen mit deiner Mutter. Ich hätte es mir denken können, du suchst immer nur Streit, wenn es um deine Eltern geht.«

»Nein, bitte sei nicht beleidigt, ich hab' es nicht so gemeint.«

»Hast du wohl. Nur weil ich deine Sicht, dass das Leben so unerträglich ist, nicht teile, fängst du an rumzupöbeln.«

»Das Leben ist unerträglich!«

»Meines nicht, Mama. Tschüss, grüß Papa.«

»Jetzt warte mal, ich habe mich doch entschuldigt.«

»Hast du nicht, und es ist auch egal, ich muss sowieso los. Ich ruf dich wieder an.« Und nach einem Moment Schweigen: »Das wird schon, Mama.«

Was sie damit meinte, wusste ich nicht, aber ich versuchte, ins Telefon zu lächeln, und stimmte ihr zu. »Na klar.«

Danach kramte ich in staubigen Schachteln, die wir unter unserem Bett verwahren, nach alten Bildern meiner Mutter. Ich suchte etwas in ihrem Gesicht, mit dem sich die Krankheit angekündigt hatte, war da schon in den Siebzigern etwas zu finden, wenn man nur genau hinschaute? Aber die Aufnahmen waren alle zu unscharf, einfache Familien-Schnappschüsse, ich sah nichts. Dann nahm ich noch ältere Fotos in die Hand, meine Großmutter, meine Urgroßmutter, war da irgendein Hinweis für mich versteckt? Die alten Fotos waren aus festem Karton, die Frauen trugen große Schleifen im Haar, zeigten ernste Gesichter, früher wurde nicht gelacht beim Fotografieren, heute muss ich es den Leuten austreiben. Auf den meisten Bildern waren kaum noch Gesichter zu erkennen, sie verschwanden, die Chemikalien und das Papier lösten sich auf, und übrig blieben weiße Flecken, Gespenster in langen schwarzen Kleidern grüßten mich. Wussten sie von mir? Standen sie mir bei, die Frauen vor mir? Hockten sie in kahlen Bäumen im Hof und beobachteten mich, um zu sehen, was ich aus meinem Leben machte? Würde auch ich, wenn ich tot war, auf Ellas Schulter sitzen und sie begleiten? Ich fing schon an wie Karl.

Ich war bei meiner Mutter, als sie in einer Wohngemeinschaft für Alzheimerpatienten starb. Eine Senioren-WG, dieser Name gibt den Angehörigen das Gefühl, die Eltern wären hier wie in einer Familie gut aufgehoben. »Meine Mutter lebt in einer WG«, konnte ich sagen, das hörte sich besser an als: »Wir haben sie in ein Heim gegeben«.

Eine der Mitarbeiterinnen rief damals an: »Sie sollten vielleicht vorbeikommen, Ihrer Mutti geht es nicht gut«, sagte sie.

Mutti, das sagen Menschen, die in der DDR aufgewachsen sind. Es war nicht das erste Mal, dass ich einen solchen Anruf bekam, manchmal waren wir daraufhin quer durch die Stadt gefahren, die Wohngemeinschaft lag im äußersten Norden der Stadt, manchmal nicht. Immer war es Fehlalarm gewesen, und ich hatte mich bereits zu oft von meiner Mutter verabschiedet, alles war gesagt und gedacht und gefühlt, von meiner Seite aus zumindest, von ihrer kam seit Jahren kein Wort mehr. Sie hatte alles vergessen: das Sprechen, das Laufen, das Essen, alles. Nur ihr Körper funktionierte so zuverlässig, dass ich manchmal glaubte, sie würde es nie schaffen, das Sterben, sie sei, aus einer verrückten Laune der Natur heraus, unsterblich. An diesem Abend fuhren wir hin, und ich fragte mich später häufig, warum wir uns so entschieden hatten. Gab es Zeichen? Nein, es war Zufall, wir hatten noch nichts getrunken und nichts vor, wir waren nicht müde oder hungrig, so sind wir zu ihr gefahren.

An den orangefarben und gelb gestrichenen Wänden des Gemeinschaftsraums der Wohnung hingen Basteleien aus Stroh und Bast und Federn und Kugeln, und auf dem Tisch standen Blumen und Platzsets, und an die Stühle waren Vorderbeinen kleine Rollen montiert, damit sie leichter zu schieben sind. Es gab Schlimmeres als diese WG.

An der Wand hing ein Wochenkalender, durch den die Bewohner

immer wussten, was man als Nächstes zu tun hat. »Gemeinsames Kochen« und »Basteln« und »Lesen und Vorlesen«, und samstags von drei bis halb fünf wurden Schallplatten aufgelegt. Ich war mir nicht sicher, ob einer der Alten mit einem Kalender etwas anfangen konnte, wahrscheinlicher hing er für uns, die Familien da, damit wir glaubten, unsere Eltern hätten ein ausgefülltes Leben.

Ich ging damals ins Zimmer meiner Mutter, strich ihr unbeholfen über die Wange und fragte in den stillen Raum hinein: »Hallo Mama, wie geht es dir?«, obwohl sie nie antwortete – ich sprach nur mit ihr, weil man es draußen, auf dem Flur hören konnte, damit ich nicht herzlos erschien. Sie hatte eine Lungenentzündung, die zehnte oder elfte in den vergangenen zwei Jahren, ihr Körper war fiebrig, ihr Atem rasselte. Ich musste auf die Toilette.

Die Gemeinschaftstoilette war sauber. Es roch nicht. Aber etwas lauert in den Ecken. Man darf es nicht berühren, man kann es nicht abwaschen, etwas bleibt hängen, in einer Falte, unter der Haut, in meiner Atemluft, und dann ist es in mir und breitet sich aus …

Der Toilettensitz war, wie für Kinder, die lernen aufs Klo zu gehen, verbreitert, mir war nicht klar, ob man, wenn man alt war, nicht mehr so gut zielen konnte. Warum sollte es einfacher sein, in ein kleines Loch zu pinkeln als in ein großes? Ich wollte nichts berühren, aber ich konnte nicht schweben beim Pinkeln, dafür war dieser Sitz zu groß, ich musste mich setzen. Oder danebenmachen. Ach, bitte stell dich nicht so an, schäme dich lieber für deinen Ekel und versuche, beim Pinkeln etwas Mitgefühl für deine Mutter zu entwickeln. Fertig. Hände waschen mit dem Desinfektionszeug, aber nicht an einem der Handtücher abtrocknen, lieber an den eigenen Hosenbeinen. Die sind zwar schmutziger, aber freundlicher. Und dann zog ich meinen Pulloverärmel lang, bis er über die rechte Hand reichte, um die Türklinke herunterzudrücken.

Vor der Tür stand ein Schaf und schaute mich blöde an. Dann

drehte es sich um, wackelte mit seinem immensen, wolligen Hintern und verschwand, erstaunlich grazil auf kleinen Hufen trippelnd, in Richtung der Küche. Ein echtes Schaf. Ein Therapieschaf, das für einen Tag und eine Nacht hierher gebracht worden war, um bei den Kranken Erinnerungen wachzurufen.

»Guten Tag, ich möchte einen Brief schreiben.«

Ein Mann zupfte von hinten an meiner Jacke. Ich musste antworten. Möglichst so, als wäre alles völlig normal und als hätte ich keine Probleme damit, Erwachsene, vermutlich ehemalige Nazis, Kinderschläger, Arbeitsschinder, Grenzsoldaten, Stasischnüffler, so zu behandeln, als seien sie Kinder. Mit Kindern spreche ich nicht in diesem widerwärtig milden Ton, mit diesem alles verzeihende und alles verstehende Timbre.

»Lassen Sie bitte meine Jacke los!«

Machte er nicht.

»Ich möchte gerne einen Brief schreiben.«

»Wenn Sie meine Jacke loslassen, helfe ich Ihnen«, log ich.

Er ließ los, aber in diesem Moment merkte ich, das war gar kein Zupfen, das war Gebrechlichkeit, er hatte sich an meiner Jacke festgehalten und drohte nun, in sich zusammenzufallen. Eine Schwester eilte zu uns und brachte den Mann fort.

Später sagte sie zu mir:

»Wissen Sie, ich bin froh, dass ich noch Arbeit habe.«

Wir standen auf dem Balkon und rauchten. Es war meine sechste Zigarette in dieser Nacht, Schwester Angelikas vierte, sie hatte mich begleitet und aus ihrem Leben erzählt. So wusste ich mittlerweile, dass sie dreiundsechzig Jahre alt war und eigentlich in Rostock lebte. Dort aber fand sie keine Arbeit mehr, seit vier Jahren fuhr sie montagabends mit dem Zug nach Berlin, riss drei Nachtdienste runter und verdiente vierhundert Euro, dadurch reichte ihr Geld, um über die Runden zu kommen. Rente, darauf hätten die

Frauen früher nicht geachtet, und da sie aus der DDR stammte, erhielt sie noch weniger als die West-Rentner. Ihr Dienst begann um neun Uhr abends und endete um sechs Uhr morgens. Meistens kam sie früher. In Berlin lebte sie bei ihrer Freundin Edelgard, die krebskrank und schwer depressiv war. Angelika nahm es leicht, sie wisse ja, wie Depressionen sind.

»Man hat Edelgard alles ausgeräumt, untenrum, ist doch kein Wunder, wenn man sich da das Leben nehmen will und kaum mehr schlafen kann und den ganzen Tag weint und nicht vor die Tür geht und nichts essen mag«, sagte sie.

Die Total-OP von Edelgard war bald fünf Jahre her, zwei Selbstmordversuche konnte Angelika vereiteln. Mit Männern war sie durch, am liebsten fuhr sie in ihrer Freizeit gemeinsam mit ihren Enkelkindern Fahrrad.

Die Altenpflege hatte sie in einem zweimonatigen Kurs der ARGE gelernt. Der Kursleiter hatte sie besonders für ihr Bild gelobt, das sie zum Thema »Sterbebegleitung« gemalt hatte. Es sei so schön bunt, habe er gesagt.

Angelika war klein und drahtig, sie trug die Haare praktisch. Wir rauchten in die Nacht von Marzahn.

»Was soll ich den ganzen Tag allein zu Hause in Rostock? Und für Edelgard ist es auch gut, wenn sich jemand kümmert. Wir alten Frauen müssen doch zusammenhalten. Besser, als wenn ich für irgendeinen ollen Meckerfritzen zu Hause das Essen koche und seine Hühneraugen bemitleide. Sind doch alles Waschlappen, die Kerle, gerade in meinem Alter. Ihre Mutti, die habe ich gerne. Sie wachsen einem ans Herz, die alten Leute, aber so etwas wie Ihre Mutti habe ich noch nicht erlebt. Die ist zäh.«

»Wenn Sie jetzt mal so aus Ihrer Erfahrung heraus – Sie haben doch schon viele sterben sehen – meinen Sie, das wird heute noch was? Sonst fahre ich wieder nach Hause.«

»Na ja, also ich darf da nichts zu sagen, ich darf ja nicht mal Medikamente verabreichen, nur putzen, alle zwei Stunden die Bettlägerigen drehen, waschen und Windeln wechseln. Gegen fünf decke ich den Tisch zum Frühstück. Natürlich nicht für Ihre Mutti, die kann ja nichts essen. Um sechse ist meine Schicht vorbei und Nicole kommt, die macht die Frühschicht. Aber wenn ich Sie wäre, würde ich bleiben. Ihre Mutti, die hat ja schon das Todesdreieck.«

»Das Todesdreieck?«

»Wir nennen es jedenfalls so. Ein paar Stunden, bevor es so weit ist, sieht man plötzlich ein weißes Dreieck auf der Haut um Mund und Nase herum. Aber man kann ja nie wissen. Und ich will nichts gesagt haben.«

Ich blieb, und Angelika behielt recht, drei Stunden später war die Unsterbliche tot. Es war traurig, und ich weinte, aber mehr aus Erleichterung, dass alles endlich vorbei war.

Sehnsucht hatte ich danach gewiss nicht. Ich nahm auch nicht an, dass ich auf dieselbe Art enden würde, dazu war ich viel zu wütend, und ich war überzeugt, dass die Wut mich schützte, mein Gehirn auf eine noch unerforschte Art immunisierte.

Meine Mutter hatte zu viel nur hingenommen, ich ahnte, warum sie ihre Kinder nicht besonders geliebt hatte, es ging einfach nicht, es war kein Platz mehr in ihr drin gewesen, nach dem Krieg, den Vergewaltigungen durch die Russen, die sie nie so genannt hatte, eine verschachtelte Geschichte hatte sie daraus gesponnen: Auf der Flucht, sie musste Pferde im Wald vor den Russen verstecken, die aber haben sie in der Nacht entdeckt und angeblich hat es gereicht, sie anzuschreien, dann seien sie wieder gegangen, ohne die Pferde und ohne meine siebzehnjährige, hübsche Mutter angerührt zu haben. Was sie besonders betonte.

Das war einfach zu unglaubwürdig, und sie hatte diese Geschichte, in der sie mit den Jahren immer mehr zur Heldin wurde, so viel häufiger erzählt als andere. Es hätte mir schon früher auffallen können, dass sie log, bis sie sich selbst überzeugt hatte, so wäre es geschehen. Sie hatte ihre Vergangenheit umgewandelt in eine tollkühne Geschichte, aber die musste sie aus einem inneren Zwang so oft erzählen, weil etwas in ihr doch die Wahrheit sagen wollte. Ich hatte lange nicht die richtigen Fragen stellen können, und als ich dazu alt genug war, hatte die Krankheit schon zu viel von ihrem Hirn zerfressen, als dass sie noch hätte antworten können. Vielleicht, so dachte ich manchmal, hatte die Krankheit schon damals angefangen, in den letzten Kriegstagen.

Die vielen Jahre, in denen sie bettlägerig war, hatten mich abgestumpft. Ich konnte in dieser Zeit mit niemandem drüber sprechen, denn sobald ich anfing, mich zu beklagen, dass meine Mutter einfach nicht starb, verstummte jeder. In eine Selbsthilfegruppe wollte ich auch nicht, ich hatte absolut genug eigene Erfahrungen mit Alzheimer und empfand es nicht als tröstlich, dass andere auch litten.

Es ist auch so gewöhnlich in Zeiten, in denen das in nahezu allen Familie vorkommt und niemand mehr erwachsen sein will, die Alten werden kleine Kinder, die Mittleren weigern sich, keine Teenager mehr zu sein, und nur die Kinder sind wahrhaftige Kinder und ich ein Schaf mit löchrigem Fell.

Ich erzählte Fritz nichts von dem Telefonat mit Ella, warum auch? Der Abend verlief ereignislos, wir waren freundlich zueinander, das schätzte ich, aber auch nichtssagend, und auch das wusste ich zu schätzen. Stunden später wachte ich auf, Albträume, in denen alle, die ich liebte, auf grässliche Art starben. Ich konnte mich daraus befreien, lag wach, schlief wieder ein und fiel in andere dünne Träume, die nicht besser waren.

Schallplattenträume, Szenen, in denen ich immer und immer und immer und immer und immer wieder dasselbe sagen, sagen, sagen,

sagen, sagen muss oder singen: how do you like it, how do you like it, how do you like it, how do you like it, in einer Endlosschleife, bis mein Körper und mein Geist heiß gelaufen sind und ich schreien möchte, die Beine tun weh und die Arme, aber nichts anderes ist möglich, als noch mal und noch mal und noch mal. Ein Sprung in meiner Hirnplatte, der nur durch Aufstehen unterbrochen werden kann.

Leise zog ich mich an und ging zum Kühlschrank, trank einen Schluck Milch aus dem Tetra Pak, rauchte eine Zigarette, die nicht schmeckte, und legte mich im Wohnzimmer auf das Sofa.

Alles an mir wollte wieder schlafen, aber der Sprung war noch viel zu nahe, zu greifbar, würde ich einfach wieder einschlafen, würde sich alles wiederholen. Ich stellte den Fernseher an und den Ton ab, wickelte mich in eine Decke, zappte mich durch die nächtlichen Sendungen und blieb bei Al Jazeera hängen. Bilder vom Arabischen Frühling, ich erkannte das Land nicht, Tunesien oder Ägypten oder Libyen? Die Bilder glichen sich zu sehr, junge Soldaten auf Lkws, Maschinengewehre, die sie in die Höhe reckten, Tote, Blut, schreiende Frauen, aus Freude oder Schmerz war nicht zu unterscheiden, Stadtkulissen, Fahnen, Demonstrationen, Gesichter, alte und vor allem junge, wacklige Handyaufnahmen spülten Hoffnung und Verzweiflung, Mut und Machismo auf mein Sofa. Ich hätte Ella gerne angerufen und nach ihrer Meinung zu den Bildern gefragt. Glaubte sie, dass die Welt dabei war, besser zu werden? Sah sie in gestürzten Tyrannen Aussicht auf mehr was auch immer? Wahrscheinlich – einfach weil sie jung war.

Als ich so alt war wie sie, nein, noch jünger, viel jünger, war ein ähnliches Glück in den Gesichtern der Beteiligten zu sehen gewesen, als die Hausbesetzer jeden Tag in der Zeitung standen und es sich so anfühlte, als wären wir eine politische Kraft, die etwas verändern würde. In den Köpfen, so hatte man es damals genannt.

Veränderung in den Köpfen der Menschen, das sei der springende Punkt. Ich hatte daran geglaubt, und darum war es mir heute so peinlich, wenn ich sah, was daraus geworden war. Nachhaltige Ferienwohnungen in ehemals besetzten Hinterhäusern. Nachhaltigkeit, ebenfalls ein Wort, das ins Gefängnis gehört.

Im Fernsehen waren viele sehr schöne, unverschleierte Frauen zu sehen, und die luftigen Stoffe, die sich locker um ihre Haare schmiegten, wirkten mehr wie sehr elegante Accessoires. Im Gegensatz zu den Vorlieben der deutschen Türkinnen und Araberinnen, die sich von Kopf bis Fuß in beigefarbene Mäntel einwickeln, Mäntel, die wie Pferdedecken aussehen, die alten Frauen, die in zu dicken Wollsocken und Haus- statt Straßenschuhen laufen, oder in billigen schwarzen Slippern, die ihre wasserdicken Füße einklemmen, mit einem Watschelgang, auf den sie vermutlich sogar noch stolz sind, weil sie Allah damit Ehre erweisen. Die jungen Frauen tragen Nuttenschuhe zu bodenlangen schwarzen Mänteln, sind übermäßig geschminkt, und überall: Kopftücher. Das war vor ein paar Jahren noch anders gewesen, aber eine neue Welle von Rückbesinnung auf Religion hat sie überzeugt zu glauben, sie würden so ihre bescheuerte Familienehre retten. Gleichzeitig hofften sie, sie erhielten mehr Identität, wenn sie sich verhüllten.

Die Frauen im Fernsehen aber sahen stolz und mutig aus, und ich spürte in mir die Kenn-ich-weiß-ich-Haltung abfallen und glaubte diesen Gesichtern für einen Moment alles. Glaubte an die Hoffnung, die Freiheit, die Größe der Menschen. Erinnerte mich wiederum, diesmal an die Fernsehbilder aus der Khomeini-Zeit, an mein damaliges Entsetzen, als Hunderte vermummte Frauen auf Paraden mit verzerrten Mündern Kalaschnikows in die Höhe gereckt und Parolen der Treue zu ihrem Führer gerufen hatten, erinnerte mich, wie ich versucht hatte, mich in eine dieser Frauen hineinzuversetzen, es war mir nicht gelungen, immer war nur Unverständnis übrig geblieben. Vergleiche mit den verzerrten und verzückten Gesichtern deutscher Frauen, die Hitler so bejubelten, dass ihre Höschen nass wurden, hatten sich aufgedrängt.

Jahrzehntelang waren nur stereotype Fernsehbilder aus Afghanistan, Kurdistan, Iran, Irak gezeigt worden. Ich sah längst kaum noch hin und fragte mich in dieser Nacht, ob ich nicht die ganze Zeit auf Propagandabilder reingefallen war. Diese jungen Menschen, die kamen doch nicht aus dem Nichts. Oder? Ich war immer der Meinung gewesen, Propaganda zu erkennen. Aber es gab überhaupt keine andere Erklärung für diesen Sprung von Khomeinis Soldatinnen zu den jungen arabischen Frauen von heute. Höchstens noch mein Desinteresse. Es hatte mich nicht mehr interessiert, diesen Teil der Welt zu beachten, er kam nur noch als Urlaubsland für bescheuerte Bekannte, die Thalasso in Tunesien buchten, vor. Ella machte auch Thalasso. Einmal im Jahr fuhr sie mit drei Freundinnen für vier Tage nach Tunesien oder Ägypten, um sich dort »verwöhnen« zu lassen.

Spätestens im kommenden Frühling, da war ich sicher, würden wieder andere Bilder zu sehen sein, gewohnte Bilder von durch Bomben zerfetzte Leichen, von eingesperrten, von enttäuschten und wütenden Menschen, denen das Leben nur kurz vorgegaukelt hatte, sie würden in Zukunft besser, gerechter leben. Wahlbetrug, Gier, Geld, Seilschaften. Ich fühlte mich schäbig in meinem Nichtglauben an das Gute. Aber zu alt, um noch zu glauben.

Noch eine Zigarette, dann lag ich wieder neben Fritz. Warm war der, und ich musste einen Moment horchen, ob ich Atemgeräusche hören konnte. Dann hob sich sein Brustkorb, ich gab ihm drei leise Küsse auf die Wange, rollte mich ein und versuchte einzuschlafen. Warum hatte ich heute Nachmittag nur mit meiner Mutter anfangen müssen?

»Ella hat erzählt, ihr habt euch gestritten?«

»Stimmt gar nicht.« Oh Gott, wie redete ich denn, gleich würde ich »Gar nicht wahr!« rufen und weinen.

»Sie meinte, du hättest sie beschimpft.«

»Gar nicht wahr. Ich habe sie nach ihrer Meinung zum Arabischen Frühling gefragt.«

Also bitte, ich lasse mich doch nicht beim Frühstück, bei Kaffee und Zigaretten ausfragen. Erst viel später, auf dem Weg zur Arbeit in der U-Bahn, fiel mir ein, dass die Unterhaltung mit Ella nur ein nächtliches Gedankenspiel gewesen war, unser Telefonat hatte ich völlig verdrängt. Sofort legte sich ein schweres Gefühl in mich, ich hatte gelogen, nein, das war nicht schlimm, ich hatte es nur verwechselt. Tag und Nacht, Gedanken und Sprache. Ich schickte eine SMS an Fritz. »Tut mir leid, du hattest recht.«

Für ihn war es damit erledigt, er stritt sich selbst oft genug mit den Kindern, dafür waren wir schließlich die Eltern, um Reibung zu erzeugen, aber in mir krallte sich den ganzen Tag das unangenehme Gefühl der Unzuverlässigkeit meiner Erinnerung fest.

Ich hatte fünf Fotos gemacht, viermal für eine Bewerbung, einmal für einen Ausweis, hatte Karls neuesten Familiengeschichten so wenig Aufmerksamkeit wie möglich gewidmet, hatte das Lager aufgeräumt und unser Schaufenster weihnachtlich dekoriert mit einem Teddybären, den ich in unserer Deko-Kiste gefunden hatte, auf seinem Kopf saß eine Weihnachtsmütze und in seinem Arm hielt er eine kleine Staffelei aus Holz, in die ich ein Foto geklemmt hatte; ich hatte Sterne an die Scheibe geklebt und Dosenschnee aufgesprüht, eine Lichterkette aufgehängt und im Blumenladen nebenan ein paar Tannenzweige gekauft und Karl gefragt, wie ihm das Fenster gefalle.

Er schluckte eine Bemerkung über den weihnachtlichen Konsumterror runter, aber als er den Sprühschnee bemerkte, begann er eine furchtbar langweilige Geschichte über einen Großonkel, der im russischen Winter 1943 gefallen war und über den er einfach nichts weiter finden konnte in seine Archiven. Das mache ihn wahnsinnig. Mich auch.

Aber dann war Feierabend. Ich ging als Erste, Karl wollte noch am Computer recherchieren. In der U-Bahn beobachtete ich die anderen, die von der Arbeit kamen, die alle aussahen, als wären sie Statisten in einem Siebzigerjahre-Arbeiterproblemfilm.

Grau ist gar kein Ausdruck, griesgrämig viel zu milde, diese alten Menschen, die denken, sie wären »Alternative«, weil sie die Grünen wählen und gegen Atomkraft und Krieg sind und biologische Produkte kaufen und sich um die Ungerechtigkeiten der Weltwirtschaft sorgen. Aus Selbstgerechtigkeit kommen die Frauen nicht auf die Idee, sich zu schminken oder die halbgrauen Haare zu färben, und den verlebten Männern gefallen die Rucksäcke und praktischen Wildnishosen, die sie tragen, außerordentlich. Weil sie als Menschen so viel Wertvolles zu geben haben, dass der Heiligenschein über ihren Köpfen hell genug strahlt, müssen sie sich nicht auch noch mit Ästhetik belasten.

Ich wusste, dass ich auch kaum anders aussah. Aber bei mir war es nur äußerlich. Ich starrte voller Hass in die Gesichter und hätte gerne einen von ihnen verprügelt, ihm einfach so, ohne einen Grund zu nennen, die Fresse poliert.

Ich hatte keine Lust, direkt nach oben zu gehen, und klingelte aus einer Laune heraus bei Frau Scholz. Sie zeigte keinerlei Verwunderung, ja, sie tat sogar so, als ob es völlig normal wäre, dass ich sie abends besuchte und in ihrer Küche hockte. Also tat ich auch so und erzählte, während sie beiläufig die Zeitungen und Prospekte auf dem Tisch hin- und herschob, als würde ich ihr ständig etwas erzählen.

»Gestern habe ich mich mit meiner Tochter gestritten. Und ich weiß nicht, also irgendwie muss ich sagen: Ich bin mir nicht sicher, ob die tatsächlich ein so liebenswerter Mensch ist. Verstehen Sie, was ich meine? Nein, ich habe mich falsch ausgedrückt. Natürlich ist sie liebenswert, ich wollte sagen: fremd. Mir ist sie so fremd.«

»Ja, kenne ich. Beides.«

»Wie beides?«

»Einen nicht besonders liebenswerten und fremden Menschen. Sagten Sie doch eben. Oder sprechen Sie gar nicht mit mir? Ist hier sonst noch jemand? Hallo?«

Frau Scholz drehte sich mit theatralischer Geste einmal um die eigene Achse, bevor sie sich in den abgenutzten, speckigen Sessel, der neben dem Allesbrenner stand, fallen ließ: »Nee, kein anderer da.«

»Muss das sein, ja? Jedes einzelne Mal, wenn ich mich mit Ihnen unterhalte, kommen Sie an diesen Punkt, an dem ich aufstehen und gehen möchte. Jedes Mal!«

»Ja, muss wohl sein. Und? Was wollten Sie jetzt sagen?«

»Ach, auch egal. Haben Sie Kinder?«

»Ich hatte. Einen Sohn. Besser, dass er unter der Erde ist, so viel zu seiner Liebenswürdigkeit.«

Ich sah Frau Scholz an, wartete, ob sie noch mehr sagen würde. Ich wollte, dass sie weitersprach, um nachdenken zu können, wie ich nun reagieren sollte. Was erwidert man jemandem, der behauptet, es sei gut, dass der Sohn tot ist? Mir fiel nichts ein. Aber ohne eine Frage würde Frau Scholz so tun, als wäre alles gesagt, das sah ich in ihrem Gesicht.

»Wie alt wurde Ihr Sohn?«

»61. Herzinfarkt. Er war zu fett. Lebte ungesund, trank, das ganz Normale für Männer seines Alters. Und dann, zack!«, ihre Hand zerschnitt die Luft, »war er mausetot.«

»Ja, dann ist es vermutlich tatsächlich besser, dass er gestorben ist, weil er sonst mit einem Hirnschaden oder komplett gelähmt weiterleben müsste. Ich wüsste auch nicht, ob ich so leben wollen würde.«

»Nein, das meinte ich nicht. Es ist besser so, weil er ein böser Mensch war. Oder wurde.«

»Wodurch?«

»Keinen Schimmer. Heutzutage würde man wohl mir die Schuld geben. Ist doch immer so: Die Mutter ist an allem schuld.

»Nee, das ist schon wieder vorbei.«

»Dann eben durch meinen Mann. Der war nicht gerade ein guter Vater und Ehemann. Es gab früher überhaupt keine guten Väter. War nicht wichtig. Möglich aber auch: Unser Sohn war aus sich heraus so eine Flitzpiepe, ganz ohne Anlass. Ich weiß es nicht, dabei denke ich seit über dreißig Jahren darüber nach. Nicht ständig, aber doch dauerhaft. Kommt aber nichts bei rum. Nichts, was helfen würde.«

Sie schwieg und starrte auf einen Fleck an der Küchenwand. Das Gespräch war beendet.

»Ich gehe dann mal wieder. Bis bald, Frau Scholz.«

»Wird auch Zeit.«

»Was?«

»Na, dass Sie gehen.«

»Ach so, ja, klar.«

Ich stieg nach oben, Fritz hatte einen Zettel auf den Tisch gelegt, er trifft sich noch mit einem Kollegen: Könnte spät werden, Essen steht auf dem Herd. Ich schaute in die Töpfe, hatte aber keinen Hunger, dann heizte ich noch mal nach, die Nacht war frostklirrend, Minusgrade im zweistelligen Bereich. Ich sah den Flammen in der offenen Ofenklappe zu und hätte gerne meine Hand zwischen die funkelnden Kohlen gelegt.

Was war wohl mit dem Scholz-Sohn geschehen? Hat er jemanden umgebracht oder zum Krüppel geschlagen? War er eine fette, halbglatzige Schlägerfresse, der seine Frau verprügelte, weil: Die kann sowieso immer ein paar auf die Schnauze gebrauchen, die blöde Schlampe. Was gab es noch für Möglichkeiten? War er bei der RAF oder ein Nazi? Ein extremer Kommunist? Die hasste Frau Scholz jedenfalls von ganzem Herzen. Hatte er vielleicht seine Eltern mit windigen Geldanlagen in den Ruin getrieben?

Froh zu sein, dass der Sohn tot ist, das muss man auch erst mal bringen. Und ich dachte, wer weiß, wie mutig ich war, weil ich von Ella angefangen hatte. Oh, ich kann meine Tochter nicht so richtig gut finden. Sie ist mir »fremd«. Ich lasse das mit dem Sprechen bald ganz sein, es kommt nur Schwachsinn aus mir raus. Wohlstandsquatsch. Ich will nur überhaupt mal wieder böse sein. Hui. Ganz tolle Selbstanalyse, darin bin ich schon immer fantastisch, mir zu erklären, warum und wieso ich etwas tue, und dabei werde ich immer bewegungsloser. Alles, was ich denke oder fühle und wiederum nicht fühle, erklären zu können, das bringt mich überhaupt nirgends hin. Das halte ich nicht aus, nicht länger. Ich bin bald nur noch Andererseitige. Einerseits und andererseits und einerseits und … mehr bringe ich nicht zustande mit meinen tollen Reflexionen. Und die alte Scholz ist hammerhart.

Rafi holte mich von der Arbeit ab, er hatte mir am frühen Nachmittag eine SMS geschrieben und gefragt, ob ich Lust hätte, mit ihm zu einer Aufführung des Kneipenchors ins Mölbe zu gehen. Ich hatte keine Lust.

Dieser Chor ist bestimmt ganz in Ordnung, er besteht immerhin aus Leuten, die gerne trinken und dass gemeinsames Singen Spaß macht, kann sogar ich mir vorstellen. Nur warum reicht es nicht, wenn sie für sich singen? Immer muss alles der Öffentlichkeit präsentiert werden. Soll die Fleißkärtchen verteilen? Als ob die sonst schimpfen und denken würde, sie fingen mit ihrer Freizeit nichts Sinnvolles an.

Ich sagte trotzdem zu, ich wusste, es würde nicht länger als eine halbe Stunde gesungen werden, das konnte ich aushalten.

Vorher gingen wir zu Mustafas Gemüsekebab und reihten uns in die endlos lange Schlange vor dem Imbiss ein. Mehr als vierzig Leute standen vor uns, eine gackernde Schülergruppe, dem Dialekt nach aus dem Emsland, mehrere Pärchen und Frauen aus Westdeutschland, die ohne ihre Männer ein Wochenende in der Stadt verbrachten, fast alle hielten einen Reiseführer in den Händen, fotografierten sich beim Warten, sodass das Logo der Bude auf dem Handyfoto ist, und waren von sich selbst begeistert, zeigten immer wieder auf das Bild im Reiseführer und auf ihren eben geschossenen Beweiswahnsinn! Wir waren, so weit ich das sehen konnte, die Einzigen, die einfach nur essen wollten, meine Füße waren längst eiskalt, und als wir nach weiterer Warterei endlich dran waren, spürte ich sie nicht mehr. Wir setzten uns mit dem warmen Döner auf eine Bank im U-Bahnhof, drei oder vier Bahnen ließen wir vorbeifahren, bis unsere Gemüsebrote aufgegessen waren, und währenddessen staunte ich über die Internationalität um uns herum, die immer noch nicht normal für die Stadt war. Asiaten, Amerikaner, viele Spanier und Italiener, Engländer und Menschen, deren Sprachen ich nicht zuordnen konnte, stiegen in die Züge ein und aus ihnen aus, sie wirkten alle aufgeregt und lachten und fühlten sich frei, weil man hier einfach mit einem Bier in die U-Bahn stieg. Mir gefiel dieses Gewimmel sehr. Wie langweilig es früher, als die Mauer noch stand, war, wie grau, und wir hatten es überhaupt nicht bemerkt, die Enge der Stadt nie gespürt, sondern ein ganz speziell morbides Großstadtgefühl entwickelt und uns damit sehr exklusiv gefühlt.

Ich fragte Rafi, warum er nie hier weg gewollt hatte, nie das Bedürfnis gehabt hat, mal woanders zu wohnen, für eine Zeitlang nach Barcelona oder London oder Kapstadt zu gehen. Was sollte er da, hier hätte er doch alles, was man brauchte, und die ganzen Leute kämen ja nicht umsonst zu uns. Berlin sei einfach die geilste Stadt der Welt.

»Woher willst du das wissen, du hast überhaupt keinen Vergleich.«

»Na und? Du doch auch nicht.«

»Aber ich hätte gerne mal woanders gelebt. Es ging dann nicht, wegen euch. Und wegen meiner Mutter. Und weil ich zu feige war.«

»Ach, Mamse, das war halt eine andere Zeit.«

Jetzt fühlte ich mich sehr alt.

Das Mölbe war voll und laut, zu voll, um viel zu sprechen, wir quatschten uns durch den Abend, hörten dem Chor zu, der mir besser gefiel als erwartet, tranken ein paar Gläser Bier, begrüßten Bekannte, und dann konnte ich es doch nicht lassen und fragte Rafi, was er in der nächsten Zeit mit seinem Leben so vorhätte. Warum sollte ich das auch nicht fragen? Ich war, auch wenn wir miteinander weggingen, seine Mutter, und mir gefiel nicht, wie er sich hängen ließ und durchs Leben schlich.

»Hartz IV und hin und wieder hinterm Tresen stehen, das ist mit zwanzig kein Problem, mit vierundzwanzig schon.«

Er reagierte auf meine Frage, wie er immer reagierte, freundlich mit einem Schuss Herablassung, dabei gleich seine Schuld eingestehend und charmant lächelnd: »Mir fällt schon noch was ein. Mach du dir mal nicht immer so einen Kopf.«

»Mach' ich mir aber. Bald ist es nicht mehr lustig, nie Geld zu haben, sich immer durchzuschnorren. Rafi, du wirst alt! Vergiss das nicht. Und dann? Was machst du dann? Willst du mit vierzig immer noch Tresenschichten schieben? Guck dir bitte die Leute, die für alles andere zu schlaff waren, mal an. Das ist nicht schön!«

»Komm, alte Mamse, wenn ich alt bin, dann kümmert Ella sich um mich.«

»Na toll. Die muss aber schon für uns sorgen, das weißt du doch.«

Er hatte es wieder geschafft, mich dazu gebracht, auf seinen Scherz einzugehen und damit der Unterhaltung jede Ernsthaftigkeit zu nehmen. Ich trank mein Glas aus, ich hatte es immerhin versucht, tröstete ich mich und verabschiedete mich gegen Mitternacht.

»Schlaf gut, ich bleib noch, grüß Papa und bis bald.«

Auf dem Nachhauseweg wurde ich traurig.

Rafi zu einem Gespräch zu schubsen, einem, in dem es um Gefühle, Stimmungen, Selbsteinschätzungen geht, das wünsche ich mir und denke nach jedem Treffen: das nächste Mal! Er aber bleibt wie ein Fisch, entwischt, wird viel zu selten unfreundlich, aber immer unverbindlich.

Ich ging schneller, um aus der scharfen nächtlichen Kälte zu kommen.

»Fritz, kannst du bitte auch für Frau Scholz Kohlen mitbringen?«

»Frau Scholz ist dein Projekt. Damit habe ich nichts zu tun.«

»Frau Scholz ist kein Projekt.«

»Dann eben deine Baustelle, dein Ding, deine Freundin. Auf jeden Fall nicht meine. Ich schleppe absolut genug. Wann hast du das letzte Mal Sachen wie Klopapier, Waschpulver, Bier eingekauft? Das besorge immer ich.«

»Willst du dich ernsthaft über das Einkaufen mit mir streiten?«

»Warum eigentlich nicht? Mir geht das echt auf die Nerven. Aber egal. Ich mach' es eben, und du machst es nicht. Aber ich trage nicht auch noch Kohlen für die Olle.«

Ich schaffte es nicht mehr alleine. Es war so kalt, dass man durchheizen musste, und schon seit Tagen reichte ein Eimer nicht mehr, ich musste jeden Morgen und jeden Abend zwei für uns und zwei für die Scholz schleppen. Ich hatte ihn nur um Hilfe gebeten, und er nutzte es aus, um diese blöde Haushaltsdebatte neu aufzulegen; ich hätte es mir denken können.

»›Nina, der Lappen ist nicht sauber!‹, ›Warum klebt der Fußboden?‹, ›Die Löffel kommen nicht zu den Gabeln, Nina.‹ Ich höre doch nichts anderes von dir.«

»Ja, weil du faul bist. Dafür kannst du nichts. Das ist eben einfach so.«

Ich sah ihn an, er ließ eine Augenbraue tanzen, die Schärfe war verschwunden, und ich zwinkerte ihm zu.

»Natürlich, da hast du recht. Ich kenne auch niemanden, der so faul ist wie ich. Gerade darum ist es mir mit der Alten auch zu viel. Aber ich komme da nicht mehr raus aus der Nummer. Ich kann doch nicht ausgerechnet jetzt, wo es so kalt ist, sagen: ›So, Frau Scholz, das war's.‹ Außerdem bin ich neugierig, die hat mir eine merkwürdige Sache über ihren toten Sohn erzählt. Meinte, sie wäre froh, dass der gestorben ist, rückt aber nicht damit heraus, warum sie das ist. Vielleicht hat der jemanden umgebracht.«

Fritz lief aus der Küche, zog seine Schuhe an, die dickste Jacke, Schal und Handschuhe, wurde zum Bären, küsste mich und öffnete die Wohnungstür.

»Bis heute Abend, Nina.«

»Vergiss das Waschpulver nicht.«

Bevor er wütend werden konnte, gab ich ihm einen schnellen lauten Kuss. Ich kochte noch einen Kaffee, setzte mich an den Computer und googelte Frau Scholz. Eine bekloppte Idee, natürlich fand ich nichts, ich wusste nicht einmal, wie sie mit Vornamen hieß. An der Tür stand nur E. Scholz. Else, Elisabeth, Elke, Evelyn, Erna,

Eusebia … So hatte es keinen Sinn, ich verplemperte die nächste Stunde mit Solitär und machte mich dann auch fertig, um zur Arbeit zu gehen. Und natürlich in den verdammten Keller.

Am Abend klingelte ich bei Frau Scholz. Lange musste ich warten, bis ich sie im Flur schlurfen hörte, dann das Geräusch der vorgelegten Kette, dann ihr Gesicht in der nur spaltbreit geöffneten Tür.

»Ach, Sie sind's.«

»Lassen Sie mich rein?«

»Wieso?«

»Ich muss mit Ihnen reden.«

Sie öffnete die Tür so weit, dass ich gerade hindurchschlüpfen konnte.

»Was gibt's denn mit mir zu reden?« Sie ging in die Küche, plumpste in ihren Sessel, ich zog mir einen der Holzstühle an den Tisch.

»Mein Mann und meine Tochter meinen, ich suche in Ihnen eine Mutter.«

»Na, das können Sie sich aber abschminken, Frau Nina. Ich bin niemandes Mutter mehr.«

Sie holte zwei Schnapsgläser aus einem Schrank und stellte eine Flasche Korn auf den Tisch:

»Schnäpschen?«

Ich nickte und sagte: »Ich suche auch keine Mutter, das müssen Sie mir glauben. Ich möchte Sie einfach nur besser kennenlernen. Prost.«

Als wir die Gläser aneinanderstießen, sah ich, wie meine Hand zitterte. Ja, ich war aufgeregt und konnte auch nicht richtig atmen.

»Haben Sie keine eigenen Bekannten, oder warum muss ich nun herhalten?«

Genau, ich bin einsam, meine Bekannten sind Idioten, meine

einzige Freundin sehe ich nur ein-, zweimal im Jahr, mein Chef sucht seine Ahnen, meinen Kindern will ich mich nicht zumuten, und mit Fritz kann ich auch nicht ausschließlich sprechen. Darum ist jetzt die Scholz dran.

»Irgendwie sind Sie die Einzige, die ich in den letzten Monaten getroffen habe, die mir nicht komplett übergeschnappt erscheint. Ich drehe bald durch, aber ich weiß nicht mal, warum. Es ist, alles für sich gesehen, nichts Dramatisches geschehen, aber ich kann es einfach nicht mehr ertragen, so zu leben, mit dieser ganzen Dummheit um mich herum und in mir drin.«

Ich versuchte es einfach mit Burschikosität, traute mich aber nicht hochzusehen, wollte ihrem spöttischen oder gemeinen Blick nicht sofort begegnen, also kramte ich in meiner Tasche nach Zigaretten und meinem Feuerzeug, sie stellte wortlos einen Aschenbecher auf den Tisch. Hier musste ich nicht fragen, ob ich rauchen durfte.

»Wollen Sie sich etwa umbringen? Dann aber bitte nicht hier.«

Da war es! Die Frau macht mich fertig. Wie kann man denn so gnadenlos sein?

Ich blickte hoch und da sah ich im Gesicht von Frau Scholz etwas, das ich noch nie gesehen hatte. Sie lächelte:

»Na, nix für ungut, Frau Krone.«

»Sie wissen ja auf einmal, wie ich heiße.«

»Natürlich, ich bin nicht verkalkt. Also, wenn Sie sich umbringen wollen, da kann ich nur von abraten. Das bringt nichts. Nicht in Ihrem Fall. Sie sind nicht todkrank, oder?«

Ich schüttelte den Kopf.

»Und ernstlich gemütsschwer wirken Sie ebenfalls nicht auf mich.«

Ich zuckte mit den Schultern.

»Wissen Sie, die meisten, die sich umbringen, die vergessen einfach, dass ein Menschenleben schon von allein nicht besonders lang ist, oder? Was sind achtzig Jahre? Lächerlich. Das reißt man auf einer Pobacke ab. Und nur weil davon zehn, zwanzig Jahre nicht so verlaufen, wie man es sich wünscht, ist das noch lange kein Grund. Man stirbt von ganz alleine. Wenn wir zweihundert Jahre alt werden würden, da sähe die Sache schon anders aus.« Sie hielt ihr halbvolles Glas gegen die Tischlampe, drückte ein Auge zu und rollte den Schnaps darin nachdenklich hin und her: »Aber so ist es eigentlich unnötig und albern. Man muss es einfach aushalten, und so schwer ist das nicht, mit der Gewissheit, am Ende auf jeden Fall zu sterben.«

»Ich will mich auch gar nicht umbringen.«

»So, dann ist Ihre Therapiestunde nun beendet, macht sechzig Euro. Oder was nehmen die Klapsenärzte heute?«

»Erzählen Sie mir, was mit ihrem Sohn passiert ist?«

»Ein anderes Mal. Vielleicht.«

»Und Ihr Mann?«

»Geht Sie nichts an.«

»Ihren Vornamen?«

»Meine Güte, Sie geben keine Ruhe, oder? Können wir nicht einfach hier sitzen und etwas trinken?«

Ich schüttelte den Kopf, sie goss unsere Gläser noch mal voll.

»Na dann, in Gottes Namen: Ich heiße Edith. Edith Magdalena Scholz. Sind Sie endlich glücklich?«

Ich nickte, wir stießen an, tranken still und blickten in die Nacht hinaus.

»Ich geh' jetzt wieder hoch. Reichen Ihre Kohlen noch? Sonst nehme ich den Eimer gleich mit.«

»Nein, lassen Sie mal gut sein.«

Sie brachte mich zur Tür, ich schaltete das Treppenlicht an.

»Danke, Frau Scholz und bis dann mal.«

»Und Sie?«

»Was, und ich?«

»Wie heißen Sie noch mal?«

»Nina.«

»Ach ja, stimmt. Na dann gute Nacht, Frau Nina.«

Sie wartete keine Entgegnung ab und zog die Tür einfach zu.

Fritz zerrte an meiner Bettdecke: »Du musst endlich aufstehen.«

»Lass mich.«

»Nein, ich lasse dich nicht in Ruhe. Ich will wissen, was mit dir los ist.«

»Nichts, ich bin nur müde.«

Das stimmte. Ich war müde, unglaublich ganz und total von oben bis unten müde. Ich war so müde, dass ich nicht einmal die Augen öffnen wollte, meine Glieder waren unbeweglich schwer, das Atmen machte mich noch müder.

»Du kannst nicht den ganzen Tag im Bett liegen.«

»Kann ich wohl.«

Ich drehte mich nicht um. Stattdessen steckte ich meinen Kopf unter die Armbeuge, wie eine schläfrige Katze fühlte ich mich. Ich hörte, wie Fritz das Zimmer verließ, und war froh, endlich Ruhe zu haben. Ich konnte seine Sorge spüren, die saß weiterhin an der Bettkante, war aber ein Störenfried und unnötig. Mir ging es nicht schlecht, ich wollte einfach nicht mehr aufstehen. Vielleicht morgen.

Ich fiel in einen angenehmen Halbschlaf, in dem man weiß, dass man schläft, während das Gehirn frei wird und die Gedanken ganz von alleine assoziieren, von hier nach da springen, ohne Sinn, aber mit Schönheit. Man darf nichts festhalten, dann ist der Zustand vorbei, aber wenn man es schafft, alles laufen zu lassen, kann man sich beim Träumen zusehen. Vermutlich ist das der Zustand, in den einen jahrelange Meditation versetzt. Ich erreiche ihn, indem ich einfach halbschlafe.

Es war fast dunkel, als ich die Augen öffnete. Ich lag in dem sehr stillen Zimmer, beobachtete die grauen Schatten, die nach und nach alles bedeckten, bevor sie schwarz wurden. Der Fernseher murmelte aus dem Wohnzimmer und hin und wieder räusperte sich Fritz. Dann ging er aufs Klo und in die Küche und stand danach in der Schlafzimmertür.

»Bist du wach?«, fragte er leise.

»Lass das Licht aus.«

»Möchtest du etwas essen?«

»Nein. Danke.«

An mehr kann ich mich nicht erinnern, war ich auf der Toilette? Hab' ich überhaupt geraucht? Ich weiß es nicht.

Wahrscheinlich aber schon, denn als ich am nächsten Morgen aufstand, spürte ich weder Nikotinentzug noch eine besonders volle Blase. Ich war nur trauriger als sonst, weil die warme Hülle, die sich einen Tag so fest und sicher um mich herum gewickelt hatte, nicht mehr da war. Ich musste aufstehen. Das Bett neben mir war unberührt, Fritz schien im Wohnzimmer geschlafen zu haben und war bereits zur Arbeit gegangen. Wie spät war es? Ich ging in die Küche, dort hängt unsere einzige Uhr, halb zwölf. Oh, nein, vor einer halben Stunde hat meine Schicht begonnen. Danke, Fritz, warum hast du mich nicht geweckt? Ich konnte Karl nicht anrufen, um mich zu entschuldigen, ich konnte auch nicht schnell unter die Dusche springen und dann losrasen, es ging einfach nicht. Ich stellte das Telefon auf lautlos, am liebsten hätte ich mich im Schrank versteckt, mir Augen und Ohren zugehalten, doch ich hockte in der Küche und war unglücklich.

Erst viel später sah ich den Zettel, der am Badezimmerspiegel klebte. »Karl ist informiert. Hoffe, es geht dir heute besser. Kuss, F.« Danke. Danke. Danke. Aber trotzdem: Fritz hätte wissen können, dass ich nicht als Erstes in den Spiegel gucken würde. Das war gemein, seine Rache, weil ich gestern nicht mit ihm hatte sprechen wollen.

Ich setzte mich an den Laptop und suchte erneut nach Frau Scholz. Aber mit einem so gewöhnlichen Nachnamen hilft auch der Vorname nicht weiter, und nirgends fand ich etwas über einen Mord oder sonst etwas Grauenhaftes, das sich mit dem Namen in Verbindung bringen ließ.

Beide Kinder riefen an.

Ella war unglücklich, sie hatte das Gefühl, in ihrem Job ausgenutzt zu werden.

Ich bestärkte sie darin: »Du hast doch eine Ausbildung als Kamerafrau, warum lässt du dich als Mädchen für alles missbrauchen.«

»Mama, du verstehst nicht, wie das in meiner Branche läuft.«

»Trotzdem.«

»Ich kann nicht einfach aussteigen, ich brauche noch viel mehr Kontakte. Und außerdem wäre mein Name verbrannt, wenn ich kündige. Die Filmbranche ist ein Inzestbetrieb, jeder tratscht mit jedem, und Jobs gibt es nicht, weil man etwas besonders gut kann, sondern weil irgendjemand dich weiterempfiehlt.«

»Das weiß ich auch. Aber du könntest doch nebenbei etwas Eigenes entwickeln, oder?«

»Ja, Mama. Ach, ich weiß nicht. Vielleicht … Du, sag mal, hat Rafi schon mit euch gesprochen?«

»Nö, worüber denn?«

»Nur so.«

»Wie: ›nur so‹? Wenn du ›nur so‹ sagst, dann steckt da doch was dahinter.«

»Soll er euch lieber selbst erzählen.«

»Hat er sich von Ben getrennt?«

»Nein, Mama. Hör auf, mich auszuhorchen. Ich muss jetzt auch weiter. Geht es dir wieder besser?«

»Mir ging es nicht schlecht.«

»Aber du bist zu Hause, anstatt im Laden.«

»Dazu muss es einem doch nicht schlecht gehen, man kann auch einfach so zu Hause bleiben.«

»Na klar, du gehst nicht zur Arbeit, Papa ruft uns an, und alles ist in Ordnung. Das glaube ich nicht.«

»Fritz spinnt in letzter Zeit ein bisschen. Mach dir keine Sorgen.«

»Hat es wieder was mit der Scholz zu tun?«

»Ella, du nervst.«

»Danke. Du auch. Tschüss.«

»Tschüss, liebe Nervensäge.«

Rafi ging es wie immer geheimnisvoller und indirekter an. Nachdem er über viel Plauderei und in seinen Augen sicher geschickt erfahren hatte, dass mit mir nichts in Unordnung ist, fragte ich ihn über Ben aus.

»Seid ihr immer noch zusammen?«

Lange Aufregung über die Formulierung »immer noch«. Ob ich etwas gegen Ben hätte.

»Nein, natürlich nicht, ich kenne ihn doch überhaupt nur flüchtig.«

Ja eben, Ben sei nämlich ein ganz besonderer Mann, nicht nur auf Poppen und Party feiern aus, und genau darum hätten sie uns auch etwas mitzuteilen. Oh nein, schon wieder so eine Ankündigung.

»Vielleicht sollten wir mal zusammen etwas unternehmen?«, schlug Rafi vor.

»Es ist Winter, was soll man denn da unternehmen? Kannst du mir nicht am Telefon sagen, was du zu sagen hast?«

Nein, nein, dabei will er uns schon sehen. Am besten gingen wir in ein Restaurant, sie würden uns einladen. Ben träfe sich am liebsten in diesem total angesagten Club mit Restaurant in Mitte, da gäbe es geile Burger, und er würde vier Plätze reservieren.

Wir kannten den Laden und hatten bisher immer einen großen Bogen um ihn gemacht.

Er steht in jedem Reiseführer und ist immer proppenvoll mit Touristen, die hoffen, echte Stadtatmosphäre zu finden. Außerdem treffen sich gerne Schauspieler in dem Club, um ihre Premieren zu feiern und am nächsten Tag Fotos davon in der Presse zu sehen, auf denen sie ausgelassen und fast betrunken sind. Es wird prinzipiell Englisch gesprochen, Gitarrenjungs und -mädchen glauben, sie wären cool, dabei sind sie nur die Bedienung, im Keller wird Live-Musik gespielt, und in einer Ecke werden Tattoos gestochen, auf der Speisekarte stehen »New Orleans Style Burritos« und »Porno-Nachos«. Alles, was ich verachte, aber angeblich sollen die Burger und Steaks gut sein. Das gibt es in der Stadt allerdings in anderen Läden auch, besser und preiswerter. Ein weiterer Punkt gegen Ben. Wird der da mit seiner so gar nicht passenden Frisur nicht ausgelacht? Egal, als Eltern muss man sich beugen, und wenn es dem schlechten Geschmack der Kinder ist.

Ich hatte mich für Jeans und eine Art Rock'n'Roll T-Shirt entschieden, und als ich in den Spiegel sah, fand ich mich ziemlich gutaussehend und beglückwünschte Rafi zu seiner Mutter. Das änderte jedoch nichts an meiner Laune, die sofort, als wir die Türen des Restaurants öffneten, noch mieser wurde. Boah, ist das hier blöd. Und jung. Wir waren ohne Frage die Ältesten, und kurz überlegte ich, ob nicht wir ausgelacht würden statt Ben. Der hatte eine neue Frisur. Immerhin. Die langen Stirn-Strähnen waren abgeschnitten und nun halbkurz und mit Gel zerzaust. Besser. Allerdings wuchs jetzt ein fusseliger Bart in seinem Gesicht. Eine Mode, die ich einfach nicht verstehe, weder bei Schwulen noch bei Heteros. Alle Männer unter fünfunddreißig tragen seit zwei, drei Jahren Bärte, und für die wenigsten ist er eine Verschönerung. Nun also auch Ben.

Ich versuchte, meine Abneigung nicht zu deutlich zu zeigen. Was konnte Ben dafür, dass er mir von Anfang an so unsympathisch war? Sein Ed-Hardy-Hemd machte die Sache nicht einfacher. Rafi hingegen sah einfach bezaubernd aus, immer wieder war ich überrascht und unfassbar stolz, ein so schönes Kind zu haben. Als hätte ich ihn geschaffen und nicht nur geboren und aufgezogen. Wir küssten und setzten uns, bestellten Gerichte mit albernen Namen, wir tranken Bier, denn das passte in den Laden und zu dem rustikalen Essen, und unterhielten uns über dies und das und jenes. Rafi wirkte glücklich und aufgeregt. Er knibbelte ständig an seinen Daumen, eine Angewohnheit von ihm, seit er sechs oder sieben Jahre alt war. Die Haut um seine Nägel herum war immer verhornt und oft blutig. Ich unterdrückte den Impuls, ihm auf die Finger zu hauen und dazu »Rafi, lass das!« zu sagen. Eine ziemliche Anstrengung, diese Fummelei machte mich wahnsinnig. Nein, dieser Mann ist ganz alleine für seine Daumen zuständig, misch dich nicht ein, nein, misch dich nicht ein! Statt zu schlagen, legte ich meine Hand auf seine. Wie geschickt!

Die Burger waren aufgegessen, die leeren Teller nicht abgeräumt, natürlich nicht, das wäre zu konventionell, und wir waren beim dritten Bier angekommen, als Fritz in einer Gesprächspause plötzlich fragte: »Ben, was machen deine Eltern beruflich?«

Eine Frage, für die ich Fritz liebte.

»Papa!« Rafi war so entrüstet, wie ich entzückt. Es ist immer noch unglaublich leicht, die Kinder aus der Fassung zu bringen.

»Na, was denn?«, fragte Fritz. »Ich dachte, wir feiern hier eure

Verlobung, da muss man doch wissen, womit die Eltern von Ben ihr Geld verdienen.«

»Wir wollen nicht heiraten, und außerdem heißt das für Schwule verpartnern«, warf Ben ein.

Oh Mann, er war so ein Trottel.

»Zieht ihr etwa zusammen? Wir sind doch nicht einfach aus Spaß hier in diesem furchtbaren Laden. Wir warten seit drei Stunden darauf, dass ihr uns was sagen wollt. Und deine Mutter ist übrigens gleich betrunken.«

»Ja, also, dann ...«, Rafi sah Ben erwartungsvoll an. »Sollen wir?«

Ben nickte feierlich.

»Mama, Papa, Ben und ich, wir wollen ein Kind zusammen haben.«

»Ihr seid schwul!« Ich war aufgesprungen und hatte dabei mein Bierglas umgestoßen. »Ihr seid schwul, verdammte Scheiße! Das geht nicht.«

Ich war wohl ziemlich laut, denn um uns herum verstummten die Gespräche. Ich wurde angestarrt, eines der Gitarrenmädchen kam auf mich zugeeilt: »Wir dulden hier keine Homophobie.«

Rafi stand auf: »Meine Mutter ist nicht homophob, du kleine Schlampe.«

»Kümmert euch um euren eigenen Dreck, ihr Wichser«, schrie ich und setzte mich wieder. »Und du dummes Ding solltest mal lieber diese verfickten Teller abräumen!«

Das Gitarrenmädchen lief greinend zu seinem Vorgesetzten, einem tätowierten, bärtigem Mann Mitte vierzig mit Bauch und Hosenträgern.

Er kam an unseren Tisch: »Bitte verlassen Sie unser Lokal, ich werde sonst die Polizei rufen.«

»Ja, du Hosenscheißer, dann hol doch die Bullen.«

Fritz zog an meinem Jackenärmel: »Los, wir gehen.«

Er warf einen Fünfzigeuroschein auf den Tisch, dann verließen wir unter bösen Blicken und viel Getuschel den Laden. Ben kam als Letzter, er hatte den Rest der Rechnung bezahlt und sich bestimmt auch noch für mich entschuldigt.

»Was ist das für ein Scheißladen!«

Ben legte beruhigend seine Hand auf meinen Arm: »Ich kann verstehen, dass das jetzt etwas plötzlich kommt. Am besten wir gehen alle nach Hause und beruhigen uns und treffen uns morgen zum Frühstück.«

»Fass mich nicht an! Ich will mich nicht beruhigen. Ich will sofort wissen, auf was für eine Schnapsidee ihr da gekommen seid!«

»Es ist viel zu kalt, um auf der Straße rumzustehen.«

»Gehen wir eben rein.« Ich zeigte auf die nächstbeste Kneipentür. »Los kommt.«

Ich lass' mich doch nicht von dem Freund meines Sohnes wie eine Idiotin behandeln. Beruhigen, ich hab' mich noch lange nicht genug aufgeregt. Ein Kind! Die spinnen doch. Ich ging mit schnellem Stechschritt voraus, keinen Widerspruch duldend. Ich musste mich nicht umdrehen, um zu wissen, dass die drei hinter mir herliefen. Ich riss die Tür zur Kneipe auf, setzte mich an den nächsten freien Tisch, bestellte per Handzeichen vier Bier am Tresen.

»Na los. Ich höre.«

Fritz setzte sich dicht neben mich, so dicht, dass unsere Oberschenkel sich berührten, und drückte sein Bein gegen meines. So hatten wir es immer gemacht, als Rafi und Ella noch Teenager waren, während der endlosen Diskussionen um Ausgehzeiten, Schulnoten, unaufgeräumte Zimmer, oder wenn es darum ging, dass wir in den Augen der beiden unmögliche, peinliche Eltern wären. Wir pressten damals die Schenkel aneinander, wenn einer von uns dachte, es wäre besser, nicht zu schimpfen oder sich aufzuregen. Elternsprache. Jetzt war unter dem Tisch eine wilde Morsediskussion im

Gange. Fritz drückte, ich zog mein Bein weg, er presste hinterher, ich schlug mein Bein mehrfach gegen seines, so ging es hin und her.

Mit betont ruhiger Stimme nahm er den Gesprächsfaden wieder auf:

»Gut, ihr wollt also ein Kind, haben wir das richtig verstanden? Wie wollt ihr das bewerkstelligen? Adoption ist für Schwule nicht möglich, oder sucht ihr etwa eine Leihmutter? Das ist in meinen Augen das Allerletzte. Und überhaupt: Ihr kennt euch doch gerade mal ein paar Monate.«

»Wir lieben uns aber, und wir wollen für immer zusammenbleiben.«

»Ja toll. Und was hat das mit einem Kind zu tun?«

Ben räusperte sich: »In meinen Augen gehört ein Kind einfach dazu.«

»Dann wärst du besser nicht schwul, wenn du so spießige Ansichten hast. Ein Haus, ein Gartenzaun, ein Kind, oder wie sieht dein toller Plan aus?«

»Mama!«

»Ja, was ›Mama‹! Ich möchte sofort, auf der Stelle eine Erklärung.«

»Ben hat da so eine Anzeige in der Siegessäule gefunden und gleich gesagt: Das ist es. Zeig doch mal, Schatz.«

Ben nestelte aus seiner Jackentasche einen zusammengefalteten Zettel und reichte ihn mir.

Ich holte meine Lesebrille aus meiner Tasche und las laut vor, was da stand. »›Nettes Lesbenpaar 37 u. 41 Jahre, mit Kinderwunsch, sucht ebensolches schwules Paar zur gemeinsamen Familienplanung. Keine finanziellen Interessen.‹ Ich glaub', es hackt. Ihr wollt mit Frauen, die zu geizig sind, in ihrer Anzeige das ›Und‹ auszuschreiben, ein Kind?«

Fritz war entsetzt. »Das ist jetzt ein Witz, oder?«

»Nein, warum? Wir treffen uns nächste Woche mit den Frauen, und wenn sich alle sympathisch sind, dann denke ich, ist das genau das Richtige für Rafi und mich.«

»Und das Kind? Das hat dann vier Eltern, oder wie?«

»Ja, das ist doch schön.«

»Das ist überhaupt nicht schön. Das ist komplett bescheuert. Rafi, ich kann absolut nicht glauben, dass du das ernsthaft in Erwägung ziehst.«

Rafi schaute in sein Bierglas, dann hob er langsam den Kopf und sah uns mit traurigen Augen an.

»Du willst doch immer, dass ich mit meinem Leben etwas anfange. Und jetzt, wo ich mich endlich entschieden habe, was das sein wird, da bist du … einfach unmöglich. Man kann es dir nicht recht machen, Mamse. Ich hätte nicht gedacht, dass ihr so spießig seid. Ich wünschte mir, ihr würdet euch mit mir freuen. Immerhin ist das die wichtigste Entscheidung, die ich bisher in meinem Leben getroffen habe.«

Obwohl ich nun wirklich ziemlich betrunken war, merkte ich, wie ernst es ihm war.

»Rafi, wir sind einfach nur sehr überrascht, das kannst du dir doch wohl vorstellen. Vielleicht ist es für den Moment besser, wenn wir alles zuerst sacken lassen und uns in Ruhe und vor allem tagsüber noch mal darüber unterhalten.«

»Ich glaube, ehrlich gesagt, nicht, dass wir uns noch etwas zu sagen haben. Rafi ist erwachsen, und ich werde dafür sorgen, dass er sich diesen Anschuldigungen nicht mehr aussetzen muss.« Das war Ben. Arrogant. Selbstgefällig. Widerlich.

»Wie meinst du das?«

»Ich werde Rafi ab jetzt vor euch schützen, ganz einfach. Und ihr werdet euch nicht mehr in sein Leben einmischen. Rafi gehört zu mir, wir werden ein Kind bekommen, und was ihr darüber denkt, ist mir, ehrlich gesagt, ziemlich scheißegal. Ich sehe nur, dass ihr Rafi nicht gut tut, ihr hindert ihn daran, er selbst zu sein. Ganz sicher lass ich mir von euch unseren Traum nicht kaputtmachen.«

Am nächsten Morgen hatte ich so starke Kopfschmerzen, dass ich nicht aufstehen konnte, ich konnte mich nicht bewegen, ohne dass der Schmerz in meinem Kopf raste und Blitze vor meinen Augen explodieren ließ. Mein Glück, dass es mein freier Tag war, Fritz, dem es ähnlich schlecht ging, schleppte sich zur Arbeit, nachdem er sich zweimal übergeben hatte.

Im Laufe des Nachmittags ging es mir langsam besser, zumindest so gut, dass im Kopf wieder Gedanken und nicht nur Gefühle hin- und herschwappen konnten. Wie war es gestern nur so weit gekommen? Ich konnte mich nicht mehr an jeden Satz erinnern, den ich oder einer der anderen gesagt hatte, etwas war jedenfalls gewaltig schiefgegangen. Ich fand die Idee der Kinderproduktion grundlegend falsch, aber das war nicht das Wichtige. Das Empörende war Bens Verhalten. Er versuchte, einen Bruch zwischen Rafi und uns herbeizuführen. Weil er ihn dann besser manipulieren kann? Was steckte hinter dieser Taktik, einen Streit nicht auszutragen, sondern das Gespräch zu verweigern? Ein armseliges Würstchen war dieser Junge, ein Würstchen, das ich am liebsten in der Luft zerreißen wollte.

Als Fritz am Abend zurückkam, war er ganz grau im Gesicht, wie mit Staub bedeckt, und um seine Augen saßen Fältchen, die mir neu gewachsen schienen.

»Mir ist immer noch so schlecht, wir sprechen morgen, ja?«

Natürlich. Wir aßen und schauten Fernsehen, als wenn nichts passiert wäre. Manchmal ist das das Beste.

Aber auch am kommenden Tag konnte ich nichts tun, war nicht in der Lage, Rafi anzurufen oder wenigstens Ella als Vermittlerin einzuschalten. In meinem Kopf führte ich erhitzte Debatten: über die Verantwortung Kindern gegenüber, über den unglaublichen Egoismus, der dieser Idee, mit wildfremden Frauen ein Kind zu zeugen, zugrunde liegt, Egoismus von gleich vier Personen. Ich diskutierte mit Rafi über die Folgen, darüber, dass ich glaubte, er werde mit diesem Kind nie etwas zu tun haben, denn die Lesben suchen nur einen Samenspender, keinen Vater, darüber was aus dem Kind werden soll, wenn sich die Elternpaare trennen, darüber, ob Ben vielleicht zu einer wahnsinnigen Sekte gehört, weil die auch immer die Familie und Freunde verbieten – aber außerhalb dieser Scheingespräche im Kopf passierte nichts. Einfach nur Schweigen. Kein Telefon klingelte, und Fritz und ich konnten uns auch nichts sagen, jeder war für sich alleine. Wir hatten ein paar Male ein Gespräch begonnen, aber es war so sinnlos, denn außer dem Austausch von Schlagworten, kam nichts dabei heraus. Also ließen wir es sein.

Nach einer Woche kam mir die ganze Situation unwirklich vor. Möglicherweise hatte ich mir alles nur eingebildet. Das Leben ging einfach so weiter, und dass Rafi sich länger nicht meldete, war überhaupt nicht ungewöhnlich. Vielleicht hatte ich nur im Rausch alles überinterpretiert, vielleicht hatte Ben nur gesagt, er glaube, wir hätten die falsche Sicht auf die Dinge, und nicht, dass er dafür sorgen wolle, dass Rafi uns nicht mehr sehen werde.

»Was genau hat Ben gesagt?«

»Dass Rafi sich unseren Vorwürfen nicht mehr aussetzen muss.«

»Ich meine genau, den ganz genauen Wortlaut.«

»Den weiß ich nicht mehr.«

»Warum rufst du ihn nicht an?«

»Weil er nicht rangeht, wenn er meine Nummer sieht.«

Es war schlimmer, als ich geglaubt hatte.

»Wie oft hast du es denn probiert?

»Weiß nicht, fünf-, sechsmal. Und du?«

»Ich schick' ihm gleich mal eine SMS, dann kann er sich überlegen, ob er sich meldet und muss nicht direkt mit mir sprechen.«

»Du hast es bisher gar nicht versucht?«

»Nein.«

Ella lehnte es rundherum ab, zwischen Rafi und uns zu vermitteln, das müssten wir schon alleine klären. Auch hätte sie im Moment wenig Kontakt mit ihrem Bruder, wundere sich aber überhaupt nicht, weder über diese Lesbenkinderidee noch über sein Schweigen. Rafi sei schon immer schwach und zu leicht zu beeinflussen gewesen.

»Wie bitte?«

Ja, er suche immer eine starke Schulter an seiner Seite, um nicht selbst entscheiden zu müssen, ob mir das nie aufgefallen wäre?

»Nein, nie, in meinen Augen ist er selbstsicher, nicht ängstlich und nicht auf den äußeren Schein bedacht.«

»Nicht so wie ich«, erwiderte Ella, »das meinst du doch. Du denkst das doch nur, weil er schwul ist, Mama. Als ob Homosexualität automatisch Selbstvertrauen gäbe.«

Dazu sagte ich nichts, denn als ich einen Moment darüber nachdachte, begriff ich, wie richtig Ella mit dieser Einschätzung lag. Ich war tatsächlich der Meinung, dass Schwule nicht ganz so einfache Leben führen könnten, nicht ganz so unbedarft sein könnten wie Heteros.

Ella redete noch eine Weile beruhigend auf mich ein. »Das wird schon wieder«, sagte sie, »lasst Rafi einfach ein bisschen in Ruhe, der ist ja nicht doof, wird bald selber merken, dass Ben eine Pfeife ist, und Kinder, die sind nicht so schnell gemacht, wie die beiden Jungs sich das vorstellen.«

Meine große, vernünftige und schlaue Tochter.

Da ich weder auf meine erste noch auf die folgenden SMS eine Antwort bekam, versuchte ich, Rafi zu vertrauen. Er war zwar vielleicht nicht der gradlinige, kluge, klare Kopf, den ich in ihm sah, aber es blieb mir nichts anderes übrig. Ich konnte ihn schlecht zwingen, wieder mit uns zu sprechen, ich hoffte nur darauf, dass er uns bald vermissen würde.

Und auch wenn mein Entschluss sich meistens richtig anfühlte, spielte ich doch verschiedene Möglichkeiten durch, Rafi zu treffen. Ich ging, wie absichtslos, sehr oft an seiner Wohnung vorbei, in der Hoffnung ihn zufällig vor der Haustür zu treffen, ich überredete Fritz jeden dritten, vierten Tag, auf ein Bier ins Mölbe zu gehen, weil das auch Rafis Kneipe war. Ich fragte die Barkeeper beiläufig, ob sie ihn gesehen hätten, aber er hatte sich dort seit einiger Zeit nicht mehr blicken lassen. Ich besuchte, wie automatisch, immer wieder seinen Facebook-Account, um zu kontrollieren, ob er dort aktiv war.

Ich überlegte auch, ihm eine SMS oder Mail zu schicken, auf die er einfach antworten müsste. Ich könnte einen Infarkt simulieren, dann würde er sofort seinen Widerstand aufgeben und zu uns kommen. Oder reichte ein Unfall? Ein gebrochenes Bein vielleicht. Nein, es müsste etwas Dramatisches sein. Über die Krankheit sprächen wir natürlich zuerst, ich wäre sehr gefasst und stark: Es war nur ein kleiner Infarkt, nicht besonders lebensbedrohlich, aber ein ordentlicher Schuss vor den Bug, ein Zeichen, wie schnell alles vorbei sein könnte – und Rafi würde klarwerden, dass wir nicht mit einem Streit auseinandergehen dürfen. Nachdem er also hier wäre, Blumen mitgebracht hätte, sich ausreichend oft nach mir erkundigt und über seinen Schrecken gesprochen hätte, dem ihm die Nachricht versetzt hätte, kämen wir, ganz nebenbei, auf das Kinderthema zu sprechen, und er würde mit einer wegwerfenden Handbewegung erklären, dass alles ein Missverständnis und er blind vor

Verliebtheit gewesen sei, aber dann hätte sich Ben doch nicht als Mister Right erwiesen, jedenfalls hätte er sich getrennt, und nein: Er leide nicht darunter, es gehe ihm eigentlich besser als in der Beziehung, Ben sei besitzergreifend und viel zu eifersüchtig, nein, alles ist gut, wie es ist. Und dann würden wir gemeinsam lachen über diesen seltsamen Abend und die Szene, als man uns aus dem Lokal rausgeworfen hat, ausschmücken, und wir würden sie – jeder in einer eigenen Version – als eine Familienerinnerung immer und immer wieder erzählen. Mama, weißt du noch, damals, als du …

Alternativ zu meinem eigenen Herzinfarkt könnte jemand sterben. Ich überlegte lange, auf wen in unserer Familie wir am ehesten verzichten könnten, wer mir tot mehr nutzen würde, als lebendig. Die Mutter von Fritz vielleicht? Wir trafen sie nicht besonders häufig, mal zum Geburtstag, und alle zwei, drei Jahre feierte sie mit uns Weihnachten. Ja, sie wäre einfach perfekt. Niemand wäre zu traurig, Fritz hat eine eher neutrale Beziehung zu ihr, sie gehört aber eindeutig zu dem engeren Kreis, aus dem ein Tod Rafi zu uns zwingen würde.

Ich rief sie sofort an: Hallo, ja, ich wollte wissen, wie es dir geht, was macht dein Herz, macht dir die Kälte zu schaffen, nein, ach, alles in Ordnung, na, das ist doch schön, hier ist auch alles wie immer, den Kindern geht es gut, du, ich muss los zur Arbeit, ich hatte nur kurz an dich gedacht, ja, bis bald.

Ich versuchte, alles normal erscheinen zu lassen, was mir aber nicht besonders gut gelang. Immer erbitterter glaubte ich, dass Ben tatsächlich zu einer Sekte gehörte, ich sah Rafi immer häufiger so schwach, wie Ella ihn beschrieb, und ich fand, Fritz war keine große Hilfe. Er konnte das Schweigen viel besser akzeptieren als ich.

»Ach, lass ihn doch«, sagte er. »Das ist normal, hast du deine Mutter ständig angerufen?«

Nein, natürlich nicht, aber ich empfand es als unlauter uns mit unseren Eltern, vor allem mich mit meiner Mutter zu vergleichen. Er ging mir mit seiner Gleichgültigkeit auf die Nerven. Vielleicht war er so, weil die beiden nicht seine leiblichen Kinder waren? War also doch etwas dran an der These vom Biologismus, die ich vehement ablehnte? War Fritz so cool, weil nicht sein Blut …?

Wir stritten häufiger als sonst, neben Alltäglichkeiten, die zum Anlass für gegenseitige Nickeligkeiten wurden, vor allem auch über Rafi, und so sehr ich Fritz in diesen Disputen hasste, am Ende musste ich immer zugeben, dass seine Haltung richtig war, alles andere dumm wäre, nur Aussitzen etwas bewegen könnte. Es war nicht die Zeit für Aktionen. Vielleicht war es Zeit für Selbstmord. Dachte ich mir.

»Jetzt hör doch mal auf mit diesem vernünftigen Scheiß, Fritz.« Ich schlug tatsächlich mit der Faust auf den Tisch. »Unser Sohn darf keinen Kontakt mehr zu uns haben, mit Ella stimmt schon seit Jahren irgendetwas nicht, und ich kann das nicht mehr aushalten. Deine Scheißlogik. Ja, ja, du hast recht, ich kann Rafi nicht zwingen, und ich kann Ella nicht stoppen in ihrem Wahn, immer perfekt sein zu wollen, aber was soll ich sonst machen?«

»Sprich nicht in diesem Ton mit mir! Spinnst du eigentlich? Was nervt dich denn so besonders?«

»Alles, ich kann alles nicht mehr aushalten, dich nicht, die Kinder nicht, Karl mit seinem Anti-Fortschrittswahn, ich kann mich nicht mehr aushalten und den Winter und diese Scheißstadt auch nicht mehr.«

»Mach bitte nicht schon wieder so ein Drama! Es ist alles nicht so wild, überlege einfach mal – falls du überhaupt noch in der Lage bis, über deinen kleinen Tellerrand zu gucken – was andere Leute für einen Mist am Hacken haben. Dagegen sind unsere Probleme Pipikram. Es läuft doch alles. Rafi kriegt sich sicher wieder ein, Ella wird bald berühmt und erfolgreich, und uns beiden geht es doch auch ganz gut, wir haben keine finanziellen Sorgen und wir …«

»Was haben wir nicht? Wir wohnen in einer Wohnung, die wir uns nur leisten können, weil unser Hausbesitzer entweder ein Engel oder tot ist. Ich will endlich eine Terrasse oder einen Balkon, einen richtigen, auf dem man zu viert sitzen kann. Wenn hier saniert wird, ist Ende für uns, wir können uns in dieser Stadt nichts mehr leisten und müssen dann nach Buch ziehen oder nach Hellersdorf, obwohl, nee, Hellersdorf können wir uns auch nicht leisten, hast du mitbekommen, dass Erdgeschosswohnungen an Hauptstraßen mittlerweile über tausend Euro kosten? Du bist so blind, das ist unfassbar. Wir leben hier auf Zeit, und alles ist beschissen. So zufrieden und genügsam zu sein wie du, das ist unerträglich.«

»So, so, und was willst du tun?«

Er war einfach nicht aus seiner Bequemlichkeit herauszuholen, war fest in diesem Glauben, unser Leben wäre ganz okay, wenn man alles berücksichtigte und verglich.

»Was ich machen will? Pinkeln.«

Ich stürmte zum Klo, trat aus Wut gegen die Toilettentür. Sofort sah ich einen Riss im Lack oder sogar im Holz. Typisch, nicht mal einfach wütend kann ich sein. Ich riss die Tür auf, warf sie mit Wucht hinter mir zu, sie sprang wieder auf, ich kam mir vor wie im Film, mal wieder, diesmal ein dummer Slapstick. Warum geht diese beknackte Tür nicht einfach zu? Ich zog sie ins Schloss, sie rutschte wieder raus, erst beim vierten Versuch blieb sie geschlossen. Na bitte, Arschlochtür! Ich setzte mich aufs Klo, pinkelte, und versuchte zu heulen, ich wollte zusammenbrechen, aber es ging einfach nicht. Die paar Tränen, die ich unter mühevollem Schnaufen herauspressen konnte, sagten nichts, überhaupt nichts über meinen Zustand aus. Ich überlegte, mich auf den Boden zu werfen und zu schreien, ich wollte es gerne, mich nur noch zusammenkrümmen und nicht mehr vernünftig sprechen müssen, nicht mehr argumentieren und nicht mehr alles aushalten, nur weil es bei Licht betrachtet nicht so schlimm war, ich fand es schlimm genug, aber das ging nicht. Ich dachte an die Nachbarn, die mich hören würden, den Lärm und die generelle Plumpheit dieses Vorhabens. Badewanne volllaufen lassen, Pulsadern aufschneiden, längs natürlich, schluchzen, mich retten lassen, in der psychiatrischen Notaufnahme landen, dort endlich Verständnis finden, Erklärungen, warum ich mich so mies fühle und es nicht zeigen kann. Oder langsamer, subtiler: Tabletten schlucken, jeden Tag Beruhigungsmittel nehmen, das schaffen andere doch auch, um die sorgt man sich, ist vorsichtig im Umgang, immer auf der Hut, ob sie sich umbringen wollen oder nicht, nur mir wird nichts zugestanden an Ausnahmezustand, weil ich immer so vernünftig bin. Es ist zum Kotzen, aber nicht mal das konnte ich, alles rauskotzen, trotz Finger, den ich in meinen Hals steckte, nur ein scheußliches Würgen, es war gar nichts drin in mir, was raus musste. Ich stand auf und verließ das Badezimmer. Ich bin keine dramatische Person, leider.

Es beruhigte mich, in der neuesten Ausgabe der Siegessäule die Anzeige der Lesben erneut zu finden. Außerdem versuchte ich mir immer wieder einzureden, wie normal es sei, mal für eine Weile keinen ständigen Kontakt mit Rafi zu haben. Allerdings waren, sobald ich meine Gedanken nicht kontrollierte, Bilder im Kopf, Bilder, mal wieder aus einer Reality-Show. Schon dafür hätte ich mich umbringen wollen.

Konnte mein Gehirn sich nicht einigermaßen originelle Settings zurechtlegen, wenn es glaubte, permanent Filme nachzuspielen zu müssen? Konnte da nicht mal, was weiß ich, etwas von den Coen Brüdern oder Lars von Trier oder Michael Haneke dabei sein? Nein: Immer nur Privatsender-Mist auf dem Niveau von Scripted Reality. Nicht mal für eine Szene wie in der »Wanderhure« reichte es. Mein Inneres war eindeutig Unterschicht. Meistens spielte es Reportagen, Thema: Verlassene Mütter. Wir sitzen im Studio und breiten vor einer Moderatorin mit einfühlsamem Gesichtsausdruck unser Schicksal aus, wir weinen und fragen uns, wie es so weit hatte kommen können. Das haben wir doch wirklich nicht gewollt. Aber alles falsch gemacht. Der Bruch verlief für die Mehrzahl ähnlich, nur wenige bekamen Briefe oder Anrufe ihrer Kinder, in denen klipp und klar beschrieben wurde, warum sie ab sofort und unwiderruflich den Kontakt zu ihren Eltern abbrechen. Das waren die Kinder der bösen Eltern, Missbrauch, der nicht gesehen werden wollte, Alkoholismus, Schläge in der Kindheit oder Frauen, die den brutalen Vätern die Treue hielten, anstatt sich zu trennen. Bei den anderen war es wie mit Rafi. Man meldet sich ein, zwei Wochen nicht, ein kleiner Streit ging voran, daraus wurden ein, zwei kontaktlose Monate, plötzlich sind es Jahre, in denen sich die Mütter, es sind immer die Mütter, alles Mögliche einfallen ließen, um die Kontaktsperre zu überwinden. Erfolglos. Was war denn nur passiert? Während der ganzen Sendung hängt ein Schild über unseren Köpfen »Schuld«. Wir weinen wieder und sind völlig verzweifelt. Die Moderatorin hilft hier und da nach, wenn wir nicht dramatisch genug sind, traurige Klaviermusik, vielleicht von Mahler, unterlegt unsere Geschichten. Zwischendurch Werbung für Kinderjoghurt – und spätestens dann greife ich ein und schalte ab.

Fritz tat weiterhin, als wäre er nicht beunruhigt, ich wünschte so, dass er das nicht wirklich glaubte, aber die Versuche, in diesem Punkt zueinanderkommen, scheiterten alle. Ich wollte mit ihm nicht mehr darüber sprechen, das musste jeder mit sich ausmachen. Die Illusion, dass man sich aus Liebe auch ständig verstehen und unterstützen muss, halte ich sowieso für kitschigen Unsinn. Wir führten keinen Krieg, sondern versuchten, die Unterschiedlichkeiten einfach stehen zu lassen. Anders ging es nicht.

Wenn Ella anrief oder zu uns kam, bemühte sie sich, nichts über Rafi zu erzählen. Ein gutes Zeichen, wenigsten standen die beiden in Kontakt, wenigstens gab es etwas, dass sie vor mir verheimlichte, wenigstens hatte Ben nicht auch Ella zur Nichtperson erklärt. Wir sprachen aber über die Kinderidee miteinander.

Ella meinte, es sei keine schlechte Möglichkeit: »Was sollen Schwule denn sonst machen? Adoption ist für sie immer noch nicht erlaubt.«

»Natürlich, das ist ungerecht, aber siehst du nicht, dass so ein Plan zum Scheitern verurteilt ist?«

»Nein, warum denn, es ist doch schön, wenn ein Kind vier Menschen hat, die sich kümmern, das ist doch fast wie bei uns.«

»Ich kann mich nicht erinnern, dass sich jemals vier Leute um euch gekümmert hätten.«

»Du und Fritz, mein Markus-Vater und seine Freundin.«

Das war gemein, aber ich schluckte meine Entgegnung, in der ich etwas Beleidigendes über ihren Vater gesagt hätte, herunter. Wie immer. Ich hatte verschwiegen, wie sehr ich mich über Markus' Unzuverlässigkeit geärgert hatte, als die beiden noch klein waren. Oder wie schade ich es fand, wenn ich mir anschaute, was aus ihrem Vater geworden war, wie dick und … doch, dafür gab es kein anderes Wort – wie einfältig er war. Dass ich ausgerechnet mit dem zwei Kinder hatte! Das konnte man seiner Tochter nicht sagen, erst war sie zu klein dafür und trug am allerwenigsten die Verantwortung für die enttäuschte Liebe ihrer Eltern, dann war sie ein Teenager und witterte hinter jedem Satz, der eine Kritik an ihrem Vater enthalten könnte, ihre nächste große Chance einen Streit mit mir anzuzetteln. Es gab kein richtiges Alter, in dem man ihnen sagen konnte: Ich hätte lieber mit einem anderen Mann Kinder gehabt.

Natürlich lief zwischen Markus und mir alles ganz okay, aber nur, weil ich es so wollte und alles, was nicht dazu passte, ausgeblendet hatte. Ich hatte eine feste Vorstellung davon, was gut für Ella und Rafi war und was nicht. Streit gehörte nicht dazu, also hatte ich ihn vermieden. Heute würde ich anders entscheiden, vielleicht wäre Rafi dann auch nicht so ein ausweichendes Fischkind geworden. Egal, zu spät.

»Das kann man nicht vergleichen. Weil wir es nicht so geplant haben. Weil euer Vater und ich uns damals geliebt haben, weil es pervers ist, Kinder über Annoncen zu suchen, weil diese Lesben vielleicht nur geizig sind, sonst könnten sie es mit künstlicher Befruchtung versuchen, weil überhaupt nicht klar ist, wer der Vater und wer die Mutter sein wird, weil die beiden, die es nicht sind, damit kaum zurechtkommen werden, weil es egoistisch ist, dieses Gefühl, man hätte ein Recht auf ein Kind, scheißegal wie, und das gilt übrigens nicht nur für Homosexuelle, sondern ganz genauso für Heteros, die nach Indien fahren, um eine Leihmutter zu finden, und weil man sich mit manchen Sachen im Leben abfinden muss, und weil ich nicht die Großmutter von Bens Kind sein will.«

»Sag das alles einfach Rafi.«

»Wie denn? Er spricht doch nicht mit mir.«

Ella ging zur Toilette, blieb dort wie immer viel zu lange. Ich fragte mich seit Jahren, warum dieses Mädchen sich so lange auf Klos herumtreibt. Früher dachte ich ja, sie kotzt heimlich, aber das war lange her. Wahrscheinlicher war es, dass sie sich jedes Mal neu schminkte. Sie wirkte frisch, als sie aus dem Bad kam. Auf einem diese Frische noch unterstreichendem Pfefferminzbonbon herumlutschend, bot sie nun doch an, Rafi dazu zu überreden, mit uns zu sprechen.

Danach erzählte Ella von ihrem Job.

In Gedanken legte ich mir Argumente für ein Treffen mit Rafi zurecht. Unbedingt müsste ich ihm sagen, dass er und Ben sich erst viel zu kurz kennen, um sich auf ein von Beginn an kompliziertes, unüberschaubares Abenteuer einzulassen, keiner kann die Folgen einer so konstruierten Elternschaft berechnen, vor allem, da die beiden möglichen Väter sich überhaupt noch nicht in Stresssituationen erlebt haben. Das ist ein gutes Argument, ein sehr gutes sogar, das muss ich mir merken.

Feuerzeug, Zigarette, Kaffeeschluck, ein- und ausatmen von Rauch und mich davon abhalten, sofort auszuplaudern, was mir eben durch den Kopf ging, und damit zuzugeben, dass ich Ella kaum zugehört hatte, ihr Geplapper nur als Geräuschkulisse wahrgenommen hatte. Ich richtete meinen Blick auf Ellas Mund – er ist so schön, voll und breit, sie hat ihn von ihrem Vater geerbt, wie gerne hatte ich dessen Mund geküsst, eigentlich war ich damals hauptsächlich in diese Lippen verliebt gewesen – und während ich sie anstarrte, stellte ich überrascht fest, dass sich ihr Ton geändert hatte. Sie sprach nicht wie sonst mit nervtötender Begeisterung, die alles superwichtig und extrem interessant erscheinen lassen sollte, was ihre Firma plante, projektierte, anvisierte, sondern war kritisch und ihr Ton war scharf, pointiert und genau, und es ging um ihre Unzufriedenheit, ihr Gefühl, dort nie weiter zu kommen, ausgenutzt zu werden, ihre Zeit zu verplempern und dass sie tatsächlich über einen eigenen Film nachdachte.

Gab Rafis Rückzug Ella die Möglichkeit, mit mehr Selbstbewusstsein in unserer Familie aufzutreten, mehr von sich zu zeigen? Oder mehr zu sein?

Im Keller stank es von Woche zu Woche mehr nach feuchtem Kohlestaub, von dem ein saurer Geruch ausging. Es roch nach Moder, nach Krieg, nach Schwamm, nach toter Ratte, und ich verfluchte meine Idee vom Anfang des Winters. Ich wollte keine gute Tat mehr tun müssen, ich fand, mein Soll sei längst erreicht.

Manchmal tranken Frau Scholz und ich abends zusammen einen

Schnaps oder nachmittags einen Kaffee. Immer in ihrer Wohnung, sie war trotz Einladung bisher nie zu uns nach oben gekommen.

»Was soll ich in Ihrer Wohnung, können Sie mir das mal sagen?«

»Ich dachte nur, einfach so. Als Abwechslung.«

»Ich brauche keine Abwechslung.«

»Ja, Sie brauchen überhaupt nichts. Weiß ich mittlerweile.«

Sie grinste, wobei sich ihr Mund auf einer Seite nach unten verzog, und rutschte tiefer in ihren Küchensessel. Viel besser kennengelernt hatte ich sie durch meine Besuche nicht. Immerhin hatte ich ihr ein paar Einzelheiten aus ihrem Leben entlocken können: Ihr Mann war vor elf Jahren gestorben, als Kind wohnte sie in einem der bürgerlichen Viertel, sie hatte keine Geschwister, der Vater war Kürschner, und sie ist früh, mit sechzehn, von zu Hause ausgezogen.

»Meine Mutter, wissen Sie, die war nicht so für mich.«

All das präsentierte sie mit einer wegwerfenden Handbewegung. »Lohnt sich nicht«, »Ist alles lange her« und »Ich habe es überlebt«, das waren die Sätze, mit denen sie meine Nachfragen abwehrte. Manchmal aber tat sie so, als ob sie mir wer weiß was für Geheimnisse erzählen würde. Dazwischen gab es nichts. Entweder: »Das ist nicht wichtig, was soll ich erzählen, es war alles ganz genauso wie bei allen anderen.« Oder: »Sie müssen wissen, mein Mann hatte nämlich eine Autowerkstatt!« Ach.

Ich wusste immer noch nicht, wie alt sie war, meine Schätzungen schwankten zwischen siebzig und achtzig.

Wenn sie über Sex sprach, und das tat sie ungewöhnlich häufig, wenn man bedenkt, dass sie sonst immer noch kaum mit mir sprach, dann schwärmte sie von früher.

»Jetzt ist bei mir untenrum nichts mehr los«, sagte sie, »aber früher, als mein Mann und ich jung waren, mein lieber Herr Gesangsverein, da war Halligalli angesagt. Kann man sich heute nicht mehr vorstellen, heutzutage sind die jungen Leute ja verklemmt wie meine Eltern, aber bei uns war das anders. Rudelbums mit allem Drum und Dran, wenn Sie wissen, was ich meine. Damals waren die Frauen kesser als heute. Haben Sie überhaupt Sex?«

»Frau Scholz, das geht Sie nichts an.«

»Also: nein. Dachte ich mir schon. Sieht man Ihnen an.«

Weder wollte ich mit Frau Scholz über mein Sexleben sprechen, noch wollte ich über ihres genauer Bescheid wissen. Schon dieses Wort »Rudelbums« war mir zuwider.

Das Rauchen, besser gesagt: das Rauchverbot, war zwar ein weiteres Thema, über das sie sich nicht genug echauffieren konnte, aber hierbei wirkte sie resignierter. Es gab kurze Empörungswolken, wenn sie einen Bericht las, in dem über die Schädlichkeit des Rauchens geschrieben wurde.

Dann stand sie mit der Zeitung wedelnd auf ihrer Fußmatte:

»Kommen Sie rein, ich muss Ihnen etwas zeigen. Das ist unglaublich! Mit diesen Rauchverboten werden die alten Menschen aus der Öffentlichkeit verbannt. Das ist der einzige Grund, nicht die Sorge um die Volksgesundheit oder ähnlicher Unsinn.«

»Volksgesundheit sagt man nicht, Frau Scholz. Und das mit den Alten versteh' ich nicht.«

»Papperlapapp, ich sage Volksgesundheit, wann es mir passt. Und dass Sie nichts verstehen, ist auch nichts Neues. Nun strengen Sie ihr kleines Köpfchen mal an und denken nach. Wer raucht? Die jungen Dinger von heute etwa? Die essen doch nicht mal. Nur Wattebäuschchen und Wasser. Wie sollten die rauchen, hä? Fallen doch sofort um. Nein, Raucher, das sind die Alten. Es geht ums Prinzip. Schon meine Eltern haben geraucht, früher haben einfach alle geraucht. Frauen nur zu Hause, nicht auf der Straße, das gefällt mir heute noch nicht, wenn ich Weiber mit 'ner Fluppe sehe. Asozial sieht das aus, wenn ich das mal so sagen darf.«

»Nee, asozial sagt man auch nicht.«

»Sie haben Sorgen. So, nun mal weiter im Text: Scheinbar sind Zigaretten nicht annähernd so gefährlich, wie man uns weismachen will, sonst wären wir Alten doch alle längst tot. Sind wir aber nicht. Noch nicht mal Sie und, das ist nun wirklich keine Frage, Sie gehören sehr wohl mehr zu uns als zu denen.«

»Zu wem gehöre ich?«

»Zum alten Eisen. Wenn ich mal ausreden dürfte: Entgegen aller Wahrscheinlichkeit lebt man auch nach dreißig, vierzig Jahren Rauchen einfach weiter. Sieht aber nicht mehr so gut aus. Stört das Schönheitsideal. Also werden wir ausgesperrt, indem man uns zu Aussätzigen macht. Weil wir rauchen. Ha! Ein ganz toller Trick ist das. Den aber, außer mir, niemand durchschaut. Weil sich die Jungen von uns belästigt fühlen, sperren sie uns zu Hause ein. Heutzutage reicht es doch, sich von irgendetwas belästigt zu fühlen, und schon bekommt man Recht. Also ob das Leben an sich nicht eine einzige Belästigung ist. Aber nein, die Menschen schreien: ›Ich fühle mich belästigt durch Ihren Qualm!‹, und schon bekommen sie Unterstützung. Sollen die doch zu Hause bleiben, da kann sie niemand belästigen, oder? Pustekuchen, die wollen auch noch auf die Straße und in die Öffentlichkeit und das ohne ›belästigt‹ zu werden. Eine Unverschämtheit ist das.«

Für einen kurzen Moment glaubte ich, in Frau Scholz mich selbst zu erkennen. Mich in dreißig Jahren, denn was sie da sagte, hätte auch von mir stammen können. »Keine schlechte Überlegung, Frau Scholz, da könnte tatsächlich was dran sein.«

»Was heißt ›könnte‹. So ist es!« Sie schlug mit der flachen Hand auf ihre Sessellehne. »Aber, wie gesagt, mit Menschen wie Ihnen, die nicht mal die simpelsten Zusammenhänge verstehen, was soll da werden?« Und schon war ihre Empörung verpufft.

Aber nur kurz, denn als ich sie fragte, ob sie sich manchmal erschrecke, wenn sie in den Spiegel schaue und – weil mir die Beleidigung, die in dieser Frage stecken könnte, auffiel – sofort anmerkte, dass es mir so gehe, und ich mich immer häufiger fragte, ob die Diskrepanz zwischen dem inneren, gefühlten Alter und dem Außenalter weiterhin immer größer werden würde oder ob es einen Punkt gebe, an dem beide Bilder sich wieder annäherten, fing Frau Scholz an zu sprühen.

»Was glauben Sie denn? Dass je älter, umso schöner? Nee, das können Sie sich abschminken. Es wird alles schlimmer. Immer schlimmer, nicht besser, und irgendwann, also bei mir wohl eher ziemlich bald, da erkennt man sich im Spiegel überhaupt nicht mehr. Manchmal ist das ein richtiger Schreck, was für ein altes, fremdes Gesicht zurückschaut, weil ich in Gedanken bei Wilhelm, dem Sohn vom Fleischer Goldenstein, bin oder mich mit Elsbeth von nebenan über das letzte Himmel-und-Hölle-Spiel in die Haare kriege, und dann geh' ich am Spiegel im Flur vorbei und bekomme fast einen Herzschlag, weil da eine alte Frau zurückguckt. Das werden Sie auch bald merken, lustig ist das nicht. Aber solange Sie sich nur um Ihre Schönheit Sorgen machen, na, seien Sie froh.«

In der Regel fühle sie sich, als wäre sie zwischen dreißig und vierzig, und was sie wirklich ungeheuerlich fände: dass Alte immer behandelt würden, als seien sie innen auch vergreist. Ob mir das schon aufgefallen sei? Das sei aber ganz großer Blödsinn, da würde ich mich noch wundern, innen drin werde man nie alt, die Gedanken und Gefühle alterten nicht mit dem Körper, das sei eine Tatsache, und darum dürfte man kein Mitleid entwickeln, wenn die letzten alten Nazis mit neunundachtzig oder zweiundneunzig Jahren in den Knast kommen würden. Wenn dann so ein Schmierfink von einer Zeitung frage, ob ein alter Mann denn unbedingt noch vor Gericht gestellt werden solle, so ein Klappergaul, den könne man nicht mehr bestrafen, das sei unmenschlich, dann zerreiße sie das Blatt und ab in den Ofen damit.

»Oder nehmen Sie die alte Margot Honecker, diese rote Sau. Die ist auch nur äußerlich alt, innen aber eiskalt und böse. Und darum hätte sie auch bestraft werden müssen. Aber was machen die feinen Herren von der Regierung? Lassen die in Panama in der Sonne sitzen und mit ihren Enkeln spielen. Eine Unverschämtheit!«

»In Chile.«

Sie dachte kurz nach. »Chile? Sind da nicht die Nazis nach dem Krieg hin?«

»Ja, ich glaub' schon.«

»Das passt doch. Ich sag' immer, ist alles eine Mischpoke. Ab in 'nen Sack und ordentlich mit dem Knüppel draufhauen«

»Erzählen Sie mir was über Ihren Sohn?«

»Tot ist tot, da gibt es nichts mehr zu erzählen. So, und nun gehen Sie mal Ihrer Wege, ich hab' nicht den ganzen Tag Zeit.«

Wie jedes Mal war ich beeindruckt, wie gemein die Scholz zu mir war. Nein, meine Freundin wollte sie nicht werden, da brauchte ich mir keine Hoffnungen zu machen. Aber ich wollte sie ja auch nicht. Von daher passte es.

Auch wenn ich vieles von dem, was sie von sich gab, verworren fand, etwas blieb hängen von ihren Anschuldigungen, Belehrungen und Weisheiten. Ich sah die Alten auf der Straße, in der U-Bahn, in Geschäften nicht mehr ganz so fremd und unbehaglich an wie noch vor ein paar Wochen. Als ich zufällig Jörn, einen Bekannten aus alten Tagen, traf, erzählte ich es ihm voller Stolz. Wir gingen auf ein frühes Bier ins Mölbe, und dort berichtete ich ihm von der Scholz.

Jörn war früher Altenpfleger, der coolste, den ich kenne. Er trägt einen Medizinball unter seinem Hemd, er ist selbstverständlich trinkfest, und er weiß um meine Angst, alten Leuten zu nahe zu kommen. Darum lässt er es sich nicht nehmen, mir jedes Mal Anekdoten aus dem Pflegeralltag zu erzählen, so lange, bis ich überzeugt bin: Meine Angst ist total albern, was die Alten einem alles geben können, witzig sind die in Wahrheit, dass man seine Freude an ihnen hat und eine wahre Lebensbereicherung. Dann, wenn er meine strahlenden Augen sieht, sagt er: »Aber natürlich ist das trotzdem ein voll übler Beruf. Nach zehn Jahren wird man entweder gewalttätig, übergriffig und kaltschnäuzig, man hört auf, oder man wird so eine Art Bernhardiner, treudoof.« Heute arbeitet Jörn im Büro eines Umzugsunternehmers. »Aber lustig sind die schon, die alten Tattergreise«, sagt er dann noch und kichert in sich hinein, dass sein Medizinball vor Freude mithüpft.

Jörn ist nicht der Einzige in meiner Umgebung, der mit Sozialarbeit sein Geld verdient hat. Streetworker, Junkie-Beratung, »Knastarbeiter«, Lehrer, Erzieher, Betreuer, Pädagogen, Heilpraktiker, Telebusbegleitungen, die Liste ist fast endlos. Es gilt in meiner Umgebung als abscheulich, Schwache, Alte, Kranke oder Kinder abzulehnen.

In der vierten Woche nach dem Streit um das dumme Baby erzählte ich Frau Scholz, was zwischen Rafi, Ben und uns vorgefallen ist. Natürlich fand sie das alles lächerlich, albern, kindisch, besonders meine Sorge. Mein Gott, sagte sie, ob ich es nicht mal einen Monat ohne meinen kleinen Kronprinzen aushalten könne. Der Junge werde schon nicht sterben, und ob man Enkelkinder bekomme oder nicht, da hätte schließlich niemand Einfluss drauf. Aber wenn ich einmal auf sie hören würde, dann hätte sie schon einen Tipp für mich.

»Ach ja, welchen denn?«

»Na ja, so verklemmt, wie Sie sind, wird das eh nichts«, antwortete sie und schilderte stattdessen mal wieder ihre so wahnsinnig befreite Zeit in den Sechzigern. Die Pille, das sei mal eine Erfindung nach ihrem Geschmack gewesen, danach hätte es kein Halten mehr gegeben, das Einzige, was die Menschen vorher davon abgehalten hätte, ununterbrochen übereinander herzufallen, sei die Angst vor ungewollten Schwangerschaften. Ja, ja, klar, aber Frau Scholz wirkte wirklich nicht wie ein ehemaliges Blumenmädchen.

Was ich ihr auch an den Kopf warf, ich hatte keine Lust mehr, mich ständig von ihr beleidigen zu lassen, ab nun würde auch ich sagen, was ich dachte. Und immer häufiger dachte ich: Sie lügt einfach. Um mich immer wieder in ihre Wohnung zu locken, erzählt sie mir ihre wilden, völlig unwahrscheinlichen Geschichten. Nun gut, es ist mir eigentlich egal, ob sie lügt oder nicht.

»Nee, Blumenmädchen war ich selbstverständlich keines. Zum Glück. Das waren alles nur Studenten und verwöhnte Bürgersöhnchen mit ihren kleinen, verklemmten höheren Töchtern. Die wären am besten allesamt nach drüben gegangen, zum Iwan, da hätten die sich aber umgeguckt. Meinen Sie ernsthaft, bei denen sei im Bett viel gelaufen? Die mussten doch ständig lesen und demonstrieren. Nein, wild war es bei uns, den Normalen und Gesunden. Die den Krieg noch erlebt haben. Aber glauben Sie mal schön weiter, Ihre Generation hätte viel für die Welt getan, Frau Nina.«

»Meine Generation? Ich gehöre doch nicht zu den '68ern!«

»Ach nein, wie alt sind Sie denn, Frau Nina?«

»Ich bin vierundvierzig, Jahrgang '67.«

»Na, das hätte ich aber nicht gedacht, ich hatte Sie glatt zehn Jahre älter geschätzt.«

Schönen Dank, aber zumindest brachte mich das auf die Frage, wie alt die Scholz war. Über achtzig? Oder eher Anfang siebzig? Wenn sie im Krieg schon gelebt hatte, musste sie mindestens siebzig sein. Endlich fragte ich sie.

»In zwei Jahren werde ich achtzig. Falls Ihnen das weiterhilft.«

Ich nickte und amüsierte mich über die Formulierung »in zwei Jahren«. Es war wie bei Kindern, die auf die Altersfrage antworten:

»Nächstes Jahr werde ich zehn.« Erst ab zwanzig nennt man sein tatsächliches Alter, zehn Jahre später sagt man lieber: »Letztes Jahr wurde ich dreißig«, aber wenn man wirklich alt ist, scheint man in dieser Hinsicht wieder in die Zukunft zu schauen. Ich rechnete im Kopf: '33 geboren, 1945 war sie zwölf, BDM-Mädel sicher, 1965 muss sie zweiunddreißig Jahre alt gewesen sein, verheiratet mit einem Autoschrauber, vermutlich längst Mutter, und nebenbei hat sie Orgien gefeiert.

»Kommt als Nächstes die Nazi-Frage? Können Sie sich sparen. Natürlich war ich beim BDM, warum auch nicht? Mein Vater war ein strammer Nazi, meine Mutter meinte immer, sie sei unpolitisch, aber sie hatte so ein Sammelalbum mit Bildchen vom Führer. Das muss ich sogar noch irgendwo haben. ›Deutschland erwacht‹ hieß das, da sind private Bilder vom Hitler drin, beim Picknick auf der Alm, oder wie er Rehe füttert. Ich fand das damals alles richtig. Na und? Man kann seine Meinung ja ändern. Nur nicht über die Kommunisten, die sind und bleiben eine Pest.«

Eine halbe Stunde später war ich wieder in unserer Wohnung, nachdem sie sich doch noch dazu herabgelassen hatte, mir zu empfehlen, wie ich weiter vorgehen müsste.

Ich solle mich an Ben halten, hatte sie gesagt, der wäre der Schlüssel, das wäre doch sogar mir schon aufgefallen, und wenn bei Rafi noch irgendetwas zu retten sei, dann dadurch, dass seine Mutter mit seinem Freund rummache. Das würde ihm die Augen darüber öffnen, dass sein Freund nicht alle Tassen im Schrank hätte.

Wenigstens darin war sie meiner Meinung.

Ich dachte nicht ernsthaft über ihre Idee nach, aber dann irgendwie doch. Als ich in der folgenden Nacht aufwachte, nicht mehr einschlafen konnte und mit mir schimpfte, weil ich insgesamt völlig übertrieben reagierte – wie ein dummes Muttertier kein Maß in meiner Sorge – und drehte die sich konkret um Rafi? Es war wohl eher Egoismus, der mich umtrieb.

Und dann sah ich uns vier während eines Versöhnungsessen in Rafis Wohnung sitzen, Fritz und ich haben kapituliert, sagen, dass die Lesbenbabyidee, wenn man sie mal richtig überdenkt, ganz hervorragend sei, wir entschuldigen uns ausgiebig, ich sitze neben Ben und wie zufällig streift meine Hand seinen Reißverschluss. Nur ganz leicht, unabsichtlich, berühre ich seinen Schritt. Er reagiert nicht. Nicht direkt. Als ich meine Serviette auf sein Bein fallen lasse, greifen wir gleichzeitig hin, und Bens Hand drückt meine, einen Moment zu lang für ein zufälliges Zusammentreffen. Er sieht mich an, ich lächele, mehr passiert nicht.

Erst beim Abschied, der umarmungsreich ausfällt, wegen der Versöhnung, und weil alle so froh sind, dass wir den Konflikt aus dem Weg geschafft haben, umschließen mich Bens Arme, gleichzeitig drückt er sein Bein zwischen meine Schenkel. Ich löse mich, trete einen Schritt zurück, zeige mit spitzem Finger auf sein Geschlecht und sage: »Rafi, dein Freund hat einen Ständer, weil er sich eben an mir gerieben hat.« Rafi schaut und sieht Bens Schwanz, der sich unter der Hose abzeichnet, er sieht ihm in die Augen, dann zu mir, er sagt: »Mama!«, und: »Das darf doch nicht wahr sein. Ben, was soll das? Sie ist meine Mutter. Ich will dich nie wieder sehen.« Dann gehen wir zu dritt, Rafi in unserer Mitte, er wird bei uns übernachten, soll in dieser Situation nicht alleine sein, der Junge, die Szene mit der Serviette werde ich ihm trotzdem nicht ersparen, er weint, ich koche Kakao und mache tröstende Muttersachen, am nächsten Morgen fahren wir in Rafis Wohnung, er packt eine Plastiktüte mit Bens Zahnbürste, Socken, Büchern, Geschenken, er stellt sie vor die Haustür und bittet Fritz, ein neues Türschloss zu kaufen und einzubauen. Rafi drückt Bens Anrufe weg, Ella übernimmt die nächste Schicht, die Familie hält zusammen gegen so ein Schwein.

So könnte es funktionieren. Wenn mein Leben ein kitschiger Nora-Roberts-Film wäre.

Ich versuchte noch zwei, drei andere Szenarien. In einer erwische ich Ben inflagranti. Ich habe nach der Arbeit einen anderen Weg als gewöhnlich gewählt, als ich Ben Hand in Hand mit einem Mann, der ganz eindeutig nicht Rafi ist, ein paar Meter vor mir spazieren sehe. Sofort nehme ich das Handy aus meiner Tasche und beginne die Verfolgung der beiden Männer. Nur eine Straßenkreuzung weiter verabschieden sie sich voneinander, Küsse werden ausgetauscht, mit nassen Zungen und gierigen Händen auf runden Arschbacken, ich halte die Handykamera drauf und filme die Szene aus sicherer Entfernung. Ich weiß, dass Rafi keine offene Beziehung führen will, also kann ich mir seine Reaktion vorstellen: Er glaube mir nicht. Ich habe da bestimmt etwas falsch interpretiert, weil ich Ben nicht leiden könne und ihn schlecht dastehen lassen wolle. »Rafi, ich schwöre es dir, die beiden liefen direkt vor mir, Hand in Hand, warum sollte ich dir so etwas erzählen, wenn es nicht stimmt? So gemein bin nicht mal ich. Ich wünschte, ich hätte es nicht gesehen, aber es ist die Wahrheit.« Er glaubt es trotzdem nicht. Erst als ich den Film zeige, gibt es keine anderen Deutungen mehr, Rafi wird betrogen von Ben, der Ratte. Er macht auf der Stelle Schluss.

Oder: Ich logge mich als Schwuler bei GayRomeo ein und beginne, mit Ben zu chatten. Der schlägt mir sehr schnell vor, sich auf einen Fick zu treffen, ich mache einen Snapshot vom Bildschirm und schicke ihn Rafi.

Es war alles ein furchtbarer Unsinn, ich wusste doch nicht mal, wie sich Schwule im Chat verhielten, und wäre sofort aufgeflogen, ich wollte Rafi nicht hintergehen, ich wollte Ben in keine Falle locken, ihn nicht »umdrehen«, ich wollte nur mit Rafi reden – und dass Ben stirbt. Ein Unfall, nein, besser ein angeborener Herzfehler, eine chronische Entzündung vielleicht?

Am nächsten Tag klingelte es an der Tür.

»Wer ist das?«

»Keine Ahnung.«

Schwere Schritte im Hausflur, dann eine Parfümwolke, ein riesengroßer Blumenstrauß wurde mir ins Gesicht gedrückt: »Überraschung!«

»Busen-Bärbel!«

Etwas Besseres hätte nicht passieren können.

Busen-Bärbel ist einfach großartig. Wir sind seit vielen Jahren mit ihr befreundet. Fritz und sie haben zusammen Abitur gemacht, danach verschwand sie aus der Stadt, verkaufte Kunst in Südafrika, Paris und Hongkong. Von einer ihrer Reisen hat sie sich ein paar gigantische Brüste mitgebracht. Fast monströse Riesendinger, an denen man unmöglich vorbeigucken kann. Sie ist eine Freundin, wie sie in Filmen oder Frauenromanen vorkommt, ein riesiger, bunter, lauter und großzügiger Wirbelwind, von dem man sich nur zu gerne mitziehen lässt, unsere einzige Freundin, die Kosmopolitin ist – und die man nach drei Tagen nicht mehr ertragen kann. An ihr ist nicht nur der Busen riesig, alles ist zu viel an Busen-Bärbel. Sie ist zu groß, zu laut, zu egozentrisch, aber sie bringt Kokain und Wein und für mich Designerstücke aus aller Welt mit, die sie aus ihrer Mary-Poppins-Zaubertasche fischt, und auf eine eigentümliche Art ist sie auch unsere Therapeutin, denn sie ist eindeutig übergeschnappt. Das macht uns normaler, sie erdet uns und, das vergesse ich jedes Mal, mit ihr kann man Gespräche führen. Sie regt sich auf und hört zu, sie trägt Eigenes bei und fährt uns über den Mund, wenn einer anfängt zu schwafeln. Auch darin ist sie groß, und wenn sie weg ist, fällt es umso mehr auf, wie verkümmert Unterhaltungen mit anderen sind.

Ich schickte Karl eine SMS, in der ich fragte, ob ich zwei Tage Urlaub nehmen könnte, bekam ein schnelles Ja zurück, Fritz beschloss, sich krank zu melden. Mit Busen-Bärbel muss man die Zeit nutzen. Sie würde in zwei Tagen wieder verschwunden sein, keine Zeit sich lange aufzuhalten, irgendeine Auktion oder Eröffnung oder ein Event, bei dem sie unabdingbar war, würde sie wieder in die Welt ziehen. Aber im Moment war sie hier, und alles war schön. Die Nacht mit dem Kokain und Gin Tonic, und jeder konnte so viel reden, wie er wollte, morgens, als wir langsam kalte Asche wurden, holten wir Frühstück, das keiner essen konnte, und am Nachmittag gingen wir in die Stadt, ins Museum, in dem sie unbedingt ein bestimmtes Bild sehen musste. Fritz war zu Hause geblieben und kochte das Abendessen.

Wir saßen vor einem Café unter einem Heizpilz, legten uns rote Wolldecken über die Knie und blickten auf das Touristenzentrum an der Museumsinsel, und ich fand alles nicht schlimm mit der großen Bärbel an meiner Seite.

»Es ist ein untrügliches Zeichen für eine untergehende Kultur, wenn man Kaffee trinken möchte und dabei nicht rauchen darf. Lächerlich. In Bangkok würden sie dich auslachen, wenn du das Wort Passivrauchen in den Mund nehmen würdest. Das Wort gibt es überhaupt nicht. Gut, in New York werden Raucher dafür mit der Höchststrafe belegt: Du darfst nicht mehr zum Power-Yoga, wenn deine Haare auch nur ein bisschen nach Qualm riechen. Eine tote Stadt. Und ihr seid auf dem besten Weg genauso zu werden. Wie könnt ihr überhaupt noch in Restaurants gehen?«

»Können wir nicht mehr. Nur im Sommer, wenn man draußen sitzen kann. Wir haben es versucht, aber wenn man auf das Essen wartet, betrinkt man sich in Rekordzeit, weil man sonst nichts mehr in den Mund nehmen darf. Es macht keinen Spaß mehr. Heizpilze sind auch schon in fast allen Bezirken verboten.«

»Wie bitte? Warum das denn?«

»CO_2. Die produzieren angeblich zu viel CO_2.«

»Was für eine lächerliche Scheiße. Ihr müsst mich mal nach Mumbai begleiten. Ein Paradies. Alles ist erlaubt, auf den Boden spucken, rauchen, trinken, furzen, rülpsen, es ist herrlich. Egal. Was anderes: Geht es euch gut zusammen? Seid ihr noch verliebt?«, fragte sie.

»Ich habe immer Angst, dass Fritz mich verlässt.«

»Wieso das denn? Hat er eine Geliebte? Den werde ich mir aber vorknöpfen. Hab' ich dir erzählt, dass wir uns damals auf dem Abi-Ball geküsst haben? Küssen kann er, das muss ich schon sagen. Glaube ich zumindest, wir waren so betrunken.«

»Ja, habt ihr mir beide erzählt. Mehrmals. Muss ja sehr eindrucksvoll gewesen sein.«

»Ach, was. Lustig war es – und die Grundlage für unsere Freundschaft. Geküsst, für gut befunden, aber keiner wollte mehr. Das hat gepasst. Also, wer ist die Schlampe, die deinen Fritz ableckt?«

»Nein, Fritz hat keine andere. Glaube ich jedenfalls nicht.«

»Und warum sollte er dich dann verlassen?«

»Weiß nicht genau. Es ist nur so ein Gefühl. Ich kann nicht mehr gut unterscheiden, ob wir einfach glücklich sind, zumindest zufrieden, oder ob wir nebeneinander her leben und irgendwann, in nicht allzu weiter Ferne, platzt die Bombe und mein ganzes Leben ist ein Scherbenhaufen. Wir streiten fast nie.«

»Na und? Ist doch schön«

»Ja, denke ich ja auch. Aber vielleicht ist es ein böses Zeichen. Dafür, dass wir uns gleichgültig geworden sind. Uns nichts mehr zu sagen haben, dieser Kram.«

»Das ist kompletter Unsinn.«

»Nein, ist es nicht, weil: Oft ist er mir tatsächlich egal.«

»Du hast einfach zu viel Zeit, um über solchen Quatsch nachzudenken. Du musst mehr rausgehen.«

»Was soll ich da?«

»Keine Ahnung, irgendwas halt. So, wie wir jetzt.«

»Bärbel, das geht nur mit dir. Weil du mich mitschleifst. Ist ja auch mal schön. Aber nur mit Besuch. Ich alleine, das ist lächerlich, ich gehe doch nicht ›raus‹, um weniger nachzudenken. Wo soll denn da der Sinn sein?«

»Ablenkung, ganz einfache Ablenkung. Mach Sport oder geh' mal wieder ohne Fritz trinken oder schau dir eine Ausstellung an.«

»Ich geh' gleich, wenn du weiter so redest. Es geht um etwas anderes. Dass ich nicht mehr unterscheiden kann, was wahr ist und was nicht. Ich kann mir immer beides vorstellen, verstehst du das nicht? Ich glaube, wir sind ganz gut zusammen, und ich glaube, es ist schrecklich. Wir sind eines dieser Paare, die man hasst, weil sie zu träge sind, sich zu trennen. Ich fühle mich nie sicher.«

»Ich hasse euch nicht. Du bist zu fixiert auf Fritz.«

»Ich bin überhaupt nicht fixiert. Höchstens auf mich. Außerdem ist das echt Frauenzeitschriftenniveau.«

»Ich mein' ja nur, es gibt auch noch anderes.«

Was sollte es denn da noch anderes geben? Außer Liebe oder dem Gefühl, man hat jemanden gefunden, der einen halbwegs erträglich findet und mit dem es einem auch so geht. Ich wollte nicht mehr darüber reden, Bärbel spürte es und wechselte das Thema.

»Habe ich dir erzählt, dass ich eine neue Reise geplant habe? Im Mai will ich nach Argentinien, da gibt es zurzeit ziemlich interessante junge Künstler. Die haben eine ganz eigene Theaterszene, und wo Theater ist, da sind auch Maler. Will mal sehen, ob ich da günstig was kaufen kann, Nordamerika, Europa und Asien sind abgegrast, Südamerika ist der Newcomer in der Kunstszene.«

Es war unmöglich, ihr zu sagen, worum es mir eigentlich ging: dass ein böser, dunkler Klumpen in mir wohnte und immer mehr Platz haben wollte. Ich hatte schon beim Erzählen gemerkt, wie es mir entglitt, banal wurde und nicht verstanden werden wollte. Falsche Worte, als wäre das Gehirn einfach zu dumm für Gefühltes.

»Toll, Reisen«, sagte ich, statt mich weiter lächerlich zu machen, »eine ganz tolle Sache. Hat schon Michel Houellebecq so hübsch beschrieben. Willst du dir da einen jungen Stricher kaufen?«

Bärbel zuckte mit den Schultern und sah mich amüsiert an: »Ich lese übrigens auch. Für Houellebecq ist Prostitution das einzig Wahre im ansonsten Falschen. Finde ich grundidiotisch. Aber mal ehrlich, die Jungs in Argentinien sehen schon viel besser aus. Besser als die Männer, die hier rumhängen, guck dich doch mal um.«

»Ja, eben, und du willst mir trotzdem weismachen, es gäbe etwas Wichtigeres, als morgens aufzuwachen und in Augen zu gucken, die man mag, dass es Quatsch sei, Panik zu haben, weil es nicht so bleibt, beziehungsweise, weil alles nur eine Lüge ist? Vielleicht hast du recht, und ich spinne einfach.«

»Bist du in den Wechseljahren?«

»Nein, bin ich nicht. Okay, wir reden über etwas anderes. Vorgestern habe ich eine gute Tat getan.«

»Ach, sag bloß. Was denn?«

»Ich habe dem kleinen Roma-Mädchen, das am Hermannplatz sitzt und den ganzen Tag ›Bella Ciao‹ auf dem Akkordeon spielt, ein Eis gekauft.«

»Wahnsinn, Nina, du bist aber ein guter Mensch! Ein Eis mitten im Winter! Hat sie es denn gegessen?«

»Weiß ich nicht. Sag mal, ist dein Busen eigentlich noch größer geworden?«

»Gut, was?«

Ich solle auch mal was für mich tun, sagte Bärbel dann, ihre Brüste hätten ihr eine ganz neue Welt eröffnet.

»Nicht beim Sex, da stehen die natürlich ganz schön im Weg. Ansonsten aber: Egal, wen ich treffe, alle starren mir zuerst auf die Titten, und dann, wenn es ihnen peinlich wird, gibt es zwei Möglichkeiten, wie die Menschen sich verhalten. Entweder sind sie in

Verhandlungen innerlich weiter auf meinen Busen fixiert, müssen ständig daran denken, mir nicht wieder ins Dekolleté zu fallen, und dafür so viel Energie aufbringen, dass ich leichtes Spiel mit ihnen habe, oder sie halten mich für dumm. Was aufs Gleiche hinausläuft. Im Geschäftsleben sind meine beiden Süßen unersetzlich. Das ist ein Supertrick. So was brauchst du auch.«

»Ich will keine Monstertitten. Aber danke für den Tipp.«

Wir sprachen noch ein bisschen über Rafi. Natürlich hatten wir ihr gestern schon von Ben, dem Baby-Plan und dem Streit ausführlich berichtet, aber auf Kokain kann man Zusammenhänge nicht besonders gut erklären, die erscheinen dann zu kompliziert und unwichtig. Trotzdem fühlte es sich gut an, dass alles auf den Tisch kam und Bärbel die Situation nicht so dramatisch fand. Ihr glaubte ich.

»Soll ich mal mit ihm sprechen?«, bot sie an.

»Nee, lass mal, du hast sicher recht, ich übertreibe.«

Dann erzählte ich ihr von meinem letzten Friseurbesuch.

Ich wollte einmal so zum Friseur gehen, wie ich es bei anderen Frauen beobachtet hatte. Ich wollte es genießen und dabei plappern. Ich bin nicht besonders eitel, aber ich will gut aussehen, und dazu gehören zwei oder drei Friseurbesuche pro Jahr. Normalerweise sitze ich schweigend auf dem Stuhl, da mir einfach nicht einfällt, wie ich ein Gespräch anfangen soll, das über die Wünsche des neuen Haarschnitts und die dazugehörenden Allgemeinheiten hinausgeht. »Ach, die sind ja wieder lang geworden«, »Wann warst du das letzte Mal hier?«, »Ja die grauen Haare, das ist genetisch«, »Vielleicht schneiden wir einfach eine Stufe mehr rein, dann liegen die Haare nicht so platt am Oberkopf.« So etwas konnte ich natürlich besprechen, aber länger als zehn Minuten dauerte das nicht, dann ist alles, was es über Haare zu sagen gibt, gesagt.

Seit meine Haare grau werden, lasse ich mir Strähnchen färben und verbringe rund drei Stunden im Salon. Davon zwei Stunden und fünfzig Minuten schweigend. Sobald die Friseurin Marlene – wir nennen uns seit einiger Zeit beim Vornamen, so lange gehe ich schon zu ihr – anfängt zu schneiden, schon beim Waschen davor, verfalle ich in eine Leere, aus der ich kaum herausfinde. Natürlich gibt es die üblichen Fragen: »Möchtest du einen Kaffee oder etwas zu lesen?«, aber mehr als »Ja«, »Nein«, »Dankeschön« hatten diese Momente bisher nicht ergeben.

Staunend sah ich zu, wie es den anderen Kundinnen, und auch den weniger zahlreichen männlichen Kunden, scheinbar mühelos gelang, einfach drauflos zu sprechen. Über das Wetter, natürlich, über neue Geschäfte in der Umgebung, über die Kinder oder den eigenen Beruf, über Freundinnen, die dies und jenes gesagt hatten, sogar über ihre Haare sprachen sie mehr als ich. Meiner Meinung nach habe ich nämlich normale Haare, keinen Spliss, keine extremen Locken, keinen Haarausfall, keine Schuppen, sie sind weder zu dünn noch zu dick, ich habe einfach Haare. Genau darum gibt es nicht so viel zu besprechen wie bei feinen Flusen: »Seit ich das letzte Mal hier war, ist mein Haar viel langsamer gewachsen«, oder: »Der gerade Nackenschnitt, zu dem du mich überredet hast, der war besonders gut, seitdem sieht das hinten nicht mehr so fisselig aus.« Sie erzählten vom vergangenen oder kommenden Urlaub, und die Friseurinnen beteiligten sich. Ich versuchte immer herauszufinden, ob sie sich tatsächlich an die Kundin erinnerten oder ob ihnen einfach auf der Friseurschule beigebracht wurde, neutral, aber trotzdem sehr interessiert zu wirken.

Dieses eine Mal wollte ich sein wie andere Frauen.

Ich hörte gar nicht mehr auf, über mein Haar zu sprechen, ich erwähnte lobend den neuen Anstrich der Wände im Waschraum, ich bat um ein Glas Saft und kurz danach um einen Cappuccino, ich fragte nach der Auszubildenden, und darüber verging fast eine halbe Stunde. Dann blätterte ich in einer Zeitschrift, sah ein Bild von Gwyneth Paltrow, das angeblich in deren Küche aufgenommen worden war. Anlass des Fotos und des dazugehörenden Interviews war Werbung für ein Kochbuch, das Paltrow geschrieben hatte. Gwyneth trug ein weites, bodenlanges Sommerkleid im angesagten Hippie-Style, ihr Make-up, ihre Frisur, ihre Küche waren einfach perfekt, die Sonne schien genau von der richtigen Seite, Blumen und Körbe mit Obst und Gemüse an den dafür richtigen Plätzen. Gegenstände standen lässig herum und an den Wänden hingen geschmackvolle Bilder. Ich zeigte Marlene das Bild. »Exakt so sehe ich beim Kochen auch aus«, sie blickte kurz auf, lachte und bestätigte, bei ihr sei es ganz genauso. Danach war das Gespräch beendet.

Erschöpft schwieg ich und las eine hirnverbrannte Kolumne in der Brigitte von Ildikó von Kürthy, von der ich früher angenommen hatte, sie wäre Schriftstellerin.

Es ging um das Wunschgewicht, welches von Kürthy, seit sie schwanger gewesen war und dabei komplett ihren Verstand verloren, aber ihre wahre Erfüllung gefunden hatte, vermisste. Ach, dachte sich Kolumnen-Ildikó, ich bin doch eine junge, moderne und pfiffige Frau, ich setze mein Idealgewicht einfach drei Kilo nach oben und zack!, bin ich wieder glücklich. Glosse ohne auch nur einen einzigen klugen Gedanken fertig.

Ich musste an eine ähnliche von Martenstein denken. Dessen Kolumne bezog sich auf eine, ein paar Tage zuvor veröffentlichte Statistik, aus der hervorging, dass die Kinderarmut in Deutschland immer weiter zunimmt. Martenstein schlug vor, die Armutsgrenze einfach nach oben zu verschieben, damit wäre das Problem gelöst. Ironisch schien das nicht gemeint zu sein, und wenn doch, dann war es eine ganz billige Ironie.

Halt! Ich wollte doch nicht wie sonst dahocken, mich unwohl fühlen und nachdenken, ich wollte: beim Friseur sitzen und mich an den Gesprächen beteiligen. Doch warum sollte ich von der Arbeit oder dem Urlaub erzählen? Es gab keinen Anlass, keinen Grund, außer dem Gefühl, man müsse beim Friseur über so etwas sprechen. Nein, ich wollte nicht nachdenken, kein Warum und Wieso, ich wollte sprechen, plaudern, parlieren. Im Rahmen der Möglichkeiten mit einem Umhang und einer Papierhalskrause und mit dem dauernden Blick aufs eigene Spiegelbild. Der Papst! Natürlich! Sein Besuch stand kurz bevor, wie findet die Haarschneiderin das denn? Der war es egal. Ich gab auf und schaute, wer sonst noch im Geschäft war. Da man sich ja kaum bewegen kann, wenn eine Schere am Kopf hantiert, waren meine Blicke auf die Kundin beschränkt, die ich im Spiegel sehen konnte. Eine robuste Frau am Ende des mittleren Alters, grau-aschblonde, kurze Haare, die nun akkurat wieder in Raspelform gebracht wurden. Sie fragte ihre Friseurin, ob im Salon ein Mondkalender hinge und warum hier nicht diese speziellen Nachtschnitttage angeboten würden. Ja, antwortete die Gefragte, hinten in der Küche hinge tatsächlich solch ein Kalender, aber sie würde nicht viel davon halten.

»Ach, nun, das sollten Sie aber. Ich beispielsweise bin extra deswegen heute hier, es ist ein guter Tag zum Schneiden.«

Ich erkannte meine Chance.

»Entschuldigung, dass ich mich einmische, aber was bedeutet das denn: ein guter Tag nach dem Mondkalender?«

Die Haare wüchsen dann schneller und stärker, gab die dicke Frau zur Antwort.

»Aber Sie tragen Ihr Haar doch sehr kurz, warum lassen Sie es denn dann schneiden, wenn es darum geht, es schneller wachsen zu lassen?«

Die Haare wären auch prinzipiell gesünder dadurch, kräftiger, sagte die Spiegelbild-Kundin. Das sei bewiesen. Schon lange. Auch für Gemüse sei es so, es gäbe Tage zum Pflanzen und andere zum Ernten.

»Aber man kann sich doch nicht ernsthaft mit Gemüse vergleichen. Und unter mangelnder Kräftigkeit leiden Sie doch auch nicht, oder?«

Schweigen im Spiegel.

»Kümmern Sie sich doch um Ihren Kram.«

»Ja, Sie haben recht, Entschuldigung. Ich verstehe einfach nur nicht, warum man sich neben der normalen Zeit, also Tag und Nacht, morgens und abends, die Jahreszeiten, das Sterben, das sei doch alles genug, ich verstehe es nicht, wieso man sich da noch ein weiteres Gerüst herumbauen muss, das einem sagt, an welchen Tagen man etwas tun oder lassen solle. Es ist doch so schon kompliziert genug, finden Sie das nicht?«

Schweigen im Spiegel. Schweigen und eifriges Scherenklappern im Salon, aber auch ein heimliches verbündendes Augenzwinkern von Marlene, das waren die kommenden zwei Stunden. Ich hatte es wieder nicht geschafft, dachte ich, als ich mit neuer, luftiger, gutriechender Frisur auf der Straße stand. Aber immerhin hatte es diesmal mehr Spaß gemacht.

»Sehen gut aus, deine Haare«, sagte Bärbel, »aber denk trotzdem mal über Titten nach. Und die Trulla beim Friseur war noch harmlos. Ich habe eine Bekannte, die lebt nicht nur nach dem Mondkalender, die spricht auch mit Engeln, sie benutzt eine Essenz, bestimmt ist es nur linksgedrehtes Leitungswasser, aber schweineteuer, das tröpfelt sie sich morgens auf ihren Scheitel, öffnet damit ihr Engel-Chakra, und dann quatscht sie ihren persönlichen Engel voll. Und mit Delfinen kann sie auch sprechen. Mach dir also bloß keine Sorgen um dich, Nina, du bist so normal, wie man nur sein kann. Die Arschlöcher sind die anderen.«

Nein, das war einmal. Vielleicht. Früher. Aber auch da eigentlich nicht.

Am Abend vor Weihnachten klingelte ich bei Frau Scholz und brachte ihr neben den Kohlen eine Tüte vorbei.

»Sie wollen mich jetzt aber nicht auch noch einladen, mit Ihnen und Ihrem Mann zu feiern, oder?«

Selbstverständlich hatte ich das überlegt, die Vorstellung, die Alte über die Feiertage ganz allein zu wissen, machte mich sentimental.

»Nein, Frau Scholz, natürlich nicht, wie kommen Sie bloß darauf?«

»Sie haben so einen christlichen Glanz im Gesicht. Kaffee?«

»Ja, gerne. Feiern Sie denn?«

»Na, was glauben Sie denn! Die Bude wird rappelvoll mit alten Weggefährten, wir tanzen bis in die Puppen und am Schluss wird Walter, der alte Haudegen, wie jedes Jahr besoffen in den Weihnachtsbaum fallen. Die sind alle schon da, sitzen nebenan und basteln Strohsterne für morgen.«

Sie verdrehte die Augen und ließ sich, nachdem sie den Wasserkessel auf den Herd gestellt hatte, in ihren Küchensessel plumpsen.

»Ich hab' Ihnen etwas mitgebracht«, sagte ich und stellte die Tüte auf den Tisch.

Sie lugte neugierig, ich schob sie ihr rüber. Das Buch mit Stadtfotografien aus den Fünfzigerjahren blätterte sie kurz durch:

»Ich weiß, wie es damals aussah. Keine Ahnung, warum man sich davon Fotos angucken soll. So schön war's nicht.«

Den Wodka prüfte sie wortlos, dann griff sie zur Schokolade.

»Hamann-Schokolade, na, schau mal einer an.« Sie strich mit den Fingern fast zärtlich über die weiße Verpackung mit dem roten Schriftzug und sah mich an. »Wusste gar nicht, dass es die noch gibt. Woher kennen Sie die denn?«

Sofort war ich stolz auf meine Auswahl und überhörte, dass sie das »Sie« betont hatte, als wäre ich ein kulturloser Trottel.

Frau Scholz stand wieder auf, goss Wasser auf den Kaffee und sagte: »Die hat mir mein Mann früher oft mitgebracht. Der kannte noch den alten Hamann, und einmal, bei einem Fest in Schöneberg, da gab es eine ganze Badewanne voll mit Schokolade, damit wurde ein großer Geschäftsabschluss gefeiert. Sonst gab's allerdings nicht viel, Schmalzbrote, Schnaps und eben Schokolade. Über die haben sich später alle hergemacht. Und nebenher viel geraucht.«

»Wie bitte? Was wurde viel geraucht?«

»Na, dieses Zeug, von dem man so Hunger bekommt, Sie wissen schon.«

»Haschisch? Sie haben Haschisch geraucht?«

»Sie immer mit Ihren Fragen. Ich werde wohl auch mal an so einer Zigarette gezogen haben, was weiß ich, wie das hieß.«

Vor mir entstand ein ganz neues Bild, kleinbürgerliche mittelalte Menschen, die in den Siebzigern in Resopalküchen Orgien gefeiert und gekifft hatten, sich über Schokoladewannen hergemacht und Schnaps gesoffen hatten, und all das ganz weit weg vom studentischen Leben. Es war ein komisches Bild, da passte nichts in meine Vorstellung der Zeit, und eigentlich glaubte ich der Scholz nicht so richtig.

»Mein Gott, das hat doch jeder damals probiert. Ich weiß nur noch, dass ich danach so Appetit auf Schokolade hatte. Sonst war da nichts.«

»Freut mich, wenn Sie die Schokolade mögen.«

»Das hab' ich nicht gesagt.«

Weihnachten war so schön blöd wie jedes Jahr, ohne Rafi zu feiern nichts Besonderes. Die Mutter von Fritz verbrachte Heiligabend bei uns, am nächsten Tag gingen wir mit Ella essen und danach in ein klassisches Konzert, und am zweiten Feiertag blieben wir zu Hause, aßen die Reste des Gänsebratens und schauten stundenlang fern. Dann waren die Festtage auch schon wieder vorbei. Natürlich war es trotzdem schwer, so zu tun, als ob Rafi nur aus Lustlosigkeit nicht mit uns feierte. Obwohl ich, wenn ich den anderen Menschen in meinem Alter glauben soll, die Einzige bin, der Weihnachten gefällt, weil ich das Fest nicht schlimm finde, wir keine alten Eltern in Kleinstädten besuchen und auch sonst keine große Verwandtschaft haben, die wir über die Feiertage sehen müssen, bin ich jedes Mal sehr froh, wenn alles vorbei ist. Ich mag den Alltag einfach lieber, und in der Zeit zwischen Weihnachten und Neujahr ist nicht ein Tag normal.

Außergewöhnlich schön war das Fest vor zwei Jahren gewesen. Die Mutter von Fritz hatte am späten Nachmittag angerufen und abgesagt. Sie hätte eine Magenverstimmung und müsste in der Nähe ihrer Toilette bleiben. Die Gans hatte Fritz zwei Stunden zuvor in den Ofen geschoben, es gab also kein Zurück mehr. Rafi brachte seinen damaligen Freund mit, Ella kam mit ihrer ältesten Freundin, Carmen, und alle vier wurden von uns mit einem »Herzlichen Glückwunsch zu Weihnachten, Oma kann leider nicht kommen«, begrüßt. Augenblicklich machte sich Entspannung breit. Wir haben sehr viel gegessen, Geschenke rundherum eines nach dem anderen ausgepackt und begutachtet, wir haben Crémant und Rotwein und Schnaps getrunken, ein Joint war auch da, wir haben Musik gehört und getanzt, und dann sind wir alle zusammen ins Mölbe gelaufen, natürlich waren wir dort die einzige Familie. Ich war stolz, wir sechs waren schon fast eine Sippe, alle um uns herum waren freundlich und relaxt, wir waren zu Bier und Mexikanern übergegangen, und am Ende des Abends saß Ella eine Stunde auf meinem Schoß, flocht mir kleine Zöpfe ins Haar und war so schön betrunken, dass sie mir ihre Liebe ausführlichst gestehen wollte. »Nie kann ich dir so viel zurückgeben, wie du mir schon gegeben hast, du bist die beste Mutter.« Und ich sagte, dass sie meine Lieblingstochter sei und wir alle anderen Mädchen ins Heim gegeben hätten, weil wir nur sie hätten haben wollen, und dann lachte sie über diesen uralten Witz, den sie schon so oft gehört hatte, und wir waren so von uns selbst gerührt, so gerührt, dass wir ein bisschen weinen mussten, Freudentränen. Und dann hat Ella noch mal ganz weit ausgeholt, kam aber zu demselben Schluss, nämlich dass sie mich sehr liebte. »Das ist übrigens meine Mutter«, grölte sie jedem Vorbeikommenden freundlich zu, bevor sie von meinem Schoß fiel.

Dieses Fest behielt ich in Erinnerung, aber normalerweise vergaß ich nach vier Wochen alles, was dieses und was letztes oder das Fest vor zwanzig Jahren anbelangte. Und da wir sowieso nicht jedes Jahr zusammen feierten, es häufig vorkam, dass Ella oder Rafi nicht da waren, lief auch dieses Fest einfach vor sich hin und war schnell vergessen.

Ich hatte Rafi ein Päckchen mit seinen Lieblingssüßigkeiten, einem Fünfzigeuroschein und zwei Büchern geschickt. Bücher, die auf nichts anspielten, keine bedeutungsvollen Titel oder Geschichten, einfach zwei der aktuellen Neuerscheinungen, von denen ich wusste, dass er sie gerne lesen würde. Für Ben legte ich, nachdem ich mich überwunden hatte und es taktisch klug fand, eine Nike-Mütze und eine Postkarte, die neutral und freundlich geschrieben war, in das Päckchen. Die drei hasserfüllten, wütenden und beleidigenden Karten, die ich vorher geschrieben hatte, brannten im Ofen.

Am Weihnachtstag schickte Rafi eine SMS, in der er sich bedankte und uns schöne Feiertage wünschte. Immerhin. Das war doch ein Anfang.

Das neue Jahr, so sagte Ella im Laufe unseres Neujahrsspaziergangs, das würde ihr Jahr werden. Wir trotteten gemeinsam mit vielen anderen Neujahrsspaziergängern gemächlich um den zugefrorenen See, freuten uns über den glitzernd blauen Eishimmel und bewunderten nebenbei die neuen Modehunde. In den vergangenen Jahren lagen Möpse ganz vorne, die Jack Russell Terrier, die davor en vogue gewesen waren, wurden langsam alt. Die Weihnachtswelpen in dieser Saison sahen aus, als ob große Königspudel mit kleineren Wuschelhunden gekreuzt worden wären. In ein paar Monaten würden wir sicher auch den Namen dieser neuen Rasse kennen.

Ella lenkte die Aufmerksamkeit zurück auf sich. Sie mache es dieses Jahr nämlich.

»Was denn?«

»Ich drehe meinen eigenen Film.«

Fritz, mit dem Ella Arm in Arm lief, blieb stehen und zog sie fest zu sich heran: »Das gefällt mir, meine Tochter wird also nächstes Jahr den Oscar für den besten Dokumentarfilm bekommen. Gibt es das überhaupt? Einen Dokumentar-Oscar?«

»Ja, Papa, gibt's, aber das ist Quatsch.«

Die gefrorenen Blätter, Zweige und Hundehaufen knackten unter unseren Füßen, während wir langsam zum Auto zurückliefen und ich mich ärgerte. Ella hatte sich alles genau überlegt, bevor sie mit uns sprach. Warum konnte sie bloß nie etwas mit uns teilen, bevor es so ausformuliert wirkte? Ich würde sie lieber beim Ausspinnen einer Idee erleben, ich wollte dabei zusehen können, wie sie etwas von einer Eingebung zu einem festen Vorsatz verwandelte, alles von allen Seiten begutachtete, verwarf, wieder anders dachte, ich wollte sie anfeuern oder ausbremsen. Aber sie ließ mich nicht teilhaben an ihren Wünschen und Fantasien. Ob sie meinte, wir – oder richtiger: ich – wäre nicht in der Lage, ihre Ideen nicht kaputt zu machen?

»Warum hast du das nicht vorher erzählt?«

»Wie vorher? Ich erzähl' es doch gerade.«

»Ja, aber warum erst jetzt?«

Sie ignorierte mich und schmiegte sich umso enger an Fritz, jetzt sprach sie nur zu ihm, und ich musste mich anstrengen, überhaupt noch etwas zu hören. Sie würde nicht kündigen, zumindest vorerst nicht, für die Drehzeit wolle sie Urlaub nehmen, sie habe ein Exposé geschrieben und eine Kalkulation und einen Antrag auf Filmförderung eingereicht.

»Hast du denn ein Thema? Muss das nicht als Erstes klar sein?«

Eine Antwort blieb sie schuldig, wir waren am Auto angelangt, stiegen, durch die dicken Mäntel, Jacken, Schals, Mützen beinahe bewegungsunfähig geworden, umständlich ein und fuhren zu unserem Neujahrsspaziergangscafé. Als heiße Schokolade mit Sahne, echte Schlagsahne, keine aus der Sprühdose, und Kuchenstücke vor uns standen, und nachdem Ella und ihre Handtasche den gewohnt überlangen Toilettenbesuch hinter sich hatten, griff ich den Faden wieder auf und bat sie, noch mal alles ganz genau zu erzählen. Vorher lobte ich sie ausführlich, sagte, wie toll ich das fände, wie stolz ich auf sie sei, wie großartig dieser Entschluss sei. Nachdem ich mich nach allen Regeln meiner mütterlichen Kunstfertigkeit für meine falschen Fragen entschuldigt hatte, war sie versöhnt und bezog mich wieder in das Gespräch mit ein. Natürlich habe sie ein Thema, aber sie möchte lieber noch nicht darüber sprechen. Jedenfalls nicht mit uns. Mein Augenrollen, das ich nicht unterdrücken konnte, sah sie nicht. Worüber würde sie sprechen wollen, was war kein vermintes Gebiet? Geld vielleicht?

»Ich schätze, 6.500 Euro reichen allemal, und außerdem lege ich eine Crowdfunding-Seite im Netz an. Da fehlt mir noch eine zündende Idee für die Präsentation.« Sie unterbrach sich. »Wisst ihr überhaupt, was Crowdfunding ist?«

»Ja, da sammelt man übers Internet viele kleine Spenden für ein größeres Projekt, und alle die etwas gegeben haben, mit denen muss man dann Wohnzimmerpartys veranstalten.«

»Na ja, so ungefähr. Zuerst schreibe ich das Drehbuch, dann denke ich über die Präsentation nach, und dann kann es losgehen.

Ich hab' noch das Geld von Markus, er schenkt uns doch jedes Jahr zu Weihnachten und zum Geburtstag was, und als Oma noch nicht so krank war, hat sie uns auch immer was zugesteckt. Rafi hat seine Kohle gleich für Klamotten ausgegeben, ich habe meine gespart. 1.500 Euro.«

»So viel? Seit wann sparst du denn?«

»Ich wollte eben lieber auf eine große Sache warten, anstatt meine Kohle einfach auf den Kopf zu hauen. Außerdem konnte ich so Rafi immer Geld leihen. Wir hatten einen Deal: fünf Prozent Zinsen für einen Monat. Alles, was über dreißig Euro lag, wurde mit sieben Prozent verzinst.«

Unsere Tochter war eine Wucherin.

Mit siebzehn habe sie damit aufgehört. Rafi sei plötzlich stärker als sie gewesen. Und, so verteidigte sie sich, durch ihre Hilfe hätte er ziemlich gut Prozentrechnung gelernt. Ob uns das nie aufgefallen wäre? Er sei doch eine totale Null in Mathe gewesen, außer bei Zins- und Prozentrechnung. Sie kicherte in ihren Irish Coffee, dann wurde sie wieder ernst und referierte über einen Solarfond, in dem sie, kaum achtzehnjährig, ihr Geld angelegt hätte. Wie sie auf die Idee gekommen sei? Durch Lektüre von Finanzzeitschriften natürlich. Natürlich. Habe nicht viel gebracht, aber immerhin habe sie jetzt 2.200 Euro.

»Habt ihr wirklich nie mitbekommen, wie schwer es für Rafi in der Schule war? Na, was frag' ich überhaupt. Ihr hattet ja immer genug mit euch selbst zu tun.«

»Was meinst du denn jetzt damit?«

»Ach, Mama, nichts.«

Ich war sprachlos. Vermutlich hatte meine Tochter auch mit acht ihren ersten Bausparvertrag abgeschlossen. Wir brachten Ella nach Hause und fuhren dann durch die dunkle Stadt heim. Warum hatte sie uns nicht nach Geld gefragt? Darauf hatte ich die ganze Zeit gewartet, aber ich hatte nicht noch eine dumme Frage stellen wollen. Gekränkt war ich trotzdem.

»Frau Nena, kommen Sie mal rein.«

»Nina, ich heiße Nina.«

»Ach, ich dachte, ich merke mir Ihren Namen über diese Sängerin mit den Achselhaaren.«

»Ja, super Idee, funktioniert aber nicht. Was gibt's denn?«

»Mir ist, ich muss es mal so ausdrücken, fad. Richtig fad. Schon seit ein paar Tagen. Nichts macht mehr Spaß. Und da dachte ich mir, Sie suchen doch immer eine Beschäftigung, und darum machen Sie einfach mal einen Ausflug mit mir.« Sie strahlte mich an, als ob sie mir gerade ein Lotterielos mit Gewinngarantie in die Hand gedrückt hätte.

»Ich mach' doch mit Ihnen keinen Ausflug, Frau Scholz.«

»Ach, Sie sind einfach kein netter Mensch. Überhaupt keine nette Person. Es wundert mich nicht, dass Sie keine Freunde haben. Ich bin eine alte Frau, ich komme nie raus und Sie? Egoistisch sind Sie.«

»Sie sind keine alte Frau.«

»Ab wann ist man denn Ihrer geschätzten Meinung nach alt?« Ihre Stimme wurde weinerlich, und sie nestelte an einem Taschentuch herum, das aus ihrem Blusenärmel lugte. Ich hatte an ihr noch nie diese Angewohnheit alter Frauen bemerkt, immer ein Taschentuch am Körper zu tragen, und war mir sicher, dass sie es extra für diesen rührseligen Auftritt zurechtgelegt hatte.

»Also gut: Sie sind alt. Aber ich mache trotzdem keinen Ausflug mit Ihnen. Wo wollen Sie überhaupt hin?«

»Ich weiß gar nicht genau, in den Britzer Garten oder nach Marzahn in diese orientalischen Gärten.«

»Meinen Sie die Gärten der Welt?«

»Wie auch immer, einfach mal ein bisschen ins Grüne möchte ich, das ist doch nicht zu viel verlangt. In den Grunewald, oder gibt es noch Loretta am Wannsee?«

»Nee, ich glaube nicht.«

»Mir wäre alles recht, von mir aus können wir auch nach Neukölln, vielleicht in die Wolgastraße fahren.«

»Nach Neukölln? Da ist es jetzt aber nicht wirklich grün. Was wollen Sie ausgerechnet in der Wolgastraße?«

»Ich? Sie wollen doch nicht ins Grüne fahren, sondern lieber dorthin, wo die jungen Leute sind. Da geht die Post ab, habe ich gelesen, da soll richtig Remmidemmi sein, und bei so etwas haben Sie das Gefühl, nicht alt zu sein. Obwohl Sie alt sind, da beißt die Maus keinen Faden ab. Fahren wir eben in die Wolgastraße. Morgen. Da haben Sie frei.«

»Woher wissen Sie denn, wann ich nicht arbeiten muss?«

»Erstens«, sie pikste mir ihren rechten Zeigefinger in den Bauch, »erstens ist morgen deutscher Tag …«

»Was ist morgen?«

»Einheitstag, und da haben alle frei.«

»Das war im Oktober, Frau Scholz.«

»Und zweitens«, jetzt pikste sie auch noch ihren linken Zeigefinger in meinen Bauch, »haben Sie Montagnachmittag und Donnerstagvormittag immer frei. Ich wohne schließlich unter Ihnen, da bekommt man so einiges mit. Ich könnte Ihnen da Geschichten erzählen.«

»Ich fahre mit Ihnen überhaupt nirgendwo hin.«

Am folgenden Nachmittag um zwei klingelte es an unserer Tür, und Frau Scholz stand davor.

»Sind Sie fertig?«

Sie trug resedafarbene Leggins, darüber eine lange, weiße Bluse, der offene dunkle Wollmantel reichte bis zu den Knien, ihre Füße steckten in knöchelhohen Lammfellschuhen mit Glitzerschnürsenkeln, und auf ihrem Kopf thronte eine Russenfellmütze mit heruntergestülpten Ohrenklappen. Neugierig lugte sie in die Wohnung hinter mir.

»Hallo, Frau Scholz. Möchten Sie reinkommen?«

»Nein, nein, ich will nicht stören. Aber ich bin mit Ihnen verabredet. Wir wollten doch heute eine Sause machen. Kommt Ihr Mann auch mit? Ach, sicher nicht, der ist wohl auch mal froh, wenn er seine Ruhe hat.«

Ich starrte sie an.

»Na, Ruhe vor Ihnen, verstehen Sie?« Sie knuffte mich in die Seite. Überhaupt fasste sie mich viel zu viel an in der letzten Zeit, das war neu, und ich mochte es nicht.

»So, dann ziehen Sie sich mal was über und los geht's, ich habe nämlich nicht ewig Zeit, ich bin eine alte Frau. Kann jederzeit vorbei sein mit mir.«

Ich ergab mich, verabschiedete mich von Fritz, der ein paar Worte mit der Alten wechselte, während ich meine Sachen zusammensuchte. Zehn Minuten später saßen wir im Auto, Frau Scholz ruckelte sich im Sitz zurecht, holte aus ihrer Handtasche eine Zigarettenspitze, steckte eine Marlboro Slim rein und zündete sie mit großer Geste an.

»So, von mir aus kann es losgehen. Können Sie überhaupt Auto fahren? Also: Haben Sie einen Führerschein? Natürlich ist es mir egal, aber besser wäre das.«

»Klar hab' ich einen Führerschein. Seit wann rauchen Sie mit Spitze?«

»Immer wenn ich ausgehe, denn ich weiß, was sich gehört.«

»Wollen Sie eine bestimmte Strecke fahren?«

»Vielleicht über Nikolassee.«

Ich starrte sie schon wieder an. Nikolassee lag am entgegengesetzten Teil der Stadt und so weit von Neukölln weg, wie es nur ging. Aber ich hatte Mitleid mit der ollen Schreckschraube, sie kam ja wirklich nicht besonders häufig raus, und so fuhr ich die nächsten vierzig Minuten gemächlich quer durch die Stadt. Frau Scholz wurde, sobald wir losgefahren waren, einsilbig. Sie starrte angestrengt aus dem Beifahrerfenster, rauchte viel und gab zwischendurch mal ein »Aha« oder »Mhm« von sich. Was sie kommentierte, entging mir. Sonst sprachen wir nicht. Mir war es recht, unsere Gespräche erschöpften mich sowieso, und ich war mir auch über die Wegstrecke nicht ganz im Klaren.

In Nikolassee hielt ich an einer kleinen Straße beim See, rechts sah man auf die Autobahn und auf die S-Bahnstrecke daneben, links lag das Wasser. Ich stieg aus, ging um das Auto herum und öffnete die Beifahrertür.

»Sollen wir aussteigen und ein bisschen spazieren gehen?«

»Hier? Haben Sie sich mal umgeguckt, wie es hier aussieht?«

»Ich weiß ja auch nicht, was Sie hier wollen.«

»Ich will zur Wolgastraße.«

»Frau Scholz, Sie gehen mir gehörig auf die Nerven. Was soll dieser Befehlston? Habe ich Ihnen irgendetwas getan? Nein, im Gegenteil, ich nehme mir die Zeit, Sie herumzukutschieren, ich lasse Ihnen Ihre ganzen Gemeinheiten durchgehen, aber dieses Angepampe, das dürfen Sie sich grundsätzlich sparen. Sie können sonst mit dem Bus nach Hause fahren. Ist das jetzt klar?«

Mit dem Finger wies ich zur Bushaltestelle, an der drei Frauen warteten und zu uns herüber sahen. Ich war ziemlich laut geworden, hörte meine eigene, leicht schrille Stimme in den Ohren und sah die Szene sofort von außen. Sicher dachten die drei, die Scholz wäre meine Mutter, die ich einmal im Jahr aus einem miesen Heim hole, um sie bei nächstbester Gelegenheit anzukeifen.

Egal, ich hatte einfach keine Lust mehr auf diese Unverschämtheiten und rief zu den Alten: »Das ist nicht meine Mutter!«

Frau Scholz sah mich an, ihre Unterlippe zitterte ein wenig, als sie sich leise schniefend entschuldigte. Bei mir! Ich dachte, ich hätte mich verhört, was war mit meinem Hausdrachen nur los? Ich war immer noch stinksauer, aber wusste gleichzeitig, dass ich sie nicht einfach aus dem Auto schmeißen würde.

»Entschuldigung? Sonst nichts? Das war's?«

»Lassen Sie uns einfach zur Wolgastraße fahren, ja? Bitte.«

Ich schlug die Tür zu und ging langsam wieder zur Fahrerseite: »Okay, aber noch ein böses Wort von Ihnen, und dann setze ich Sie an der nächsten U-Bahn-Station aus.«

Die weitere Fahrt verlief friedlich. Frau Scholz erkundigte sich nach Rafi, ob es Neuigkeiten gäbe. Nö, alles beim Alten.

»Das wird schon.« Sie legte vorsichtig ihre Hand auf meine, die auf dem Kupplungsknüppel ruhte, und tätschelte sie.

»Was ich noch sagen wollte, wegen dem harschen Ton: Den gewöhnt man sich einfach an, wenn man nicht viel mit anderen spricht.«

»Ist schon gut.«

Wir waren in der Wolgastraße angekommen, ich parkte den Wagen und fragte nicht, ob sie aussteigen wollte, ich bestimmte es. Wir liefen langsam die Straße entlang.

»So richtig viel los ist hier ehrlich gesagt nicht«, sagte ich, sie nickte.

Ein paar Häuser weiter blieb sie stehen:

»Habe es mir noch nie angeguckt. Sieht ganz gewöhnlich aus.« Sie starrte auf die Eingangstür.

»Was haben Sie sich noch nie angeguckt?«

»Das Haus. Ist doch Nummer 47, oder?«

Ich blickte auf die Hausnummer, die über der Tür angebracht

war: »Stimmt. Was ist denn mit dem Haus? Hat hier jemand gewohnt, den Sie kennen?«

»Nee, kann man so nicht sagen, aber hier fing es an. Meinen Sie, wir können mal reingehen?« Sie ging zu einer Tür neben der Haustür, die in den Hof führte und rüttelte an der Klinke. »Abgeschlossen. Na ja, ist auch nicht wichtig. Das ist sicher alles längst weg.« Sie starrte durch die Glasscheiben der Tür auf den kleinen Hof, ein paar Büsche, rechts konnte man Mülltonnen erkennen, links ging es vermutlich zum Seitenflügel, ein ganz und gar normales Mietshaus.

»Sagen Sie es von allein, oder muss ich fragen?«

»Was?« Sie schreckte hoch und blickte mich an, als wäre sie überrascht, nicht alleine zu sein.

»Na: Soll ich fragen, was hier war, oder erzählen Sie es mir einfach?«

»Hab' ich doch schon gesagt: Hier fing es an.«

»Frau Scholz!«

»Mit meinem Sohn. Dass der ein Idiot wurde.«

Ach nee, das war also ihr Plan, sie wollte mir endlich sagen, was mit ihrem Sohn geschehen war. Schön inszeniert, das musste ich zugeben.

Ich wartete gespannt, aber es kam kein Wort mehr aus ihrem Mund.

»Was, verdammt noch mal, hat also Ihr Sohn mit der Wolgastraße 47 zu tun?«

»Der war hier Fluchthelfer. Hat mit Freunden einen Tunnel gegraben. Da drüben«, sie zeigte ins Leere, »war die Mauer. Fünf Leute haben die nach und nach rübergeholt, und beim sechsten wartete die Stasi schon auf der anderen Seite. Der und mein Sohn, die kamen dann nach Bautzen.«

Ich war baff. Ich hatte viel erwartet und mir vieles vorgestellt, aber bestimmt keine deutsch-deutsche Fluchttunnelgeschichte.

»Hat Ihr Sohn den falschen Leuten vertraut, oder warum hat die Stasi ihn geschnappt? Und darum verachten Sie ihn so?«

»Papperlapapp! So einfach, wie Sie sich das in Ihrer feinen Kinderwelt vorstellen, ist das nicht. Sie haben wirklich keine Ahnung vom richtigen Leben.«

Ich überhörte geflissentlich die neuerliche Beleidigung und fragte weiter nach, aber Frau Scholz war fertig für heute, nicht mehr bereit, noch etwas zu erzählen.

Sie sei müde, sagte sie, sehr müde, ihr wäre kalt, und sie sei hungrig, und dass das ja auch kein Wunder wäre, nachdem ich sie sinnloserweise stundenlang quer durch die Stadt geschleift hätte. Sie wolle nach Hause, und zwar sofort.

Wir gingen zum Auto und fuhren den kurzen Weg zurück. Als wir vor unserem Haus parkten, versuchte ich es erneut:

»Fluchthelfer, ich finde, das waren tolle Leute, es gab doch nicht viele andere Möglichkeiten, aus dem Osten rauszukommen. Und wenn er auch noch in Bautzen gesessen hat …«

»Ja, ganz feine Leute waren das, da muss ich Ihnen recht geben. Aber nicht mein Sohn, der hat nämlich …« Der Satz blieb im Auto hängen.

Sie winkte müde mit der Hand ab. »Sie können das sowieso nicht verstehen. Ich gehe jetzt lieber.« Sie stieg aus dem Wagen und ging, ohne sich noch einmal umzudrehen.

Ich blieb noch einen Moment im Auto sitzen, solange bis ich sicher war, dass sie oben und hinter ihrer Tür verschwunden sein würde.

Abends erzählte ich Fritz die Neuigkeiten:

»Fluchthelfer war ihr Sohn. Und hat in Bautzen gesessen, stell dir mal vor.«

Fritz wollte sich nichts vorstellen. »Ja klar, Fluchthelfer, das war angeblich jeder Zweite in der Stadt. Du lässt dich von der Scholz ganz schön einspannen, und ehrlich gesagt, verstehe ich immer noch nicht, was du an der Alten findest.«

»Gar nichts finde ich an der, nur …« Ich wusste es selbst nicht. »Ich mag es, dass sie mich immer beschimpft. Irgendwie. Und alte Frontstadtgeschichten mag ich auch.«

»Ich habe heute mit Rafi telefoniert.«

»Was? Und das erzählst du erst jetzt? Spinnst du?«

»Dir war doch die Tunnelstory wichtiger.«

»Überhaupt nicht. Was hat er denn gesagt? Geht's ihm gut? Und was ist mit Ben und dem Baby? Jetzt lass dir gefälligst nicht jedes Wort aus der Nase ziehen.«

»Er war …, wie soll ich sagen, ziemlich kühl. Aber – immerhin: Er hat uns eingeladen.«

»Schneller, Mann.«

»Ben zieht zu ihm. Sie feiern deswegen eine Party. Am nächsten Samstag.«

»Oh nein.«

»Oh doch. Wir sollten uns freuen, dass wir überhaupt eingeladen sind, meinst du nicht?«

»Weiß nicht.«

Natürlich freute ich mich, dass wir nicht völlig ausgeschlossen wurden, aber was sollte daran gut sein, dass die beiden zusammenzogen? Die folgende Stunde stritten wir darüber. Fritz hatte sich, ich wusste nicht, wann das passiert war, eine grundblöde positive Haltung zurechtgelegt, er war so überzeugt, dass sich alles zum Guten wenden würde, einfach von alleine. Ein ganz neuer, fremder und ziemlich unsympathischer Optimismus verdarb jeden einzelnen seiner Sätze. Idiotisch. Ich beendete den Streit nicht, ich ging ins Bett, es gab keine Küsse.

Post von Ella. Ein richtiger, handgeschriebener, an mich adressierter Brief lag vor dem Türbriefschlitz auf dem Flurboden. Die Marke zeigte das Konterfei von Helmut Kohl. »Ehrenbürger Europas« stand neben seinem Bild. Kurz dachte ich über den Schwachsinn dieser Worte nach. Dann über Ella, war das ein feiner kleiner Witz, genau diese Briefmarke zu wählen? Die zog man nicht aus dem Automaten, die musste sie extra an einem der wenigen Postschalter, die es überhaupt noch gab, gekauft haben. Wenn sie sich so viel Mühe machte, konnte es nur etwas Schlimmes sein, was sie mir mitteilen wollte.

Ich erinnerte mich an einen Brief, den ich meiner Mutter geschrieben hatte, ich muss fünfzehn oder sechzehn gewesen sein. Darin kotzte ich ihr alles, was ich an ihr hasste, vor die Füße. Dass sie mich nicht beschützt, sich stattdessen auf die Seite der anderen gestellt hatte, einzig und allein, weil die erwachsen waren und ich nicht. Erwachsene lögen nicht. Mein Tagebuch, das sie ein paar Tage zuvor gefunden hatte, das lüge. Ich wünsche mir das nur, hatte sie gesagt. Sei in ihn verliebt, hatte sie gesagt. Ich hätte ihn dazu gebracht. Er gehöre doch zur Familie, so etwas könne man sich gar nicht vorstellen, was ich da anrichten würde. Ich musste schwören, nie, nie wieder so etwas Gemeines zu tun. Eine Antwort auf meinen Brief hatte ich nicht bekommen, sie tat, als hätte sie ihn nie bekommen, und bald war ich mir nicht mehr sicher gewesen, ob ich ihn überhaupt geschrieben hatte oder ob ich es mir nur gewünscht hatte. Er wurde unsichtbar. Nachdem sie gestorben war, fand ich ihn zwischen ihren Papieren, die Nanette und ich ordneten, ich steckte ihn schnell ein, bevor meine Schwester Fragen stellen konnte, erst zu Hause traute ich mich, ihn zu lesen. Und zerknüllte die Seiten sofort danach, um sie in den Ofen zu werfen. Es war mir so peinlich, meine runde Kinderschrift, die hilflosen, entrüsteten und jugendlich pathetischen Sätze zu lesen.

Ich nahm Ellas Brief mit zur Arbeit. Solange ich ihn nicht öffnete, war sein Inhalt nicht geschrieben, nicht existent. Ich schimpfte mit mir, warf mir vor, ständig alles zu dramatisieren, nur wegen des Kicks, des Augenblicks, und in der Mittagspause öffnete ich ihn endlich. Zwei Blatt Papier, gutes Papier, auch das musste sie extra gekauft haben. In ihrer ordentlichen, geraden Schrift hatte Ella die Seiten beschrieben, am Anfang stand »Liebe Mama«, und mir wurde warm ums Herz, er endete mit »Viele Küsse, deine Tochter Ella«. Das konnte nichts Schlimmes sein, sonst hätte sie sowohl eine andere Anrede gewählt, als auch das mit den Küssen nicht geschrieben.

Erleichtert zündete ich mir eine Zigarette an, zögerte den Moment des Lesens noch etwas hinaus, weil es so selten war, dass ich Post von den Kindern bekam. Eigentlich nie, außer Urlaubspostkarten; die einzigen Briefe, die ich von ihnen habe, sind erzwungene aus dem Schullandheim. So, wir schreiben jetzt alle an unsere Eltern, nein, Rafi, nicht nur zwei Sätze, mindestens fünf.

Ellas Brief war eine merkwürdige Mischung aus einem Geschäftsanschreiben und einer persönlichen Bitte. Sie stellte mir ihre Filmidee vor, als wäre ich ein potentieller Geldgeber, in einer abstandswahrenden Form wies sie darauf hin, dass bereits anderweitige Zusagen so gut wie sicher wären, und pries ihr Projekt, wie es sich in ihrer Branche wohl gehörte. Als ob sie mir beweisen müsste, wie redlich ihr Plan sei. Persönlich wurde sie erst, als sie ihr Thema vorstellte: »Der Prinz und die Königin«, Arbeitstitel. Eine Dokumentation über Familienstreit zwischen Söhnen und Müttern. Ursachen. Rollenbilder. Klassische Parallelen. Literaturvorlagen. Musikgeschichte. Protagonisten: Nina und Rafi Krone.

Sie bat mich eindringlich um meine Teilnahme. Betonte, dass sie Rafi noch nichts gesagt hätte, erst meine Zusage sicher haben wolle, mich keineswegs unter Druck setzen wolle, aber ich wüsste doch auch, was für sie auf dem Spiel stehe: ihre berufliche Reputation. Sie bitte auch nicht um Geld, nur um Unterstützung. Wir wären perfekt, sage auch ihr ehemaliger Professor, den sie um Rat gebeten hätte. Es würde eine Art Interview/Film/Collage, jedenfalls der Teil, der uns betreffe. Die Crowdfunding-Seite sei bereits online. Da gebe es einen kurzen Promo-Film. Den solle ich mir mal ansehen. Und nicht zu lange überlegen. Bitte. Sie habe keine Zeit zu verlieren. Viele Küsse.

Okay, das musste ich sofort noch mal lesen. Und noch mal, bevor ich verstand, dass sie das vollkommen ernst meinte. Ich fühlte mich geschmeichelt, natürlich. Ich fühlte mich stolz. Meine Tochter! Innerhalb weniger Wochen war aus einem kleinen Filmbüromäuschen eine selbstständige, zielstrebige Filmfrau geworden. Genau das, was ich mir gewünscht hatte.

Na klar mache ich da mit! Bringt vielleicht auch was für die Realität, also für das Verhältnis zwischen Rafi und mir. Wie geschickt sie mich umschmeichelte. Werde ich also endlich mal in einem echten Film mitspielen, anstatt sie immer nur im Kopf zu haben. Und Ellas Dokumentation wird ganz gewiss sehr viel besser als meine billigen Klischeestreifen von Mord und Totschlag und Unglück.

Da mache ich auf keinen Fall mit! Bin doch nicht bescheuert und lasse mich vorführen. Alles würde sich manifestieren, immer und immer wieder könnten Rafi und ich uns die Szenen ansehen. Die Verletzungen, die von beiden Seiten ausgesprochen, nicht nur gedacht worden sind, könnten nie vergessen werden, so wie es von der Natur vorgesehen ist, Vergessen aus darwinistischen Gründen und nicht immer, immer wieder forward und return, sondern wachsendes Gras im Gedächtnis und über Erinnerungssynapsen, die nach und nach mit jüngeren Aufgaben betraut werden. Tut mir leid, Ella.

Im Laufe des Nachmittags wurden mir alle Facetten dieser Bitte nach und nach klar. Mache ich mit, ist Ella glücklich, Rafi aber würde sich nicht mehr einkriegen, weil: ausgesprochen, Flasche mit bösen Geistern für immer geöffnet. Mache ich mit und Rafi nicht, kommt also der Film nicht zustande. Trotz meines Angebots ist Ella geliefert und Rafi weiterhin böse, weil er meine Zusage als Verrat ansehen könnte. Mache ich nicht mit, hat sich an der Situation mit Rafi nichts verändert, aber auch nichts verbessert, und Ella wird mich hassen. Ein großartiges, klassisches Remis, bei dem ich die weiße und die schwarze Königin zugleich bin. Egal, wie ich mich verhalte, eines meiner Kinder wird mich verachten. Ich beschloss, meinen Minikrieg mit Fritz zu beenden, sozusagen als Bauernopfer, und ihn um Rat zu fragen.

Als ich abends die Treppen nach oben stieg, war ich immer noch nicht klüger. Ich hoffte, Fritz würde etwas einfallen, eine sechste Möglichkeit, mit der sich alles in Wohlgefallen auflösen würde, aber ich war nicht besonders zuversichtlich. Ich zog meinen Türschlüssel aus meiner Manteltasche, als mir einfiel, dass ich Fritz überhaupt nicht brauchte. Ich brauchte etwas ganz anderes, und das wohnte einen Stock tiefer. Frau Scholz war die Lösung, nach der ich den ganzen Tag gesucht hatte. Ich steckte meinen Schlüssel wieder ein, ging zum Spätkauf und nahm die teuerste Flasche Wodka aus dem Regal, und mit ihr im Arm stand ich vor der Tür von Frau Scholz.

Ich hörte sie in ihren Hausschuhen heranschlurfen, dann öffnete sie die Tür einen Spaltbreit.

»Was wollen Sie denn?«

»Rettung.«

»Na, wenn's sonst nichts ist.«

Sie öffnete die Tür weiter, war ganz ohne Überraschung und ging vor mir den Flur entlang. Die Tür, die zu den beiden Zimmern, die an der Straßenseite lagen, führte und sonst immer geschlossen war, war nur angelehnt, dahinter schien Licht. Frau Scholz aber bog, wie gewohnt, Richtung Küche ab.

»Habe ich Sie gestört?«

»Nein, ich hab' gelesen.«

»Was lesen Sie denn gerade?«

Sie drehte ihren Kopf zu mir, hob spöttisch eine Augenbraue in die Höhe und schnalzte mit der Zunge. »Die Antwort können Sie sich doch wohl denken.«

»Ja, ja geht mich nichts an. Ich lese im Moment die Tagebücher von Samuel Pepys, London 1660. Ganz groß.«

»Weiß ich selber.«

Wie immer: Kaum war ich fünf Minuten mit der Scholz in einem Raum, hatte sie mich sowohl zurückgewiesen als auch überrascht. Nie hätte ich gedacht, dass außer mir und einer guten Handvoll Literaturinteressierter noch jemand diese zehn Tagebuchbände lesen würde, in denen fast jeder Eintrag mit dem Satz »Dann nach Hause und zu Bett« beendet wurde. Vor allem nicht Frau Scholz.

»Busen-Bärbel kommt auch zur Einweihungsparty, Rafi hat sie eingeladen, sie ist ja praktisch so etwas wie seine Patentante. Sie schläft bei uns und fliegt Sonntagabend wieder.«

Ich nickte.

»Hast du dir eigentlich irgendetwas Peinliches für den Abend vorgenommen? Einen Eklat? Zündest du aus Versehen die Wohnung an, oder willst du Ben der falschen Homosexualität überführen?«

Ich fühlte mich ertappt, obwohl ich Fritz doch kein Wort von dem abstrusen Vorschlag unserer Nachbarin erzählt hatte. Als könnte er in meinen Kopf gucken. Stattdessen versicherte ich, mir nichts überlegt zu haben, was Fritz bedauerte. Er hätte da ziemlich auf mich gesetzt und sich schon gefreut. Das reichte, um die Spannungen, die zwischen uns lagen, abzubauen. Wir beteuerten uns gegenseitig, auf der Party ganz normal aufzutreten, wie auch immer das gehen sollte.

Lange saßen wir in dieser Winternacht in der Küche, sprachen über Ellas Brief, gingen meine Bedenken mitzumachen einzeln durch, beleuchteten alle Möglichkeiten und kamen immer wieder zu dem gleichen Ergebnis: Es geht nicht. Als Fritz erfuhr, dass ich Frau Scholz überredet hatte, an meiner statt in Ellas Film aufzutreten und von ihrem Sohn zu erzählen, sagte er, was wir sonst vermeiden: »Ich liebe dich, Nina.«

Es fühlte sich sofort komisch an, dieser Satz geht doch nicht. Man kann ihn nicht aussprechen, ohne das Bild einer Mutter mit Kind in einer amerikanischen Küche vor sich zu sehen, Mom wirft noch ein Brot in den amerikanischen Ranzen, draußen wartet bereits der gelbe Schulbus, beide sagen »I love you« statt »Auf Wiedersehen« und dann bringen sie sich um. Geht nicht anders.

Fritz und ich spielten eine Szene aus der englischen Comedy-Serie »Little Britain« nach, in der das Love-You auf die Spitze getrieben wird, und dann, nach mehrfacher Persiflage, fühlte sich der Satz doch noch schön und wahr an.

Am Donnerstag traf ich Ella in einem Café, in das ich sie zum Brunch eingeladen hatte. Ihre Hände zitterten, als sie sich ein Croissant mit Marmelade bestrich und, ohne davon abgebissen zu haben, auf ihren Teller legte. Sie versuchte zwar, ruhig und professionell und auf alles gefasst aufzutreten, aber es gelang nicht gut. Ihre Augen flackerten hin und her, sie konnte kaum meinem Blick standhalten. Ich wollte sie nicht quälen, es tat mir so leid, dass ich sie gleich mit meiner Entscheidung konfrontieren musste.

»Ella, ich kann nicht.«

Sie starrte mich an, ihre Augen füllten sich mit Tränen, sie stand auf.

»Ella, warte, ich habe …«

Sie winkte ab und rannte auf die Toilette. Mir wurde schlecht. Ich hätte das Gespräch anders anfangen sollen, geschickter, nicht so direkt, erst die gute und dann die schlechte Nachricht. Natürlich. Wie lange machte ich das schon, die Wünsche der Kinder zerstören, ihre Träume, ein Pony zu besitzen oder Balletttänzer zu werden, auf ein Internat gehen zu können, und immer noch hatte ich nicht gelernt, wie man das elegant löste.

Nach einigen Minuten erschien Ella wieder am Tisch, ihre Augen waren gerötet, aber sie wirkte gefasst. Sie setzte sich, schob die Croissantkrümel auf ihrem Teller zu einem kleinen Haufen zusammen, wich meinem um Verzeihung bittenden Blick weiter aus.

Das habe sie sich schon gedacht, wie habe sie nur erwarten können, dass ich sie unterstützen würde, wo doch Rafi so viel wichtiger sei. Wie es Rafi gehe, was er fühle, ständig sei das so, sie gelte doch als die Robuste, und Rafi sei das kleine Sensibelchen. Aber einmal, ein einziges Mal, hätte ich mich doch auch anders entscheiden können. Ich sei doch diejenige gewesen, die sie immer gedrängt habe, etwas Richtiges zu machen, und jetzt!

Ich widerstand der Versuchung, mich gegen ihre Vorwürfe zu verteidigen. So soll sie mich nicht sehen, das stimmt überhaupt nicht; stattdessen hörte ich ihr zu. Ob ich mir auch nur ansatzweise vorstellen könne, was das für sie bedeute?

»Ja, Ella, das kann ich, und es tut mir, du musst mir glauben, wahnsinnig leid, aber ich habe eine viel bessere Idee.«

Bessere Idee, schon wieder so eine idiotische Wortwahl, gegen die man sich wehren muss. Ella aber blieb still, sie saß, in sich zusammengesunken. Jetzt nicht nachdenken, nicht in meiner Schuld versinken, nicht an mich denken, einfach weitersprechen.

»Du hast doch gehört, dass ich einer alten Frau im Haus die Kohlen bringe?«

»Ja, klar.«

»Also, die hat nämlich auch einen Sohn.« Pause. Na toll, eine Frau hat einen Sohn, mach hinne.

»Beziehungsweise sie hatte. Der Sohn ist tot. Und sie ist froh darüber, ihr Sohn war nämlich in ihren Augen ein Arschloch. Oder ist es irgendwann geworden. Ich habe letztens mit ihr einen Ausflug gemacht, sie wollte nach Neukölln, und vor einem Haus in der Wolgastraße ist sie stehengeblieben und hat erzählt, dass dort ein Fluchttunnel war, in den frühen Siebzigerjahren. Den hat ihr Sohn gebuddelt. Mit anderen zusammen. Und ist dann von der Stasi erwischt worden, nach Bautzen gekommen, das war der härteste Knast in der DDR. Ich habe keine Ahnung, was dann passiert ist, aber es muss etwas echt Schlimmes gewesen sein, weil sie ihn seitdem hasst. Gestern habe ich sie besucht und von dem Film erzählt und warum ich nicht mitmachen kann und gefragt, ob sie dir ihre Geschichte erzählen würde. Macht sie. Passt in deine Idee, und du hast obendrauf noch eine Ost-West-Sache dabei, und sag mal ehrlich: Wie viele Mütter sagen schon, dass es gut ist, wenn ihr Sohn tot ist. Das ist eine Hammerstory! Viel besser als das Lächerliche, was zwischen Rafi und mir los ist. Das erledigt sich doch bald wieder. Glaub mir.« Ich hatte mich in Rage geredet, mein Herz klopfte laut, und mir ging der Atem aus. Es war auch alles gesagt.

Ella starrte mich an: »Du hast ihr von meinem Film erzählt?«

Oh nein, war das etwa ein Fehler? Habe ich alles schlimmer gemacht, war das ein weiterer Vertrauensverrat für Ella? Ich kannte sie überhaupt nicht, ich konnte sie nicht mehr einschätzen. Falls ich das jemals konnte. Aber jetzt war es sowieso zu spät, also nickte ich nur.

»Und sie ist wie alt?«

»So um die achtzig.«

»Du willst, dass ich aus ›Die Königin und der Prinz‹ eine Geschichte über eine alte Schnepfe und ihren toten Sohn mache? Habe ich das richtig verstanden?«

»Na, das ist jetzt ein bisschen komisch formuliert: Ob ich das will ... So meine ich das natürlich nicht. Aber denk doch mal drüber nach und versuch auch, mich zu verstehen. Ich will dir nichts Böses, aber ich kann das wirklich nicht, was du von mir verlangst. Ich will dir aber trotzdem helfen und, ich schwöre es dir, die Scholz ist super, und sie hat zugesagt.«

Ella stand auf, nahm ihre Tasche und zog ihren Mantel an:

»Nein, danke.«

Sie drehte sich um und verließ leicht schwankend das Café.

Am Abend klingelte es. Ich sprang schnell auf und lief zum Türöffner, ich hoffte auf Ella, mein Herz machte einen Sprung. Wir könnten noch mal über alles sprechen. Vorhin, meine Absage, die hat sie erstmal geschockt, natürlich, aber jetzt, mit etwas Abstand, hätten wir ganz andere Möglichkeiten zu reden. Fritz war ja auch da, das war gut, er würde vermitteln können.

Aber ich hörte es schon im Treppenhaus, es war nicht Ellas Schritt, der die Stufen hochstieg.

»Rafi! Was machst du denn hier?« Ich rief Fritz zu, der im Wohnzimmer saß: »Das ist Rafi!«, und sagte zu meinem Sohn, der mir gewachsen schien, nein, er war so breit geworden: »Komm rein, das ist aber eine Überraschung, wie schön. Ich freue mich so! Wie geht es dir?«

Wir standen gemeinsam im Flur, er sagte: »Macht jetzt bloß nicht einen auf Familienfrieden. Da hab' ich keinen Bock drauf. Seid ihr denn komplett bescheuert geworden?« Er schälte sich aus seiner Daunenjacke und zog die Schuhe aus, unter denen sich bereits kleine Schmutzwasserpfützen gebildet hatten. Auf Socken fiel es ihm deutlich schwerer, seine aggressive Haltung zu wahren.

»Wieso? Was meinst du? Jetzt komm, wir gehen in die Küche. Hattest du einen schönen Silvesterabend? Und überhaupt, wie geht es dir?«

Rafi ließ die Fragen in der Küche stehen.

»Ich bin wegen Ella hier.«

Es folgte eine ziemlich unverschämte Anklage: Ella sei total fertig, sie heule nur noch, hätte vorhin völlig aufgelöst und betrunken vor seiner Tür gestanden, es sei kein vernünftiges Wort aus ihr herauszubekommen gewesen, außer, dass ich ihr Leben zerstören wolle und ihr alles, komplett alles kaputtgemacht habe. Er habe sie ins Bett gebracht, Ben passe auf sie auf, und nein, er wolle jetzt kein Wort über Ben hören, er wolle wissen, was vorgefallen sei. Sofort!

Ich schwieg, ich wusste nicht, wo ich anfangen sollte, es hing doch alles zusammen.

Fritz schob den Aschenbecher hin und her, Rafi schaute mich ungeduldig an.

»Jetzt sag gefälligst was dazu.«

»Es ist wegen der Kohlen, die eine Frau bei uns im Haus ...«

»Wie bitte?«

»Ich kann Karl nicht mehr ertragen, er sucht jetzt seine Ahnen, Bärbel sagt, ich soll mir die Brüste operieren lassen, aber das kann doch keine Lösung sein, ich will keine albernen, sinnlosen Gespräche mehr führen müssen, nur weil wir keine Freunde haben.«

Rafi starrte mich an, Fritz stand auf, ging ins Wohnzimmer und kehrte mit Ellas Brief zurück.

»Hier, lies.«

Er reichte ihn Rafi und setzte sich wieder. Ich war ihm dankbar für sein praktisches Handeln, aber ob es so besser erklärbar werden würde, was eigentlich los war, sicher war ich mir nicht. Es war jetzt auch egal, sowieso brach alles in sich zusammen und ich wollte es gar nicht anders, das wurde mir in diesen stillen Momenten, in denen ich wartete, dass Rafi den Brief zu Ende las, klar. Es sollte alles auseinanderfallen, nicht mehr zusammenkleben.

»Na und? Wo ist das Problem?«

Rafi sah mit einem hochmütigen Blick auf, er hatte überhaupt nichts kapiert. Ich versuchte es erneut, sagte ihm, dass mich nichts, aber auch gar nichts an öffentlichen Auftritten interessiere, dass ich definitiv nicht mitmache, ich fragte, ob er überhaupt verstanden habe, was Ella da wolle, dass mir die Filme in meinem Inneren absolut reichten und dass ich nicht vor einer Kamera über unseren Streit sprechen wolle, sondern höchstens mit ihm.

»Du und ich in so einer Art Privat-Talkshow, und da geht es dann ganz sicher um Ben, das kann ich dir aber garantieren, willst du das? Du sprichst doch nicht mal mit mir. Ich werde unsere Familienstreitereien nicht in einem Film ausbreiten. Hat Ella dich eigentlich auch gefragt?«

Rafi schüttelte den Kopf und meinte, das wäre doch alles nicht so schlimm, wenn wir Ella damit zu ihrem Durchbruch verhelfen könnten, warum sollten wir nicht so tun als ob?

Er verstand nicht, dass es nicht darum ging, etwas zu spielen, sie wollte doch uns: persönlich und echt. Sie würde es sicher »authentisch« nennen.

»Ich finde den Titel aber super: ›Die Königin und ihr Prinz‹.«

Gleich würde ich endlich mal auf den Tisch hauen, die Gläser runterfegen und schreien, dass ich diese ganze Scheiße nicht mehr mitmache.

Fritz kam mir zuvor:

»Das nenne ich mal einen wertvollen Beitrag, Rafi.«

Bisher hatte er kaum etwas gesagt, nun aber hörte er gar nicht mehr auf und blaffte Rafi an, dass dieser Film genauso schwachsinnig sei, wie der ursprüngliche Grund für Ellas Idee.

»Wir wollen jetzt mal nicht vergessen, womit dieser ganzen Mist überhaupt angefangen hat. Nina ist nicht die, die über Anzeigen ihr Leben verändern will. Sie macht bei dem Film nicht mit, und Schluss! Damit muss Ella sich abfinden. Eine einzige Idee zu haben und dann mit dem Finger zu schnippen, damit die anderen springen, das läuft eben nicht. Es reicht vielleicht auch nicht, um eine Regisseurin zu sein, ich dachte, man müsste für seinen Film brennen und ihn durch alle Klippen schiffen oder sowas. Seh' ich bei Ella nicht. Ella ist einfach nur beleidigt und übertreibt ziemlich. Außerdem hat Nina ihr nicht nur abgesagt, sie hat ihr Ersatz besorgt. Und wenn wir schon mal dabei sind: Ich bin der Meinung, du könntest dich mal entschuldigen! Seit wann reden wir in dieser Familie nicht miteinander, wenn es Probleme gibt? Was ist überhaupt in euch gefahren, in euch beide, dass ihr euch verhaltet, als wärt ihr Teenager! Du meldest dich wochenlang nicht, stehst dann plötzlich vor der Tür und beschimpfst uns? Ella bricht zusammen, weil ihre Mama mal nein sagt? So nicht, mein Lieber.«

Bevor Rafi antworten konnte, legte Fritz nach: Wie Ben und er sich die komplizierteste Möglichkeit zu einem Baby aussuchen könnten, sich dabei kaum kennen würden und beim ersten leisen Gegenwind nichts anderes zu bieten hätten als beleidigtes Schweigen. Ob sie ernsthaft glaubten, das wäre schon alles, was sie zu überwinden hätten, ein bisschen Gemecker von den Eltern, bei dem man sich die Ohren nur fest genug zuhalten müsse, und alle anderen Hürden verschwänden wie von selbst?

»Ich will nicht über Ben sprechen, das sagte ich doch schon«, erwiderte Rafi ziemlich lahm.

Ich fand Fritz super.

Wir spielten guter und böser Polizist, denn als Nächstes sagte ich: »Gut, das brauchen wir auch nicht heute Abend klären, wir sind froh, dass du überhaupt wieder da bist.«

Fritz nahm einen Schluck Bier, Rafi fragte nach dem Ersatz für die Königin, und dann erzählten wir: von Frau Scholz, ihrem toten Sohn, dem Fluchttunnel, ihrem immer noch unerklärlichen, Hass auf ihn und von meiner Idee, Frau Scholz zum Mittelpunkt des Films zu machen, nicht mal der Titel müsse geändert werden, das Konzept nur ein bisschen erweitert werden, und als Rafi sagte: »›Die Königin und der tote Prinz‹, das hört sich fast besser an«, wusste ich, dass er versuchen würde, Ella meinen Vorschlag schmackhaft zu machen. Gegen zwei Uhr verabschiedete er sich, fragte, ob wir denn »trotzdem« zur Einweihungsparty kommen würden, und versprach, mit Ella zu reden, sobald die wieder nüchtern sei.

In der Stadt setzte Tauwetter ein. Die von der Boulevardpresse »Russenpeitsche« getaufte Kaltfront, die wochenlang das Wetter bestimmt hatte, verlor an Kraft, und die Eisschollen, zwischen denen auf den Gehwegen nur schmale, eisfreie Stege begehbar gewesen waren, so dass man im Gänsemarsch hatte hintereinander laufen müssen, schmolzen zusammen und legten den Müll, den sie bedeckt hatten, nach und nach frei. Silvesterraketenreste, Hundehaufen und sonstiger Unrat lagen aufgeweicht auf den grauen Straßen. Rollsplittknirschen begleitete jeden Schritt. An einem Abend auf dem Nachhauseweg nach der Arbeit hörte ich die erste Amsel des Jahres singen, und mein Herz wurde leicht bei dem Gedanken an den kommenden Frühling.

Ella hatte sich tatsächlich wieder beruhigt und fand meinen Vorschlag mittlerweile wenigstens halbwegs akzeptabel. Sie trug zwar weiterhin eine schmollende Grundhaltung vor sich her, die ich aber zu ignorieren versuchte und als kindisches Gehabe abtat.

Wir holten Busen-Bärbel am frühen Abend der Einweihungsparty vom Flughafen ab, aßen Pasta, die Fritz vorbereitet hatte, nahmen zwei Drinks zum Aufwärmen und eine Nase Kokain dazu. Wir hatten Blumen, Champagner und Einweihungsgeschenke dabei – unseres war von größtmöglicher Neutralität: eine Doppelpackung weißer Bettwäsche.

Als wir gegen zehn klingelten, waren nur drei Freunde von Ben da, es wurden auch im weiteren Verlauf des Abends nicht mehr, ich nahm es mit Genugtuung zur Kenntnis. Die anderen Gäste kamen aus Rafis Freundeskreis. Außer den unvermeidlichen, unverbindlichen Sätzen sprachen wir nicht mit Ben und bildeten stattdessen einen Krone-Klumpen in einer Ecke der Wohnung, die sich durch den Einzug von Ben kaum verändert hatte. Bens Besitz war überschaubar, und Persönlichkeit fand ich auch in seinen Sachen nicht. Busen-Bärbel war der unbestrittene Star des Abends, alle Schwulen waren entzückt von ihr, die Frauen beeindruckt.

Bärbel war die Lauteste, natürlich, ihre tiefe Stimme dröhnte durch die Wohnung, als sie rief: »Oh, ihr wollt ein Baby mit Lesben aus der Zeitung! Fucking crazy«, und ich bemerkte die Überraschung in den Gesichtern von Rafis Freunden. Er hat es wohl noch nicht mit vielen besprochen, sah hilfesuchend zu Ben, der aber so tat, als hätte er nichts gehört, und so fiel das Thema schnell unter den Tisch. Als Ella Bärbel von ihrem Film erzählte und dabei ganz selbstverständlich von Frau Scholz redete, so als ob das schon immer ihre Idee gewesen sei, war ich glücklich. Kann aber auch von Bärbels Kokain gekommen sein. Sie erkundigte sich nach allen Einzelheiten, ich hörte mit halbem Ohr weiter zu. Bärbel sagte zu Ella, sie sei jetzt aber wirklich eingeschnappt, warum sei sie nicht eingeweiht worden, und Ella solle bloß nicht mit diesem Crowdfunding anfangen, dann hätte sie die ganzen Spender ewig am Hals und müsste denen immer Kaffeetassen und T-Shirts, die mit ihren Titten bedruckt seien, schicken; sie, Bärbel, wäre glücklich, das fehlende Geld dazuzugeben. Das könnte sie bestimmt auch irgendwie von der Steuer absetzen, so hätten beide ein Geschäft gemacht.

»Mein Gott, wie viel fehlt dir? 3.000 Euro? Das ist doch lächerlich, komm zu Tante Bärbel, mein Schätzchen. Wir stoßen an auf die künftige große Filmemacherin »Ella, the Bella«, die den Namen ihrer Lieblingstante natürlich im Abspann erwähnen wird.«

Später beobachtete ich, wie Bärbel versuchte, diskret zu sein, Ella zur Seite nahm und wissen wollte, ob mit ihr alles in Ordnung sei.

»Du schluckst aber keine Pillen, oder? Irgendwie habe ich den Eindruck, etwas stimmt nicht mit dir.«

Ella verneinte entrüstet, vielleicht sehe man ihr den Stress im Job an. Bärbel wirkte nicht überzeugt, jetzt flüsterte sie wirklich leise etwas in Ellas Ohr, die dazu nickte, Bärbel streichelte ihr über das Haar, sah sie noch mal prüfend an und beließ es dabei.

Rafi war nicht zufrieden mit dem Verlauf der Party, er guckte, wie ich fand, eifersüchtig zu Ella und Bärbel und schien beleidigt, weil nicht er und Ben im Mittelpunkt standen. Gegen halb zwei waren wir so gut wie unter uns. Fritz fummelte an seinem Handy rum und stellte blitzschnell, so weit man das von einem älteren Mann sagen kann, Musikplaylisten zusammen, schloss sein Smartphone an das Küchenradio an, wovon ich immer aufs Neue beeindruckt war, ich könnte das nicht, Zauberei, und dann tanzten wir zu R'n'B-Fickmusik.

Um halb vier verabschiedeten wir uns, Ella wollte bei Rafi übernachten und ihm morgen beim Aufräumen helfen, das ordentliche Kind. Wir nahmen unterwegs einen Abschlussdrink, winkten einer Taxe, tranken zu Hause noch drei Absacker und ließen den Abend Revue passieren. Im Bett suchte ich nach einem Makel der Nacht, etwas, das der Koksrunterkommstimmung entsprach und das Herz kalt werden ließ, aber ich fand nichts. Es lief alles eigentlich ziemlich sehr gut.

»So eine von der schnellen Truppe ist Ihre Tochter nicht, oder sehe ich das falsch?« Schon seit Tagen hörte ich Frau Scholz in mir sprechen, ich wurde sie überhaupt nicht mehr los, sie begleitete mich ständig. »Sind Sie in der S-Bahn geboren?«, fragte sie, wenn ich die Toilettentür beim Hinausgehen nicht zumachte, und ich rief in den Kopf hinein: »Lassen Sie mich in Ruhe, das geht Sie nichts an!«

Ich musste noch mal mit ihr reden, herausfinden, ob ihre Zustimmung zu Ellas Projekt ernst gemeint war, aber die vergangenen Tage hatte ich keine Zeit, keine Lust, es war zu spät, ich musste noch mit Rafi telefonieren, nicht, dass der glaubte, er könnte wieder mal so fischig sein und alles sei easy zwischen ihm und mir, oder ich war zu müde, zu kraftlos, schaffte es einfach nicht. Natürlich stellte ich weiterhin Kohleneimer vor die Tür, und jeden Tag sagte ich mir: Morgen! Morgen schnappe ich sie mir. Bis dahin führte ich innerliche Streitgespräche mit ihr im Stil dieser Gespräche auf 3sat, zwei Frauen, vier Zigaretten, die Scholz spricht nur Sätze mit Frontstadtflair, und ich stotterte.

Ella wollte sie auch unbedingt kennenlernen, endlich. Sie hätte viel mit der Scholz zu besprechen und müsse sie auch visualisieren, sonst käme sie in Zeitverzug. Und überhaupt müsse sie viel mehr über sie und den Sohn wissen.

Wer nicht?, dachte ich mir und nahm es mir nun erneut vor. Morgen ist die Scholz dran. Oder ich. So oder so, versprochen!

Als ich am kommenden Tag zur Arbeit ging, stand sie im Türrahmen.

»Ich brauche die nächsten Tage keine Kohlen, ich werde nicht da sein.«

»Ach, ich wollte eigentlich nachher mal vorbeikommen. Verreisen Sie?«

Sie wackelte mit dem Kopf. »Nee, ich gehe ins Krankenhaus.«

Schweigen, also musste ich fragen.

»Was Schlimmes?«

»In meinem Alter ist alles schlimm. Da hat man keine Mandeloperation oder lässt sich die Nase richten. Sie haben aber wohl nichts machen lassen.« Sie kam näher, als suche sie in meinem Gesicht nach Schönheits-OP-Narben. »Na, schaden würde das nicht.«

»Ja, danke, Frau Scholz, und was ist bei Ihnen?«

»Ist 'ne alte Sache.«

Sie würde es mir nicht sagen, ich fragte, in welchem Krankenhaus sie liegen würde, und wie lange sie weg sei.

»Drei, vielleicht vier Tage. Länger behalten die unsereins sowieso nicht, egal ob man schon wieder krauchen kann. Für Sie ist das aber schön: Da haben Sie mal Kellerurlaub.«

Das war fast liebevoll, auf jeden Fall freundlich. Ich wünschte ihr alles Gute und ging zur Arbeit. Ella würde warten müssen, in der Mittagspause rief ich sie an, die Verzögerung gefiel ihr überhaupt nicht, aber ein Krankenhausaufenthalt war höhere Gewalt, niemand konnte es ändern. Ich fütterte sie mit kleinen Scholzhäppchen und schmückte alles ein wenig aus, durch meine Anekdoten wurde sie eine ziemlich tolle Person, voller Esprit und Geheimnisse, eine Frau mit einer bewegten Vergangenheit, einem toten Sohn und Haaren auf den Zähnen. Ich musste nur aufpassen, nicht jemand ganz anderen aus ihr zu machen.

Das Krankenhaus, in dem sie lag, stand nur ein paar Häuserblocks von unserer Wohnung entfernt, aber ich besuchte sie nicht. Ich redete mir ein, dass ihr das nicht gefallen würde, und wahrscheinlich stimmte meine Einschätzung sogar. Der wahre Grund aber war, dass ich sie nicht im Nachthemd sehen wollte; es schien mir zu intim.

Der mir mittlerweile so vertraute leere Blecheimer stand sechs Tage später wieder auf der Fußmatte, und ich begrüßte ihn freudig wie einen lange nicht gesehenen Bekannten. Heute würde also der Tag sein, an dem Tacheles geredet würde.

Es war ein guter Tag, im Geschäft war viel los, so dass ich kaum zum Nachdenken kam. Im späten Winter wollen viele Menschen Fotos, ich vermute, das ist noch eine der Neujahrsnachwirkungen, sie raffen sich erneut auf, glauben wieder ein wenig an ihre Chancen auf dem Arbeitsmarkt, man muss es nur anpacken, man braucht nur eine fehlerfreie Bewerbung, ein entschiedeneres Auftreten, ein besseres Foto, um der drohenden oder bereits vorhandenen Armut doch noch mal ein Schnippchen zu schlagen, muss das Schicksal in die eigenen Hände nehmen. Jetzt.

Ich puderte und empfahl ein ganz bestimmtes siegessicheres Lächeln, ich drehte den Hocker hoch und runter und ich wünschte Glück: »Toi, toi, toi, an dem Foto wird es zumindest nicht liegen, wenn Sie wieder eine Absage bekommen.«

Karl hatte keine Gelegenheit, seine Familiengeschichte weiter vor mir auszubreiten, er entwickelte, bestellte, beriet und kassierte, begab sich sogar für den einen oder anderen Kundenplausch in die Niederungen des gewöhnlichen Gesprächs, in dem es um nichts und alles ging und wenn ich ihn beobachtete, kam er mir auch gar nicht mehr so verschroben vor, er war beschäftigt, vielleicht fehlte ihm das sonst einfach?

Als ich am Abend die Treppenstufen hochlief, die ich jeden Tag zählte, es waren jeweils zwölf bis zum nächsten Absatz, nur um ins Hochparterre zu kommen, reichten sieben Stufen, danach blieben es immer zwölf, und trotzdem musste ich sie zählen, bei jedem Gang versicherte ich mich, dass sich daran nichts geändert hatte, sieben, zwölf, zwölf, zwölf, zwölf, dann war ich bei Frau Scholz. In vierundzwanzig Stufen wäre ich zu Hause, aber jetzt klingelte ich, wartete, hörte den vertraut schlurfenden Gang und das Aufschließen der Tür, und dann stand sie vor mir, sah fast aus wie immer, nur ein wenig blass schien sie mir und müde. Ich sah in dem grellen Hausflurlicht ihr Alter, waren da mehr Flecken als noch letzte Woche in ihrem Gesicht, auf ihren Händen? Es war kalt in der Küche, in die wir uns, wie zwei alte Hunde hintereinander laufend, begeben hatten.

»Haben Sie nicht geheizt?«

»Ach, das lohnt nicht.«

»Frau Scholz, was sind das denn für Töne? Natürlich lohnt sich das. Ich erledige das mal eben. Geht doch ganz fix.«

Ich stand auf und hockte mich vor den kleinen Allesbrenner, der in der Ecke stand.

»Sie machen mal eben gar nichts. Ich geh' gleich schlafen, ich habe nur gewartet, bis Sie klingeln, sonst wäre ich schon längst …«

»Morgen früh wird es eiskalt sein, aber wenn Sie nicht wollen, dann eben nicht. Oder soll ich vielleicht doch?«

Sie schüttelte den Kopf, ich setzte mich wieder an den Resopaltisch und fragte nach dem Klinikaufenthalt. War alles gut gegangen? War sie mit dem Essen zufrieden gewesen? Gehe es, was auch immer es sei, nun besser? Frau Scholz antwortete wortkarg, die Frage nach dem Essen beantwortete sie mit einem höhnischen Lachen, ansonsten hielt sie sich bedeckt.

»Frau Scholz, können Sie sich noch an unser Gespräch über Ella, meine Tochter, erinnern? Ich habe mittlerweile mit ihr gesprochen, und sie ist begeistert von der Idee, einen Film mit Ihnen zu drehen.«

»So, so, begeistert ist sie, ja?«

»Nicht wortwörtlich, aber doch: Sie will Sie unbedingt kennenlernen, aus diesem Grund bin ich auch hier. Kann ich Ella in den nächsten Tagen zu Ihnen schicken? Sie hat so viele Fragen und möchte sich mit Ihnen absprechen.«

»Wie die Mutter, so die Tochter, was? Fragen, Fragen, Fragen. Aber wenn sie das unbedingt will, dann soll sie mal kommen.«

Das hörte sich mehr nach einer Drohung an, aber was soll's. Sie stritt nicht ab, mit mir darüber gesprochen zu haben. Mehr konnte ich nicht von ihr erwarten, immerhin war sie Frau Scholz und nicht irgendein geschwätziges altes Weib.

Ich bat Ella, noch ein, zwei Tage zu warten, bis sie mit Frau Scholz Kontakt aufnahm, es sei mir so vorgekommen, als wäre ihr Krankenhausaufenthalt nicht spurlos an ihr vorbeigegangen, und es erscheine mir klüger, wenn sie sich noch ein wenig erholen könnte.

Dahinter stand auch die Angst, dass sie – wenn sie auf dem falschen Fuß erwischt werden würde – alles abblasen könnte, und da ich mich mittlerweile für Ellas Film verantwortlich fühlte, wollte ich das Risiko so gering wie möglich halten. Ella war enthusiastisch, hatte sich über Bautzen, die Mauer und Fluchttunnel ausgiebig informiert; das Thema mit der persönlichen Geschichte der Scholz zu verbinden, wurde immer mehr ihr eigenes, und mir war jeder Tag, an dem sie an sich glauben konnte, an ihre Idee, lieber, als der Tag, an dem eventuell alles kippen könnte.

Fritz wollte aus der Stadt raus, nur ein paar Tage. Es überfiel ihn immer wieder ganz plötzlich, dann konnte er es kaum noch eine Stunde hier aushalten, ihm ging alles auf die Nerven, die Häuser seien so hässlich wie die Menschen, sagte er, diese miesepetrigen, grauen, unfreundlichen Gesichter, er müsse mal wieder Natur sehen und weiten Himmel. Ich war einverstanden, ein verlängertes Wochenende bei Freunden von ihm in der Eifel zu verbringen.

Die beiden sind ein Akademikerpaar in unserem Alter, Fritz hatte kurz mit Kathrin zusammen studiert, und ich vermute, sie verband damals eine kleine Affäre, nichts Wichtiges, aber ich spürte es an ihrem Verhalten. Sie hatten viel zu spät, erst vor ein paar Monaten, ein Baby bekommen. Wir sahen uns ein-, zweimal im Jahr, meistens, wenn sie beruflich nach Berlin kamen.

Kathrin und Gregor stritten sich ständig, jedes Mal saßen wir dann zu viert am Tisch, und Fritz und ich spielten Beziehungstherapeuten. Spätestens nach einer Stunde schrien die beiden sich an, heulten, beleidigten sich, waren verzweifelt, sie vermisste die Kultur einer großen Stadt, ihm fehlte Bodenständigkeit bei ihr – immer müsse sie sich über das Landleben beklagen, das könnten wir uns nicht vorstellen, was er sich alles anhören müsse.

Mir gefielen diese Besuche, Fritz und ich fühlten uns dabei wie ein perfektes Paar, was wir alles nicht für Probleme hatten, das war wunderbar, und ich mochte auch die Offenheit, mit der Gregor und Kathrin ihre Sorgen auspackten. Die waren wenigstens wütend aufeinander. Obwohl beide viel, richtig viel verdienten, wohnten sie in einem winzigen Häuschen, dem ehemaligen Altenteil eines Bauernhofs. Das Haus hatte nur drei Zimmer, kleine niedrige Stuben, an deren Deckenbalken man sich ständig den Kopf stieß, verteilt auf zwei Etagen, verbunden mit einer mörderisch steilen Treppe. Ich stellte mir immer vor, wie die Oma des Bauern hierhin abgeschoben worden war, nachdem ihr Mann, der Altbauer verstorben war, und wie die Kinder täglich hofften, sie würde sich auf dieser Stiege endlich das Genick brechen.

Kathrin hatte früher in Köln gelebt, ihre Wohnung hatte sie aufgegeben, als es mit ihr und Gregor ernst wurde. Warum sie nicht gemeinsam in ein großes Haus gezogen sind, hatte ich nie verstanden. Wollten sie sich mit diesem Engaufeinanderkleben ihre Liebe beweisen? War es ein Dauerstress-Test, dem sie sich unterzogen? Würden sie sich vielleicht hassen, wenn sie mehr Platz hätten? Oder war die Entscheidung, hier zu leben, eine Art Abbitte für ihren beruflichen Erfolg? Mir war es unvorstellbar, wo dort noch Platz für ein Baby sein sollte, wie sollte dieses Kind jemals laufen lernen, wenn immer diese Mördertreppe drohte?

Ich stimmte dem Besuch zu, obwohl wir ebenfalls in dem

Puppenhaus übernachten mussten. Dass sie einen winzigen Teil ihres Geldes in ein Hotelzimmer für uns anlegen könnten, wenn sie sich schon über unseren Besuch freuten, wie Fritz nach einem Telefonat mit Kathrin behauptete, auf diesen Gedanken kamen sie natürlich nicht. Wer sich selbst so streng hält, hat auch für Freunde keine Großzügigkeit über. Wir hatten nicht genug Geld für ein Hotel.

Die Fahrt dauerte viel zu lang, ich betrachtete die braunen Felder, das müde Tageslicht, ich sah Rehe an Waldrändern stehen und Vögel auf Masten sitzen und fand Natur im Winter nicht viel reizvoller als die Stadt. Es lag kein Schnee mehr, die Landschaften waren eingeschlafen und verlassen, und kurz vor unserem Ziel verfuhren wir uns in dem Gewirr aus Dörfern, Kreisverkehren und Industriegebieten, so dass es später Abend war, als wir endlich ankamen.

Der kleine Max war ein properes Baby mit dicken Pausbacken, aber sein robustes Äußeres passte nicht zu seinem ängstlichen Blick. Er greinte vor sich hin und wurde von einem Arm auf den nächsten weitergegeben. Wir lobten ihn als außerordentlich süßes Kind: »So ein zuckersüßer kleiner Muck, wie niedlich, das habt ihr aber besonders gut hinbekommen, unseren Glückwunsch«, was man eben so sagen muss zu frischgebackenen Eltern. Nachdem diese Begrüßung beendet war, saßen wir in der Puppenstube, mir wurde Max in die Arme gelegt, also stand ich auf und wiegte ihn hin- und hergehend, ich roch an seinem Kopf, ja, da war dieser den Babys eigene Geruch noch zu erahnen, ein feiner Duft geht von ihnen aus, und während die Neuigkeiten hin- und hergetauscht wurden, spürte ich ein Ziehen im Bauch, ein Sehnen, selbst auch noch einmal ein Kind zu bekommen. Aber als ich nachrechnete, wie alt wir sein würden, bis dieses noch nicht gezeugte Kind wieder aus dem Haus wäre, und mir Elternabende in der Kita, der Grundschule und der Oberschule vorstellte, Kindergeburtstage imaginierte und mich erinnerte, wie schlimm es war, morgens um halb sechs geweckt zu werden, gab ich Max schnell wieder ab. Die Stimmung in der Küche war gereizt, Kathrin war verhuscht und unsicher, Gregor sichtlich genervt.

»Kathrin, jetzt mach' das Fläschchen endlich warm«, befahl er, obwohl er selbst am Herd stand und in aller Ruhe unser Essen zubereitete: »Ihr habt doch sicher Hunger!«

Ja, das stimmte, aber in den nächsten Minuten, in denen wir beobachtend auf der rustikalen Eckbank hockten, wurde aus Hunger Bauchweh. Die beiden standen offensichtlich kurz davor, sich umzubringen, nicht versteckt, nicht noch überlegend, nein, ganz klar hassten sie sich.

Fritz und ich versuchten, so etwas wie Gelassenheit auszustrahlen, sprachen den wahnsinnigen Stress an, den Babys machten: »Aber das geht bald vorbei, spätestens, wenn Max laufen kann«, »Ihr macht das alles sehr gut«, solche Sätze sagten wir, obwohl in diesem Haus nichts gut gemacht wurde.

Als das Essen nach einer langen Stunde auf dem funzelig beleuchteten Tisch stand, lag aufgewärmter Schwartenmagen vor mir. Widerliches, fettiges Fleisch mit einer unklaren Füllung. Das würde ich auf keinen Fall essen! Ich hielt mich ans Brot und den Tomatensalat, der gut geschmeckt hätte, wenn Gregor Fritz nur nicht gefragt hätte, ob der eigentlich wisse, worin das Geheimnis eines echten, italienischen Tomatensalats bestehe.

»Keinen Pfeffer! Ha, das hast du nicht gewusst, oder?«

Wir stocherten auf den Tellern herum und ich fragte mich, ob Fritz gelogen hatte, als er sagte, die beiden freuten sich sehr auf uns. Quatsch, ich wusste doch, dass Essen bei Gregor immer eine unsichere Geschichte war. Er war unfassbar langsam in allem, was er tat.

Beim letzten Besuch war ich gegen Mitternacht hungrig ins Bett gegangen, hungrig und betrunken. Gregor hatte Entenbraten versprochen gehabt. Er fing abends um neun Uhr aber erst mit den Vorbereitungen an, mit großer Bonvivant-Geste. Er war von seinen Kochkünsten völlig überzeugt, war sich fast zu gut, um mit Kochpöbel – wie ich es für ihn war – seine Weisheiten zu teilen. »Wenn der Kuchen spricht, schweigen die Krümel. Hahaha.« Das sagte Gregor, als ich damals anmerkte, er hätte doch wohl etwas spät mit dem Kochen angefangen. Als absehbar wurde, dass diese Ente mit Klößen, Rotkohl und Salat nicht vor zwei Uhr morgens fertig sein würde, wurde es mir zu blöd, und ich ging hungrig schlafen. Gregor führte während des Kochens gerne philosophische Gespräche, das war seine Vorstellung von Lebensart, Gespräche, bei denen er sich im Vorteil fühlte – er konnte absatzlang aus dem Kopf zitieren. »Homer/Habermas/Precht sagt zu dieser Fragestellung …« Er lehnte sich dann mit einem Weißweinglas genüsslich zurück, leckte sich die Lippen, schmatzte selbstgefällig, zitierte und endete meistens mit: »Hast du den gelesen?« Nein, natürlich nicht, und wenn, dann habe ich es vergessen! Sein Spaß am philosophischen Diskurs war mir trotzdem sympathisch, auch wenn sein Dozieren für mich nur Unsicherheit ausdrückte, ich war ja froh, überhaupt mal mit jemandem zu diskutieren, dann konnte ich mir Fleißsternchen in mein Heft »Soziale Kontakte« kleben.

Wir verabschiedeten uns bald, stießen uns die Köpfe an den Balken des Zimmers, in dem ein Bett für uns stand, Fritz schwor, dass beim Telefonat kein Misston zu hören gewesen war, er sie nicht überrumpelt hätte, dann legten wir uns schlafen. Über uns ein Fenster mit Sternenhimmel, das war schön. Aber kaum lag ich, stieg ein kräftiger Geruch in meine Nase, er kam aus der Bettwäsche. Wir lagen in dreckigen Laken. Laken, die nicht nur einmal benutzt worden waren. Die beiden hatten es nicht einmal für nötig gehalten, das Bett frisch zu beziehen oder uns wenigsten neue Wäsche bereitzulegen. Das war selbst mit dem Stress, den sie mit Max hatten, nicht zu entschuldigen. Während Fritz verzweifelt versuchte, seinen Pullover um das Kissen und seinen Schal auf das Laken zu schlingen, sprang ich auf.

»Wir packen unsere Sachen und fahren auf der Stelle hier weg. Ich schlafe nicht in stinkender Wäsche!«

Fritz war einverstanden. Wir zogen uns leise an und besprachen flüsternd, ob wir Gregor und Kathrin einen Zettel hinlegen oder einfach heimlich verschwinden sollten, da hörten wir Gregors knallende Stimme »Jetzt steh endlich auf und kümmere dich um deinen Sohn«, durch das Haus schreien.

Fritz sagte: »Das Baby nehmen wir mit. Den kleinen Max bekommt Rafi.«

Frau Scholz war überrascht, als ich am nächsten Morgen mit dem üblichen Eimer in der Hand klingelte.

»Dachte, Sie seien verreist.«

Dann gewährte sie mir mit großer Geste Eintritt in ihre Wohnung und wirkte fast erfreut, mich zu sehen. Mein Herz machte einen kleinen Hüpfer. In der Küche berichtete ich von dem verunglückten Besuch, den sie mit »Wundert mich nicht, dass Sie keine richtigen Freunde haben«, kommentierte. Nachdem ich entgegnet hatte, ich hätte bei ihr auch noch nie Besuch gesehen, stand sie auf, ging in eines der immer verschlossen gehaltenen Zimmer und kam mit einer abgenutzten braunen Kladde zurück, die sie vor mir auf den Tisch knallte.

Ich nahm die Kladde in die Hand und schlug sie auf, es war ein Adressbuch, das vermutlich seit dreißig oder vierzig Jahren benutzt wurde. Die meisten Namen, die darin standen, waren mit einem schwarzen, dicken Stift durchgestrichen.

»Tot, alle tot. Jedenfalls die meisten. Mit manchen habe ich mich auch gestritten, das schon, aber die anderen haben ins Gras gebissen. Ich war hauptsächlich mit Männern bekannt, mit älteren Männern, was in den ersten fünfzig Jahren meines Lebens kein Problem war. Frauen, na, Sie sehen es doch an sich selbst, die sind bissig, wenn man besser aussieht als sie …«

»Oh, danke, das war ja ein Kompliment.«

»Was? Nein, ich meine: Sie sind doch auch so eine, die auf andere Frauen eifersüchtig ist.«

»Bin ich überhaupt nicht.«

»Sie sind sogar auf Ihre eigene Tochter eifersüchtig, meinen Sie, das merkt man nicht? Und was Sie mir über das Herzblatt Ihres Sohnes erzählt haben, diese Homos sind alle weibisch, und wie Sie den Freund weggebissen haben, also das war in meinen Augen eine Glanzleistung in dieser Hinsicht.«

»Schwule sind nicht weibisch, das ist überhaupt auch ein ganz bescheuertes Wort.«

Sie machte eine wegwerfende Handbewegung:

»Jetzt seien Sie nicht so eine Mimose, es ist erwiesen, dass die warmen Brüder lieber Frauen wären. Macht ja auch nichts, das haben die sich nicht ausgesucht, vermute ich.«

Ich schlug mir mit der flachen Hand gegen die Stirn und gab ein verzweifeltes Geräusch von mir. Sollte ich jetzt ernsthaft mit einer fast achtzigjährigen Frau eine Auseinandersetzung über Homosexualität anfangen? Diskutieren kann man mit der Scholz sowieso nicht, also ließ ich es und brachte das Gespräch wieder zurück auf ihre Freundschaften.

Alle ihrer Bekannten seien deutlich älter als sie gewesen, sagte sie, das wäre damals, in ihrer Zeit, so üblich gewesen, junge Frauen hätten sich nur mit älteren Männern angefreundet. War vielleicht auch, weil die mehr Geld gehabt hatten. Aber nun, also in den vergangenen zwanzig Jahren, seien diese Männer alle gestorben. Sie gehe schon längst nicht mehr zu den Beerdigungen, es sei immer das Gleiche auf den Friedhöfen.

Dann zeigte sie auf ein paar Namen, die noch nicht durchgestrichen waren, und zählte auf: »Willi, der liegt im Heim und ist umnachtet, Walter kann nicht mehr krauchen, die Hüfte, Jan, der wollte mich immer heiraten, na, da wäre ich schön blöd gewesen, der braucht heute Windeln, und Joachim hat sich eine junge Thailänderin als Pflegerin geholt, da will ich nichts mit zu tun haben. Die anderen, nun, wir telefonieren gelegentlich, aber deren ständiges Gegreine will ich mir nicht anhören müssen. Und so«, sie klappte das Adressbuch energisch zu, »wird es Ihnen auch bald gehen.«

Meine Audienz war beendet, wir verabredeten noch einen Besuch, damit ich ihr Ella vorstellen könnte.

»Ach ja, der Film, na, meinetwegen, kommen Sie vorbei.«

Wir verbrachten die kommenden zwei Tage, in denen wir offiziell noch in der Eifel waren, zu Hause. Wir lasen viel, sahen fern, räumten das Schlafzimmer um, Fritz kochte stundenlang und betrank sich dabei, und wenn ich ihm zusah, trank auch ich mehr als sonst.

Ich sehe ihm so gerne zu. Es ist egal, was er tut, sobald Fritz sich bewegt, etwas in die Hände nimmt, fühle ich mich zufrieden. Ist das die Liebe?

Fritz meint, das wäre eine ganz klassische Frauenreaktion, weil wir Männer wollen, die aktiv seien. Ich weiß nicht. Es ist jedenfalls besser, als niemandem bei Alltäglichkeiten zusehen zu können.

Wie würde es sein, wenn er tot wäre? Kurz wünschte ich mir, es wäre so. Vielleicht wäre das nicht so schlimm, im Gegenteil: Ich wäre allein, würde meinen Teddy in die Küche setzen, und wenn ich etwas hören wollte, drehte ich ihn um, er blöke tief, und dann wäre ich still.

Meine Gedanken liefen weiter, zu meinen toten Vorfahren, ich sah sie vor mir, in einer Reihe stand meine Mutter vor meiner Oma, und dahinter erkannte ich noch meine Urgroßmutter, und hinter ihr, wie in einer endlosen Spiegeldoppelung, schemenhaft die anderen Frauen, die früher Mutter und Großmutter und dann tot waren. Sie schauten mich stumm an, der Platz vor meiner Mutter war noch leer. Für mich reserviert. Bald würde ich dort stehen und still auf Ella warten.

Etwas an der Haltung, mit der ich in der leeren Küche saß und sowohl Fritz' als auch meinen Tod begrüßte, stimmte. Ich wusste nur nicht, was echt daran war, und besprach es schnell in einer Expertenrunde. Ein Weltuntergangsexperte, ein Altersforscher, eine Fachfrau für Nahtod-Erlebnisse tauschten Argumente aus, analysierten das Für und Wider der möglichen Antworten und beschimpften sich, bevor ich das Programm ausschaltete, einen weiteren Schluck Wein trank und das Essen fertig war.

Für meinen nächsten Scholz-Besuch hatte ich mir vorgenommen, endlich das Rätsel um ihren Sohn zu lüften. Ich redete mir ein, es aus mütterlicher Fürsorge wissen zu wollen, damit ich abschätzen könnte, was auf Ella zukommen würde, in Wirklichkeit wollte ich es nur vor ihr herausfinden.

»Ich schlage Ihnen ein Geschäft vor: Wenn Sie mir die Geschichte mit Ihrem Sohn erzählen, dann erzähl' ich auch etwas, was sonst niemand weiß.«

»Gute Idee. Gibt nur ein Problem dabei: Mich interessieren Ihre Geheimnisse nicht.«

»Warum überrascht mich Ihre Antwort bloß nicht? Dann geb' ich Ihnen halt fünf Euro dafür.«

»Als Nächstes drohen Sie mir wohl, mir keine Kohlen mehr zu bringen, was?«

»Gute Idee, eine wirklich sehr gute Idee, Frau Scholz.«

Sie seufzte, wuchtete sich stöhnend aus ihrem Sessel, schlurfte aus der Küche und kam mit einem kleinen Karton in den Händen zurück. Sie stellte ihn auf den Tisch, ließ sich in ihren Thron fallen, zog die Schachtel zu sich auf den Schoß, nahm den Deckel ab und ein Foto heraus.

»Das hier, das ist Willi.«

Willi war zwischen vierzig und fünfzig, er trug Schnauzer und halblange, blonde Haare, sein helles Hemd spannte unter der offenen Anzugjacke. Beine überschlagen, weiße Tennissocken in schwarzen Mokassins mit einem Bommel auf jedem Fuß, saß er zurückgelehnt und zähnegrinsend in einem Ausflugslokal auf einem Holzstuhl.

»Der Willi, der hat im Osten Geschäfte gemacht, in größeren Mengen rübergebracht, was gebraucht wurde – Tapeten, Dachpappe, Schulhefte oder kiloweise Hefe, die hatten keine Hefe im Osten! Ganz legal lief das nicht, aber was war damals schon legal? Alle waren kleine Ganoven, und Geschäfte wurden nicht über Notare abgeschlossen, sondern bei Schnaps und Zigarren besiegelt. Hat gutes Geld verdient, der Willi, und damit hier im Westen einen auf dicke Hose gemacht.«

Sie dachte nach.

»Vermute im Osten auch, so war Willi. Das war in den ersten Jahren eine Goldgrube für schlaue Jungs. Dann ist er auf die Idee mit einem Fluchttunnel gekommen und hat das mit ein paar Freunden groß aufgezogen. Waren junge Leute, Mitte zwanzig, und die Mauer fanden alle schlimm. Willi hat die Organisation übernommen, gegraben haben andere. Der Junge war nicht so fürs Praktische, und dass der eine Schaufel in die Hand genommen hätte, das habe ich nie gesehen. Fünf Menschen haben sie rübergeschleust. Willi hat die im Osten zu der Adresse gebracht und Schmiere gestanden. Fünf Frauen in zwei Tagen. Frauen zuerst, logisch. Drei Männer sollten danach noch rüber. Mit dem ersten, dem Ehemann einer der Frauen, wurde Willi dann geschnappt. Vier Jahre wegen Republikflucht, die beiden anderen Männer sind wohl auch ins Gefängnis gekommen. Willi aber, der war schon nach drei Monaten Bautzen wieder draußen.«

Mein Gott, so viel habe ich Frau Scholz noch nie an einem Stück reden hören. Ich versuchte, mich unsichtbar zu machen, damit sie nicht aufhörte, aber sie kramte nur in ihrem Karton und sah nicht zu mir.

»Jetzt raten Sie doch mal, wie er das geschafft hat, Frau Krone.«

»Ähm, keine Ahnung. Weil er aus dem Westen kam, oder wurde Willi freigekauft?«

»War klar, dass Sie nicht drauf kommen. Das Ganze war mit der Stasi abgesprochen. Der Tunnel wurde von Anfang an von Horch und Guck beobachtet, und Willi hat die Informationen geliefert, wann die Flucht starten sollte. Nur dass er die Frauen zwei Tage früher als abgesprochen rübergebracht hatte, davon hatten die Trottel nichts mitbekommen, oder er hat sie ausgetrickst, war immer ein Spieler, der Willi. Oder der Stasi ging es um die Männer. Ist doch auch egal. Das Wesentliche ist was ganz anderes: Die Frauen, die hätte die Stasi mal besser ebenfalls geschnappt. Willi, kaum wieder im Westen, hat die armen Dinger erpresst, der hat das nicht aus Nächstenliebe oder Freiheitswillen oder so gemacht, nein: 5.000 Mark musste jede für ihre Flucht bezahlen. Und für ihre Männer, die sie nie wiedersahen, wollte er auch Geld. Er hätte für die schließlich auch Auslagen gehabt. Und wo verdienen Frauen, junge hübsche Frauen, die hier fremd sind, schnell viel Geld? Zufällig hatte Willi einen Bekannten, der ein entsprechendes Etablissement führte. Mehr sage ich nicht dazu.«

Ich schluckte jede Frage runter.

»Ich bring' Ihnen nachher zwei Eimer, ist kalt.«

Ella stürmte die Treppen hoch, sie hatte neben ihrer Videokamera Brötchen und Petits Fours mitgebracht.

»Kann die Scholz überhaupt in Schrippen beißen, die trägt doch wohl ein Gebiss, oder? Mag sie die Törtchen, ich hab extra vier verschiedene Geschmacksrichtungen genommen? Soll ich noch Blumen kaufen, was meinst du?«

Ich wusste keine Antworten, habe ich überhaupt schon mal Essen bei ihr gesehen? Mir fielen die Kekse ein und ich beruhigte Ella. Und bereitete sie auf die echte Frau Scholz vor, gab ihr Tipps.

»Sei nicht sofort eingeschnappt, darauf legt die es an. Lass dich nicht auf absurde Geschichten ein, die will dich nur ablenken. Ich gehe dann, wenn ihr es euch gemütlich gemacht habt. Hast du dein Aufnahmegerät und funktioniert dein Stift? Sind die Akkus geladen? Nimm doch zur Sicherheit noch ein Ladekabel mit …«

So ging es lange hin und her, bis Ella ihre Kamera in die Hand nahm, auf Aufnahme drückte und rief. »Jetzt. Wir gehen jetzt zu ihr.«

Unten lief alles erstaunlich glatt, Frau Scholz hatte etwas Lippenstift aufgetragen, und ihre Haare sahen gut aus, sie war nicht überbordend freundlich, aber sie gab sich Mühe. Dass Ella von Anfang an die Kamera mitlaufen ließ, störte sie nicht. Im Gegenteil. Ich hatte zwei Piccoloflaschen Sekt dabei, und die Scholz hatte Kaffee gekocht, Ella die Brötchen noch gegen Croissants ausgetauscht, und bald ließ ich die beiden alleine.

Am Abend würden wir gemeinsam essen, wir alle, Rafi, Ella, Fritz und ich, das hatten wir ewig nicht mehr gemacht. Ich freute mich und konnte es kaum erwarten.

Ella war hingerissen von meiner Nachbarin, sie schwärmte von ihr und war sichtlich beeindruckt. Ich war stolz auf Frau Scholz, meine Frau Scholz.

Beim Nachtisch, nach ein paar Zigaretten und Espresso, erzählte Ella, was es mit der Tunnelgeschichte vom Sohn auf sich hat.

»Ihr werdet es nicht glauben«, sagte sie, »der Sohn, also Willi, der hat vier Frauen rübergeholt. Was sagt ihr jetzt?« Sie sah uns triumphierend an.

»Fünf. Es waren fünf.« Es ist mir einfach rausgerutscht.

Ella fuhr herum. »Woher weißt du das? Ich hatte dich doch extra gebeten, die Story mit dem Sohn mir zu überlassen.«

»Ella, ich bitte dich, die Frau Scholz gehört dir doch nicht. Sie hat es mir halt gesagt. Ist doch nicht schlimm.«

»Das ist wieder mal so typisch für dich, Mama. Echt, so typisch.«

Fritz versuchte, den aufkommenden Streit abzuwenden: »Lass dich doch nicht ablenken, Rafi und ich wissen nämlich nichts davon.«

Ella verstand etwas von Dramaturgie, sie sah in die Runde, bis wir alle an ihren Lippen hingen, bevor sie sich entschied, Willis Geschichte weiterzuerzählen.

»Ich würde sagen: Der hat die Frauen knallhart auf den Strich geschickt, davon hat die Mutter Wind bekommen, und seitdem ist er für sie erledigt. Das ist genial für den Film, das könnt ihr euch nicht vorstellen. So Rafi«, sie lehnte sich zufrieden zurück, »und jetzt bist du dran. Seid ihr schon schwanger? Nein, warte, einen hab' ich noch: Dieser Willi ist in der Wohnung von der Scholz gestorben. Bei seinem ersten Besuch nach fünf Jahren Funkstille.«

»Siehste, das wusste ich nicht.«

Rafi blieb Fischkind, und niemand drängte ihn an diesem Abend. Ella hatte mehr als genug Gesprächsstoff geliefert, und keiner wollte die heile Familienatmosphäre stören, und so hörten wir weiter ihr zu.

Innerhalb der nächsten vierzehn Tage würde sie alles, was für die Interviewszene in ihrem Film wichtig sei, organisieren. Busen-Bärbel hätte Ella ihr Kommen für den Drehtag angekündigt, vielleicht könnte sie, wenn sie genauer sehe, um was es gehe, hier und da Werbung für sie machen, sie komme doch so viel rum. Sie hätte ihr auch das versprochene Geld geschickt, davon würde Ella einen Beleuchter, einen Tonmann und eine bessere Kamera mieten. Es bliebe sogar noch genug für den Schnittplatz übrig, den sie brauchen würde. Ob sie noch jemanden für die Maske holen solle? Das könne doch ich, Gesichter pudern sei ja sozusagen meine Passion. Abgemacht.

Ich platzte fast vor Stolz am Ende des Abends, ich war stolz auf Ella, auf Frau Scholz, auf Rafi, weil er wieder zu uns kam, und auf mich, weil ich alles so gut eingefädelt hatte. Nur für Fritz blieb nichts mehr übrig.

Warum hat Frau Scholz für mich so lange ein Geheimnis aus ihrem Sohn gemacht und Ella sofort, beim allerersten Treffen, alles erzählt? Meine Vorsicht hatte ich abgelegt, was ich von ihr wissen wollte, fragte ich. Im Rahmen der Möglichkeiten jedenfalls.

»Vermissen Sie Willi gar nicht?«

Sie kniff die Augen zusammen, als sie antwortete:

»Sie nun wieder! Er fehlt mir jeden Tag. Der kleine Willi. Meinen Mann vergesse ich an manchen Tagen, sind nicht viele, kommt aber durchaus vor. An meinen Sohn denke ich jeden Tag.«

So eine blöde Frage aber auch.

»Und wie haben Sie das mit der Stasi und so mitbekommen? Willi wird es Ihnen ja nicht einfach erzählt haben, oder?«

Frau Scholz rollte mit den Augen:

»Ich habe eins und eins zusammengezählt. Er war nicht der Einzige, der damals wegen Fluchthilfe im Osten gesessen hat. Darüber las man regelmäßig in der Zeitung. Nur so schnell wie Willi sind die anderen nicht rausgekommen. Die wurden nach frühestens einem Jahr vom Westen freigekauft. Aber einfach so freigelassen nach drei Monaten? Das stank zum Himmel.«

Ich nickte und fragte weiter:

»Und die Frauen? Was ist aus den Frauen geworden? Haben Sie noch Kontakt?«

»Geh' ich vielleicht in den Puff? Nein. Eine von denen, die kam im Schlepptau von Willi mal zum Kaffeetrinken mit. Wie die ausgesehen hat, da war mir gleich alles klar. Hat den Willi umschnurrt wie eine läufige Katze, das kann ich Ihnen sagen. Und mein feiner Herr Sohn trug ein Goldkettchen am Hals und eine neue Uhr. ›Wo hast du das denn her?‹, fragte ich ihn. ›Biste in 'nen Geldtopf gefallen?‹ Und die Kleine, ganz stolz: ›Das hat er von mir.‹ Also Frau Krone, ich frag' Sie einfach mal, obwohl Sie von wenig eine Ahnung haben, aber: Was hätten Sie da gedacht? Als Mutter?«

Sie wartete meine Antwort nicht ab. »Ich hab' nichts gesagt, wegen der jungen Frau, hat mir leid getan, das arme Ding. Aber beim nächsten Besuch von Willi hab' ich ihm die Leviten gelesen. Wie kann er die Frauen so ausnutzen, wer hat ihm beigebracht, sich so zu verhalten? Na, da wusste er keine Antwort. Die Mädchen würden ihn lieben, und er zwinge sie zu nichts, fiel ihm nach einer Weile ein. Liebe! Ob er es nötig habe, Frauen zu zwingen mit ihm … na, Sie wissen schon. Und ob es ihm nicht peinlich sei, sich von Frauen aushalten zu lassen. Sagt der: ›Mutter, du hast keine Ahnung, wie das heutzutage läuft. Das ist ein ganz sauberes Geschäft.‹ Außerdem hätten die Fräuleins Schulden bei ihm. ›Ich will keinen Zuhälter als Sohn‹, hab' ich geantwortet. Ja, und den hatte ich dann auch nicht mehr. Ende Gelände.«

Mir kam die Flucht-Stasi-Geschichte, je länger ich darüber nachdachte, immer unglaubwürdiger vor, aber das behielt ich für mich, Ella war schließlich alt genug, ich musste sie nicht beschützen. Jedenfalls nicht vor der Scholz. Misstrauisch aber blieb ich, ich konnte mir nur zu gut vorstellen, dass sie von einem Tag auf den anderen ihre Meinung ändern würde, keine Lust mehr hätte oder auch, ohne jede Begründung, ihre Einwilligung zurücknehmen könnte.

Für ihre Zurückhaltung mir gegenüber hatte Frau Scholz – ich fragte bei nächster Gelegenheit selbstverständlich nach – eine schlüssige Erklärung. Ich wäre nämlich einfach nur neugierig, sagte sie, Ella aber hätte ein berufliches Interesse, und das unterstütze sie. Sie hätte auch gerne einen Beruf gehabt, früher, sie wäre ins Büro gegangen oder hätte in einer Bibliothek gearbeitet, das stelle sie sich herrlich vor, jeden Tag die Tür hinter sich schließen können, die Wohnung zu verlassen, um eigenes Geld zu verdienen. Sie verstünde überhaupt nicht, warum ich so viel jammere, das müsse doch wunderbar sein, in so einem Geschäft zu arbeiten, aber ich sei einfach zu verwöhnt und zu anspruchsvoll, um zu schätzen, was ich da in der Hand halte. Reell sei das, was ich tue, sagte sie und ließ keinen Widerspruch zu.

Ich hätte ihr, so gesehen, auch nicht widersprechen wollen.

Ich traf Ella mehrmals im Treppenhaus, wenn sie zur Scholz wollte, und manchmal begleitete ich sie für ein paar Minuten in die Wohnung der Alten. Meistens aber wirkte sie so beseelt von ihren gemeinsamen Terminen, dass wir uns nur kurz umarmten und »Ich muss mal wieder« sagten.

Die beiden waren ein Herz und eine Seele, begrüßten sich mit Wangenküssen, die Scholz nannte Ella »Schätzchen« oder »Herzchen« und war wie verwandelt. Ella sagte »Edith« zu Frau Scholz. Nichts war von der Schrulle, die ich kannte, zu sehen, sie trug keine Kittel, wenn sie Ella erwartete, und hüpfte fast durch die Wohnung, wie ein Schmetterling umflirrte sie meine Tochter.

Ich wurde kaum noch beachtet und kam mir wie Aschenputtel vor, wenn ich die Ascheimer abholte. Aber ich durchschaute das

Spiel, das sie spielte. Sie wollte mir beweisen, dass ich auf meine Tochter eifersüchtig war, um mir, im richtigen Moment, ein »Sag ich doch!« unter die Nase zu reiben. Es funktionierte. Trotzdem gönnte ich beiden, dass sie sich so wunderbar und interessant und insgesamt ganz toll fanden.

Für mich war es wie ein kleiner Abschied, ein Vorgeschmack. Der Winter würde bald vorbei sein, und dann hätte ich auch keinen Grund mehr, sie zu besuchen. Ich wurde bei diesem Gedanken seltsam wehmütig. Das verging aber jedes Mal, sobald ich im stinkenden, dreckigen Keller stand. Nein, Wehmut war hier nicht angebracht. Hatte ich mir mit der Tonne Kohlen für Frau Scholz, die ich in den vergangenen Monaten hoch- und wieder runtergetragen hatte, nicht auch ein bisschen Freundschaft über den Winter hinaus erkauft?

Ich hatte vorgehabt, am Abend vor dem ersten Drehtag noch mal bei Frau Scholz vorbeizugehen, um zu sehen, ob sie nervös oder eher muffelig war, und vielleicht brauchte sie sogar einen Rat von mir?

Doch im Laden dauerte es an diesem Abend länger, und als ich nach Hause kam, saß Busen-Bärbel schon auf der Couch. Sie hatte Kokain dabei. Leider, denn wir waren alle drei zu willensschwach, es nicht zu nehmen, obwohl wir uns gegenseitig versicherten, wie dumm das sei, wo wir doch genau wüssten, wie schlecht es uns morgen gehen würde. Andererseits: »Wenn es nun schon mal da ist …«, »Und wir machen morgen ja auch nichts Wichtiges.«, »Das bisschen Abpudern schaffe ich im Schlaf und ansonsten sind wir nur zur moralischen Unterstützung anwesend.«, »Das können wir sowieso besser, wenn wir selber zu kaputt sind, um aufgeregt zu sein.«

Gegen diese guten Argumente waren wir machtlos, also taten

wir, was wir immer taten, wenn Bärbel da war: Erst aßen wir, dann tranken wir und nahmen Drogen. Wir stellten uns den morgigen Tag in allen Einzelheiten vor, Fritz und ich erzählten vom Eifel-Fiasko, Bärbel von ihren letzten Reisen. Wir genossen, dass man auf Kokain nicht lügt, und beichteten uns alle Wahrheiten, die nach wenigen Minuten nicht mehr hätten wiederholt werden können. Übrig blieb nur ein Gefühl von Wahrhaftigkeit, das durch die Wohnung flirrte.

Wir kamen uns ein bisschen blöd vor, während dieser ewig gleichen Wiederholung eines Rituals, das schon lange nicht mehr so schön war, wie wir es von früher in Erinnerung hatten. Aber es war immer noch schön genug, um alles zu zelebrieren: das Zurückhalten der Haare, damit es nicht die feinen Linien auf dem Tisch verwischte, das tiefe Einatmen und der darauffolgende bittere Geschmack, den man schmatzend genoss, das Malmen der Kiefermuskeln und das unentwegte Schlucken, die großen Augen und das Pling im Gehirn. Es fühlte sich an wie die letzte Nacht, in der wir tun würden, als ob wir viel jünger wären und als hätte in den vergangenen zwanzig Jahren unser Spaß an Drogen nicht erheblich abgenommen. Es war ein Abschiedstanz – noch einmal der schönen Musik hinterherhorchen, bevor wir sterben werden. Kokain macht ja so theatralisch.

Morgens um halb sieben wurden wir schweigsam und traurig, als ob es nicht nur die letzte durchgemachte Nacht gewesen wäre, sondern auch das Ende unserer Freundschaft.

»Wir müssen jetzt«, sagte Fritz mit einem Seufzer, und sofort sprangen wir auf, wischten die Asche, die Pulverreste und Rotweinflecken vom Tisch, ließen Badewasser ein, in dem wir nacheinander vergeblich versuchten, unsere zitternden Körper aufzuwärmen, dann lief Bärbel nach unten und kaufte Frühstück, Fritz und ich deckten den Tisch, heizten und lüfteten gründlich. Als ich vor dem Badezimmerspiegel stand, starrte mich ein bleiches, leeres Gesicht an, ich malte Augen drauf und Wangen, mit Make-up gab ich der Leere Kontur. Geht, dachte ich, für heute geht es.

Um neun klingelte Ella, lautes Stapfen im Treppenhaus, und dann standen ein großer Kameramann, ein schlanker Tonmann und Ella im Flur. Sie waren beladen mit Stativen, zwei Kameras, mit Akkus, Taschen, einem Ding für das Licht, einer Tonangel, Rucksäcken, dicken Jacken und aufgeregten, frischen Gesichtern. Kurz darauf klingelte es erneut, Überraschung – Rafi war da! Er wollte seine Schwester nicht allein lassen, er war doch auch ein toller kleiner Bruder, mein Fischsohn. Ich sah, wie Ella sich freute. Gutgelaunt dirigierte sie alle hier- und dorthin: »Geht in die Küche. Zieht die Schuhe aus. Setzt euch.«

Der Raum war viel zu klein für so viele Menschen, Fritz und ich fühlten uns dem Durcheinander nicht gewachsen, wir mussten von der Drogennacht immer noch ständig schlucken und die Kaumuskulatur bewegen. Rafi sah uns an, er schüttelte missbilligend den Kopf, sagte aber nichts.

Während die Neuangekommenen ausgiebig frühstückten, begnügten wir »Erwachsene« uns mit Zigaretten und Cola, Ella schaute ständig auf die Uhr.

»Ich hab' zehn Uhr mit Frau Scholz ausgemacht. Jetzt ist es dreiviertel zehn. Ich schlage vor, wir fangen mal an, uns zu konzentrieren. Mama, hast du dein Puder? Jan, pack schon mal den Scheinwerfer aus. Ich zieh' mich noch mal fünf Minuten zurück, um die Fragen durchzugehen.«

Sie verschwand mit ihrer Handtasche im Schlafzimmer, die anderen folgten ihren Anweisungen und packten ihre Arbeitsgeräte aus. Ich suchte Puder und Pinsel raus, legte Rouge und einen Kamm dazu und starrte dann in den Spiegel, bis Ella plötzlich neben mir stand. Mit ihrem frischen Minzatem drückte sie mir einen Kuss auf die Wange.

»Bist du fertig?«

Ich nickte und nahm sie in meine Arme:

»Ich drück' dir die Daumen, meine Kleine.«

Einen Moment legte sie ihren Kopf auf meine Schulter, ganz weich und entspannt war sie, dann straffte sie ihren Körper.

»Ich bin total aufgeregt, Mama, es kann noch so viel schiefgehen.«

»Alles wird gut.«

Fritz, Bärbel und Rafi blieben in der Wohnung, Fritz wollte Kartoffelsalat vorbereiten und machte sich zusätzlich daran, einen Topf Hühnersuppe zu kochen. Wie er das in seinem Zustand schaffen wollte, war mir ein Rätsel. Bärbel und Rafi fläzten sich vor den Fernseher, wir anderen holperten, Ella folgend, die Treppen runter.

Vor der Tür von Frau Scholz verharrte Ella kurz und atmete tief ein. »Los geht's.«

Sie drückte auf den Klingelknopf. Eigentlich unnötig, die Scholz hatte uns sicher längst gehört, wir waren laut genug. Ich wartete auf ihren schlurfenden Schritt, auf das Geräusch, das die Türkette machte, wenn sie aus der Verankerung gelöst wurde, aber nichts passierte.

»Klingel noch mal, sie hat uns nicht gehört.«

Wir warteten und lauschten mit gespitzten Ohren.

»Frau Scholz!« Sie hämmerte mit der Faust gegen das Holz: »Ich bin's, Ella, wir sind verabredet.«

Sie sah sich hilfesuchend nach mir um, ich zuckte mit den Achseln und versuchte nachzudenken. Das Restkokain störte, aber dann war mir alles sonnenklar: Also doch. Die Alte drückte sich, hatte keine Lust mehr. Aber nicht mit mir!

»Sie öffnen jetzt sofort die Tür auf und lassen sich interviewen.

Es ist mir egal, ob Sie wollen oder nicht, machen Sie diese verdammte Tür endlich auf! Ich weiß genau, dass Sie da sind. Ich hab vorhin Ihre Klospülung gehört.«

Die Tür der Nachbarn, die direkt neben der Scholz wohnten, öffnete sich, und ein alter Dauerwellenkopf guckte verschreckt aus dem schmalen Spalt. Dahinter stand das dazugehörige Kittelmännchen.

»Was ist hier für ein Krach?« Dann erkannte sie mich. »Ach Sie sind's, Frau Krone. Was ist denn los?«

»Frau Scholz macht nicht auf. Obwohl sie da ist. Meine Tochter ist mit ihr verabredet, und es ist wichtig.«

Große Kulleraugen schauten auf uns. »Na, aber Sie dürfen nicht so einen Lärm veranstalten. Da bekommt man doch einen Schreck.«

»Tut mir leid. Haben Sie vielleicht einen Schlüssel für die Wohnung?«

»Nein. Aber so geht's nun doch auch nicht, junge Frau. Kann doch nicht jeder tun, was er will«, empörte sich der Kittel im Hintergrund.

»Ja, ja, ist gut.«

Die Tür wurde geschlossen, keine Schritte entfernten sich, die beiden lauschten. Sollen sie doch, mir egal.

Ich rief nach oben nach der in unserer Wohnung verbliebenen Restfamilie, dann standen wir alle gemeinsam ratlos vor der Wohnung.

»Wenn sie partout nicht will, kann man nichts machen, oder?«, sagte der Tonmann, holte seinen Tabakbeutel raus und begann, sich eine zu drehen.

Bärbel strahlte Sicherheit aus, während sie Ella den Nacken massierte und beruhigend auf sie einredete:

»Vielleicht hat sie einfach Angst. Alte Menschen sind schnell ein bisschen paranoid. Es ist am besten, wir gehen jetzt alle wieder nach oben, und nur Ella und Nina bleiben hier. Die Scholz denkt, wir wären ein Rollkommando. Das wird schon, warte mal ab, in fünf Minuten sitzt du da drin und erklärst ihr in Ruhe, was die Jungs …,« sie schlenkerte den Kopf in Richtung von Ellas Helfern, »was die hier zu suchen haben, und dass das ganz liebe Kerle sind«.

Ella nickte dankbar, und alle folgten Bärbels auf hohen Hacken hin- und herschwingendem Hintern nach oben.

»Wir rauchen eine zusammen, und dann versuchen wir es noch mal, okay?«

An die Lauscher gewandt rief ich, dass alles in Ordnung sei, und sie jetzt wieder von der Tür verschwinden könnten, dann setzten wir uns auf die kalten Treppenstufen. Ich zündete für Ella eine Zigarette an und reichte sie rüber. Sie nahm einen tiefen Zug, in ihren Augen sah ich Panik.

»Ich hab' dir doch gesagt, dass die Scholz nicht so einfach ist. Die spinnt halt manchmal, aber dann beruhigt sie sich auch schnell wieder, weißt du? Das lässt sie sich auf keinen Fall entgehen, sie hat sich so auf den Film gefreut. Ganz stolz war sie. Komm, wir versuchen es jetzt noch mal.«

Wir standen auf, gingen ein halbes Stockwerk hinunter, warfen die Kippen dort aus dem Fenster und stiegen die Stufen wieder hoch. Diesmal klingelte ich, aber es drang immer noch kein Laut aus der Wohnung. Ich bückte mich und lugte durch den Briefschlitz in den Flur. Der sah aus wie immer, jetzt wusste ich auch nicht weiter, dann rief ich durch den Schlitz nach Frau Scholz.

»Vielleicht ist was passiert?«, flüsterte Ella.

»Was soll denn passiert sein? Nein, da ist nichts passiert.«

»Sie kann hingefallen sein oder sie ist …«

»Nein, Ella, sie ist nicht … Außerdem war sie gerade erst im Krankenhaus, die hätten sie nicht entlassen, wenn mit ihr irgendetwas Ernstes nicht gestimmt hätte.«

Natürlich schossen längst verschiedene Horrorvisionen durch meinen Kopf – wäre ich doch bloß gestern Abend noch zu ihr gegangen. Zuerst aber musste ich nur auf Ella aufpassen, denn die zitterte und ich glaubte nicht, dass das alleine durch die Kälte kam.

»Wir holen Fritz.«

Nach ein bisschen Kopfwackeln fasste der einen Entschluss.

»Uns bleibt nichts anderes übrig. Wir müssen versuchen, in die Wohnung zu kommen. Ich hole mal das Werkzeug.«

Die anderen kamen nach und nach auf den Treppenabsatz und beratschlagten, ob es in Ordnung sei, in die Wohnung einzubrechen. Der Tonmann meinte, wir sollten besser die Polizei rufen, das wurde von allen anderen mit Kopfschütteln quittiert. Immerhin hatten wir die Feuerwehr unter uns.

Fritz frickelte mit einer Kreditkarte von Bärbel in dem Spalt zwischen Tür und Rahmen herum. In Filmen funktioniert das doch immer. Die Karte zerbrach.

»Ist nicht schlimm«, sagte Bärbel, »vielleicht probieren wir es mit einem Dietrich?«

Ich holte einen Draht-Kleiderbügel, von dem wir mit einer Zange ein Stück abknipsten, dann versuchte Fritz, daraus einen Dietrich zu basteln.

»Wie muss der aussehen? So vielleicht?« Er hielt uns sein Werk entgegen.

Wir Ahnungslosen nickten, ja, das sah gut aus.

Er stocherte mit dem Draht im Schlüsselloch herum, manchmal war da ein Geräusch, als würde etwas einrasten, aber es klappte nicht, auch nicht beim vierzigsten Versuch.

Die nächste Idee: durch den Briefschlitz mit dem Draht an die Klinke kommen. Wenn die Scholz nicht abgeschlossen hatte, müsste das gehen. Ging aber nicht. Und auch der Versuch, das Schlossblatt abzuschrauben und dann mit einer Zange den Schnappbolzen zu greifen und umzudrehen, blieb erfolglos. Niemand von uns besaß Einbrecherwissen, das über »Hab'-ich-mal-im-Kino-gesehen« hinausging. Die Tür blieb zu. Über den Balkon einzusteigen, eine Idee des Lichtjungen, wurde von mir rundheraus verboten.

Sollten wir doch die Feuerwehr rufen? Vorher bliebe Gewalt, was anderes würden die auch nicht machen, sagte Rafi. Einer müsse sich mit der Schulter gegen die Tür werfen, das sei eine alte Holztür, die gäbe sofort nach.

Wir erkoren den engagierten Kameramann als den Stärksten von uns aus. Er legte seinen Rucksack beiseite und warf sich gegen die Tür.

»Doller, du musst es viel kräftiger versuchen. Na los! Eins, zwei, drei!«

Er schrie vor Schmerz, die Tür zeigte sich unbeeindruckt.

Rafi übernahm, sein Plan war es, eine der Holzkassetten zu zertreten, er fühlte nach der, die ihm am morschesten erschien. Durch den Lärm angelockt, kamen das Paar von nebenan und noch zwei alleinstehende Frauen aus dem ersten Stock dazu, so etwas Interessantes passierte schließlich selten, das wollte sich keiner entgehen lassen, und ich konnte mir schon vorstellen, wie die übrigen Nachbarn sich später ärgern würden, dass sie nicht zu Hause gewesen sind.

Bärbel beantwortete die immer gleichen Fragen, jeder hatte etwas beizutragen. »War die nicht im Krankenhaus?«, »Vielleicht was mit dem Herzen?«, »Nein, nein, wir haben sie doch noch in der Küche gehört, wann war das, so gegen achte, oder?« und »Mein Mann sagt ja immer …« und »Na, hoffentlich ist da nichts passiert«. Alle waren aufgedreht und froh, dass wir die Initiative ergriffen hatten.

Rafi vollführte eine Art lustigen Karateschritt, wir hörten, wie Holz zerbarst. Noch drei weitere Tritte, und das Loch in der Tür war groß genug, um mit der Hand hindurchzugreifen und die Klinke herunterzudrücken.

Wir standen vor der offenen Tür, ich roch den vertrauten Geruch, dann dachte ich daran, dass ich Ella beschützen wollte, und ging voran, obwohl ich nicht sehen mochte, was uns dort erwarten könnte.

»Frau Scholz, ich bin's, Frau Scholz. Ist irgendetwas passiert? Wo sind Sie? Ich komme jetzt rein.« Ich rief mir damit Mut zu, um die Ecke des Flurs in Richtung Küche zu sehen, und da saß sie.

In dem Sessel, in dem sie immer saß, auf den Haaren eine Bilka-Plastiktüte mit Gummiband festgezurrt, ein kleines schwarzes Rinnsal tropfte darunter hervor, lief über die Stirn und die Wange. Sie war stark geschminkt, hatte dunkelblauen Lidschatten um die Augen verteilt, ein knalliges Rouge aufgetragen und die alten Lippen pinkfarben angemalt. Sie sah fast aus wie ein alter Clown, aber wie ein sehr liebenswerter, einer, den man sofort ins Herz schloss und über den man nicht lachen mochte. Auch mit ihrer Garderobe hatte sie sich Mühe gegeben: ein Kleid, auf dem verschiedene große Blumen gedruckt waren, – war das ein Original aus den Siebzigern? – die hautfarbene Strumpfhose warf ein, zwei Falten und verschwand in den Hausschuhen, die ihr bis über die Knöchel reichten. Neben ihr auf dem Küchenboden standen schwarze Pumps.

Frau Scholz war tot, das war nicht zu übersehen.

Fritz stürmte trotzdem zu ihr, fühlte nach dem Puls, schaute in die Augen und suchte nach Atem. »Sie ist schon kalt«, sagte er dann.

Und ich dachte einen langen Moment überhaupt nichts. Als ich sie am Arm schüttelte, kippte ihr Körper leicht Richtung Tisch, der Kopf legte sich auf die Brust, die Hand rutschte ihr vom Oberschenkel, und ich hatte Angst, dass sie umfiel.

Als ich Ellas Aufschrei hinter mir hörte, drehte ich mich um.

Nach und nach trauten sich die anderen in die Küche, eine Weile standen wir alle um Frau Scholz herum und sagten nichts. Dann: »Kann doch nicht sein.«, »Mich wundert das nicht.«, »Ich hab sie vorhin doch noch husten hören.«, »Ja, ja, so geht es uns allen mal.«, »Wenigstens scheint sie nichts mehr mitbekommen zu haben.« und »So möchte ich auch sterben, einfach von einem Moment zum anderen.« Aber bald verstummten wir wieder, nur Ellas lautes Schluchzen erfüllte den Raum. Sie klammerte sich an Fritz, Rafi strich ihr beständig beruhigend über den Rücken.

Jemand fragte, was wir nun machen sollten: »Ruft man die Polizei, die Feuerwehr oder gleich ein Beerdigungsinstitut?«

Alle zuckten mit den Schultern. Mein Gott, ich hatte geglaubt, die Alten würden sich auskennen, aber nein.

»Muss man irgendjemanden informieren?«

Fritz schreckte hoch, »Ach, ja natürlich«, und wurde professionell. Solange unklar sei, ob jemand tot ist, sei die Feuerwehr zuständig, ansonsten könne man die Polizei rufen. Ein Notarzt müsse auch her, wegen des Totenscheins.

Bärbel ging zu Frau Scholz, kniete sich neben sie, nahm ein Taschentuch aus ihrer Jacke, spuckte darauf und wischte das immer noch langsam heruntertropfende Haarfärbemittel vorsichtig ab.

»Guck mal, Ella, sie hat sich extra die Haare gefärbt. Für dich.«

Ella heulte noch lauter auf.

Busen-Bärbel bat den Tonjungen, das Fenster zu öffnen: »Ihre Seele muss herausfliegen können«, sie wies eine der Nachbarinnen an, eine Kerze zu holen, und als die da war, stellte Bärbel sie auf den Tisch, zündete den Docht an und sagte, wir sollten uns alle an den Händen fassen. Sie nahm eine Hand der toten Frau und ich griff die andere.

»Ja, alle, auch Sie, alter Knabe, und dann denkt jeder von uns an Frau Scholz und wünscht ihr eine gute Reise.«

Da standen wir, eine Gruppe aus Nachbarn, Fremden und Familie, eine Gemeinschaft, die keine war, die nichts verband außer der Tod. Für einen Moment standen wir still und schauten auf Frau Scholz oder in den Himmel. Es fühlte sich richtig an, ganz und gar richtig, mit den blöden Nachbarn, den Kindern, Fritz und Bärbel hier zu stehen und zu weinen.

Der Kloß im Hals rutschte ein Stück höher und verwandelte sich in ein nervöses, nicht zu unterdrückendes Lachen – oder war es doch Weinen? Nicht zu unterscheiden –, in das Rafi einfiel. Ella schluchzte noch lauter, wir ließen uns los, ich streichelte über den kalten Handrücken von Frau Scholz.

»Ich ruf' jetzt die Polizei an«, sagte Fritz.

»Moment.« Das war Busen-Bärbel. »Sollen wir Sie wirklich so lassen? Mit einer Plastiktüte auf den Haaren? Sie hat sich solche Mühe gegeben, gut auszusehen, das wäre …, ich weiß auch nicht genau, irgendwie gemein, meint ihr nicht?«

Eine Nachbarin nickte. »Tot ist tot, da kommt es jetzt auch nicht auf eine halbe Stunde an.«

Die anderen widersprachen. »Mein Mann sagte immer, an Toten darf man nichts verändern.« Frau Michalsky aus dem ersten Stock.

»Ach, Ihr Mann, Ihr Mann, der ist tot. Möchten Sie so aussehen, wenn Sie tot sind?«

Als Fritz endlich die Polizei anrief, war ich einen Moment mit Frau Scholz alleine und zog ihr die Hausschuhe aus und die Pumps an.

Bärbel hatte den Filmjungs jeweils 30 Euro in die Hand gedrückt und sie nach Hause geschickt, Rafi hatte währenddessen Ella nach oben gebracht. Die Nachbarinnen hatten sich, neugierig geworden, in der Küche umgesehen, und einer der Männer war bereits auf dem Weg ins Wohnzimmer gewesen, bis Fritz sie aus der Tür geschoben hatte: »Nein, hier wird nicht geschnüffelt, Sie gehen jetzt am besten in Ihre Wohnungen und warten dort. Möglicherweise will die Polizei Sie später noch befragen.«

Ich setzte mich auf den Stuhl, auf dem ich immer gesessen hatte. Das Gesicht von Frau Scholz hatte sich verändert, sie sah immer toter aus, ihre Charakterzüge waren schon kaum noch zu erkennen, übrig blieb nur ein leerer Körper. Mir erschien das tröstlich – die Persönlichkeit verschwindet einfach.

Ich suchte mir ein Glas und goss einen Wodka hinein: »Prost, Frau Scholz. Auf Sie!«

Dann dachte ich an den toten Körper meiner Mutter, an diese besondere Atmosphäre, wenn jemand gestorben war, ähnlich wie nach einer Geburt ergriff einen das Gefühl, bei etwas ganz Großem dabei zu sein, nur war es hier das große Ende.

Banal und doch so, dass ich mich nicht entziehen konnte: Hier war überhaupt nichts banal.

Im Gesicht meiner Mutter war mir dieses Verschwinden, das ich bei Frau Scholz sah, nicht aufgefallen, sie war im Tod genauso unheimlich weit weg gewesen wie in ihren letzten Jahren, in ihrem Körper lebte keine Persönlichkeit mehr, die sich in einem eigenen Faltenwurf um den Mund oder die Augen Ausdruck verschafft hätte.

»Ach, Frau Scholz, mit uns beiden, das hätte doch noch was werden können. Wenn du nur nicht so kratzbürstig gewesen wärst.« Mein Ton war völlig unangemessen, viel zu burschikos.

Auf dem Tisch stand der Schuhkarton, aus dem sie vor ein paar Wochen das Foto von Willi gezogen hatte. Ich sah hinein: Ein Sammelsurium aus alten Fotografien und Briefen lag darin. Die Briefe wollte ich lesen, aber etwas hielt mich zurück, nein, das machte man nicht, warum auch?

Ich fand ein Hochzeitsfoto, mein lieber Scholli, das war die Scholz: Hübsch war sie, und den Mann, zu dem sie hochschaute, konnte man nur stattlich nennen. Sie wirkte glücklich auf dem Bild, und ich versuchte zu entscheiden, ob das Versprechen dieses Fotos eingelöst worden war. Dann wollte ich gerne etwas Großes denken, aber da war nichts.

Es klopfte vorsichtig an der Küchentür, ein Polizist und ein Notarzt kamen herein, sahen sich um – wahrscheinlich um eventuelle Indizien für einen nichtnatürlichen Tod zu finden. Ich musste den Raum verlassen, es durfte keine Zeugen der Leichenschau geben. Ich wollte sowieso nicht mehr hier sein und ging, nachdem meine Personalien aufgeschrieben worden waren, nach oben.

Fritz erklärte dort zwei Polizisten, warum Rafi die Tür eingetreten hatte, nannte sie dabei »Kollegen«, was zur Entspannung beitrug. Sie erkannten Fritz als einen der Ihren an, Feuerwehr und Polizei, auch, wenn Fritz mit der Arbeit, die angeblich Kollegen aus den dreien machte, überhaupt nichts zu tun hatte.

Bald kam auch der Arzt wieder zurück und besprach sich mit den Polizisten, vermutlich Herzstillstand, keine Anzeichen für Fremdeinwirkung, Todeszeitpunkt gegen acht Uhr, ein Routinefall, das Beerdigungsinstitut wurde schon informiert.

Ab jetzt war alles so, wie es jeder beschreibt, der schon mal einen Tod miterlebt hat: unwirklich. Man stand daneben und sah zu, die Gefühle, die man haben sollte, waren für eine Zeitlang wie weggeblasen. Und so stand und schaute ich, ohne etwas zu fühlen, bis Rafi neben mir auftauchte.

»Ist vielleicht besser, wenn du mal kommst. Ella dreht, glaube ich, gerade durch. Sie hört nicht mehr auf ...«

Die Kinder hatte ich vollkommen vergessen!

Ella lag auf dem Sofa, die Fernsehdecke von Fritz um sich herumgewickelt. Sie weinte, ihr fielen pausenlos Tränen aus den Augen, aber sie bebte nicht, kein Schniefen, kein tiefes Einatmen, stattdessen wiegte sie sich hin und her.

»Das geht jetzt seit über einer halben Stunde so. Sie sagt kein Wort.«

So viel Zeit war schon vergangen? Rafi legte sich neben seine Schwester, er kuschelte sich an sie, nahm ihre Hände in seine und steckte alle vier unter seinen Pulli, wärmte sie an seinem Bauch. Ich setzte mich dazu, strich Ella über die Haare, nahm ihr Gesicht in meine Hände und redete auf sie ein, unsinniges Zeug, wie ganz früher, als sie ein Baby war.

»Meine Kleine, komm mal her, alles wird gut, gleich kommt ein Vöglein, da sitzt es schon auf der Fensterbank und fliegt mit deinen Sorgen weg«, ich gab ihr viele kleine Küsse auf die nassen Wangen. »Ella, mein Schätzchen, guck mich mal an. Ich puste, dann tut es nicht mehr weh, mach mal Piep, meine süße Ellapella.«

Keine Reaktion.

Rafi sah mich an, zuckte mit den Schultern: »Sag' ich doch.«

Fritz stand plötzlich hinter mir, er fühlte Ellas Puls und legte seine Hand auf ihre Stirn, sah sie ernst an, dann drehte er sich um und kam mit dem Notarzt, der in der Küche noch Formulare ausgefüllt hatte, zurück.

»Sie gehen jetzt alle raus. Husch, husch.« Er stellte seine Tasche neben das Sofa, scheuchte uns wie Hühner mit einem Händewedeln aus dem Zimmer: »Türe zu, bitte.«

Zeit verging.

»Ich habe Ihrer Tochter eine Spritze gegeben, nichts Ernstes, nur was für den Kreislauf und zur Entspannung. Aber wir sind miteinander übereingekommen, dass es besser ist, wenn sie ein paar Sachen packt, und dann bringe ich sie in die Krise.«

»Was? Moment mal, was ist denn los?«

»Ich darf Ihnen nichts sagen, Schweigepflicht, aber Ella geht es nicht gut, sie muss mal nachdenken und zur Ruhe kommen. In einem geschützten Raum.«

»In was für eine Krise?«

»Krisenstation, Urban-Krankenhaus. Machen Sie sich keine Sorgen, das ist keine geschlossene Psychiatrie, Ella kommt freiwillig mit, und sie kann auch selbst entscheiden, wann es für sie Zeit ist, zu gehen.«

Was er sagte, klang vernünftig, und ich hatte genug Leute gesehen, die durchgedreht waren, zu viel Drogen oder Einsamkeit, zu wenig Liebe oder Schlaf, oder denen plötzlich Gestalten, Götter, Geheimdienste erschienen; Ella machte einen ähnlichen Eindruck, das musste ich zugeben.

Ich packte ihr einen von den Schlafanzügen, die sie hier noch hatte, ein, dazu zwei Unterhosen, Kuschelsocken, eine Zahnbürste, Gesichtscreme und Pfefferminzbonbons. Den Rest könnten wir ihr nachher oder morgen bringen, sie müsse sich sowieso erst einmal ausschlafen, sagte der Arzt.

Ich nahm sie in den Arm, als sie mit Jacke, Mütze und Tasche vor mir stand. Zäh wirkte sie nicht mehr, ganz weich und schlaff und dünn lehnte sich ihr Körper an meinen.

»Du tust genau das Richtige, meine Kleine. Mach dir keine Gedanken, so ein plötzlicher Tod hat schon ganz andere umgehauen.«

Sie nickte, drückte Rafi ihren Wohnungsschlüssel in die Hand, dann verschwand sie gemeinsam mit dem Notarzt.

Frau Scholz war immer noch tot.

Ich holte aus dem Schlafzimmer die Kerze, die ich zum Tod meines Vaters in einer trendigen Start-up-Kerzenmanufaktur ausgesucht hatte, um meiner Traurigkeit ein Objekt zu geben, das ich anstarren könnte. Es war ein dicker, vierzig Zentimeter hoher Stumpen, der mir würdevoll und dem Tod angemessen erschien. Ich hatte mir damals vorgestellt, ihn an den Geburts- und Todestagen meiner Eltern anzuzünden. Die Kerze war kaum heruntergebrannt, ich vergaß die Termine, dachte erst ein oder zwei Tage später an sie, und dann erschien es mir albern, so ein Gedenken im Nachhinein zu veranstalten. Nach den ersten Jahren zündete ich sie auch für tote Freunde an, wenn ich mal dran dachte.

Ich hörte, wie die Polizisten ein Brett vor die eingeschlagene Türkassette nagelten, dann Getrampel im Treppenhaus, etwas Metallisches stieß an das Geländer – das wird ihr Sarg sein, oder?

Ich wollte nicht aus dem Fenster gucken und das schwarze Auto sehen, das von den Beamten gerufen worden war, ich wollte den Geldschein nicht sehen, der wahrscheinlich von dem Beerdigungsinstitut bezahlt wurde, als Anerkennung, dass man sie und keinen Konkurrenten geholt hatte. Das war nicht mein Problem.

Ich hatte alle Fragen beantwortet, ich war fertig mit diesem merkwürdigen Tag.

Es kam: Stille. Im Haus und auch in mir.

Bärbel war weitergereist, Rafi zu Hause, und von Ella hörten wir – nichts. Alle Bekannten, die in »Einrichtungen« gewesen waren, hatten in der ersten Woche nicht telefonieren dürfen, hatten komplette Kontaktsperre gehabt. Fritz und ich erinnerten uns gegenseitig daran, wie es bei Ralf, Peter, Jana und all den anderen abgelaufen war. Ja, das war immer so. Uns blieb nur abzuwarten. Sie war in guten Händen, und selbst wenn nicht, konnten wir daran im Moment nichts ändern.

»Dass Ella aber nur wegen Frau Scholz so abdreht …«

»Na ja, es war ja nicht nur ihre erste Leiche, ihr Film hat sich damit ja auch erledigt.«

»Trotzdem komisch, oder?«

Es war viel früher passiert, als ich vermutet hatte. Immerhin: Ella konnte das, was ich mir nur wünschte – zusammenbrechen.

Ich ging nicht gerne aus der Wohnung, immer musste ich an der kaputten Tür vorbei. Sie wurde lange nicht repariert, was ich einerseits bedauerte, weil ich auf »Aus den Augen, aus dem Sinn« hoffte, andererseits dachte ich, es sei vielleicht doch ein gutes Zeichen: Unser Hausbesitzer war nicht aufgewacht, hätte ja auch sein können, eine freie Dreizimmerwohnung mitten in der angeblichen Toskana der Stadt, da winkt Geld, und dann könnte man auch gleich das ganze Haus … die Öfen raus, neue Fenster, Elektrik, die Bäder und die Böden …

Frau Scholz fehlte mir sehr.

Tage später erhielt ich einen Anruf aus dem Bezirksamt, Abteilung Soziales. Die Sachbearbeiterin hatte unsere Nummer auf einem Zettel, der der Akte von Frau Scholz beigelegt war, gefunden. Sie klang jung. Es war ihr offensichtlich unangenehm zu fragen, ob wir die Beerdigungskosten übernehmen. Da es keine Angehörigen gab, keine, die sich in den Wochen nach ihren Tod gemeldet hatten, war das Begräbnis zu einer behördlichen Angelegenheit, einem Vorgang geworden.

Nachdem ich ihr versichert hatte, dass auch wir keine Verwandten seien, die Alte eigentlich kaum kannten, sie aber gemocht hätten, entspannte sich die junge Stimme.

»Ich darf das im Prinzip nicht, aber ich stell' mir immer, wenn ich so eine Akte bearbeiten muss, vor, es wäre meine Oma, um die sich niemand kümmert, die ein anonymes Grab bekommt. Traurig ist das, ganz, ganz traurig.«

Sie bräuchte mich gar nicht moralisch unter Druck setzen, sagte ich, wir würden uns gerne darum kümmern, wenn es sonst niemand mache, nur hätten wir halt kein Geld. Dann fragte sie mich, ob wir zufällig eine Grabstelle besäßen, dann hätte sie eine Idee. Man könne nämlich, falls wir eine solche Stelle hätten, sozusagen aufstocken.

»Na ja, meine Eltern liegen auf dem Friedhof. Meinen Sie so etwas?«

»Genau. Wie lange sind denn Ihr Vater oder Ihre Mutter schon tot? Oder anders gefragt: In welchem Jahr war das letzte Begräbnis?«

»Mein Vater ist seit sieben Jahren tot, und meine Mutter starb vor knapp fünf Jahren.«

»Moment, ich rechne das mal schnell aus.«

Nach einem kurzen Schweigen sprach sie weiter: »Folgendes: Wenn in Deutschland jemand stirbt, beträgt die Liegezeit mindestens fünfundzwanzig Jahre, vorher darf die Grabstelle nicht entfernt werden. Totenruhe. Man kann diese Zeit immer wieder aufstocken, das haben Sie sicher gemacht, als ihre Mutter beerdigt wurde.«

Ich erinnerte mich an unverständliche Formulare, die ich damals unterschreiben musste.

»Wenn Sie ein Doppelgrab haben, dann könnten Sie da noch drei Urnen dazulegen lassen und müssten, anstatt jedes Mal wieder neue fünfundzwanzig Jahre zu bezahlen, nur die Differenz zwischen dem letzten und dem neuen Begräbnis übernehmen.«

»Ach.«

»Ja, das wären in Ihrem Fall, also mal angenommen, Sie wären einverstanden, Frau Scholz dazuzulegen, 567,89 Euro. Das würde das Amt übernehmen.«

Ich schwieg, weil ich nicht verstanden hatte, was sie mir sagte.

»Und die Verbrennung zahlen natürlich auch wir«, legte sie eilig nach. »Das ist jetzt nicht ganz nach Vorschrift, aber das würde ich durchboxen. Ihre Nachbarin wäre dann wenigstens nicht anonym begraben.«

Wir riefen jeden Tag in der Krisenstation an, doch mit Ella reden durften wir nicht. Was war eigentlich los? Die dreht doch nicht völlig durch, weil Frau Scholz tot ist. Es gehe ihr gut, sie lasse uns grüßen, wir sollten noch etwas Geduld haben, sie sei noch nicht so weit, wurden wir von den Pflegern am anderen Ende der Leitung vertröstet. Ich konnte es nicht mehr aushalten. Die Starre, in die ich nach dem Todestag, verfallen war, war längst einer nervösen Unruhe gewichen.

Dann endlich hörte ich ihre Stimme. Dünn und leise war sie, ich drückte auf die Lautsprechertaste, damit Fritz zuhören konnte.

»Ella, mein Schatz, ich bin so froh, dich zu hören. Wie geht es dir?«

»Na ja, es geht schon besser.«

Wir fragten nach dem Essen, ob sie gut behandelt werde, genug Kleidung habe, dann sagte sie: »Mama, ich hatte heute ein Gespräch mit dem Psychologen hier auf Station. Ich gehe nächste Woche in eine Kurzzeittherapie. Für mindestens drei Monate.«

»Aha. Okay, wenn das gut für dich ist.«

»Du willst nicht wissen, warum.« Keine Frage, eine Feststellung.

»Natürlich will ich das wissen. Ich wollte dir Zeit geben, es zu erzählen, und dich nicht unter Druck setzen. Erzählst du es mir?«

»Ich bin Alkoholikerin.«

Dann war die Leitung tot.

Ich hielt den Telefonhörer in die Luft. »Aufgelegt. Die hat einfach aufgelegt.« Pause.

»Ella ist Alkoholikerin«, wiederholte ich.

»Das ergibt Sinn.« Fritz, der blöde Schlauberger.

Ich blieb am Schreibtisch stehen, er setzte sich aufs Sofa und nickte mit dem Kopf. »Das ergibt sogar absolut Sinn.«

Die Wand hinter ihm, auf die ich starrte, veränderte ihre Farbe, wurde dunkler.

»Wenn du so genau weißt, was mit Ella passiert ist, dann hättest du mal früher was sagen sollen, oder?«

Ich ging ins Bad. Dort kniete ich vor dem Schrank, in dem wir die Putzsachen verwahrten, nahm mir eine Flasche Kalkreiniger und begann, damit das Waschbecken und die Badewanne einzusprühen. Ein Schwamm, Wasser, und dann schrubbte ich die Keramik.

Fritz stand neben mir »Was machst du da?«

»Ich putze, das siehst du doch wohl.«

Der Schwamm landete in seinem Gesicht, Fritz machte einen Schritt auf mich zu.

»Willst du dich prügeln?«, schrie ich ihn an.

Er kam noch einen Schritt näher, und dann waren seine Arme um mich herumgeschlungen. So standen wir und weinten um Ella.

Dann kamen endlich Worte. Wir hatten uns ins Bett gelegt, und tatsächlich bekam in der kommenden Stunde vieles einen Sinn. Warum hatten wir nichts gemerkt? Das konnten wir schnell beantworten, endlich hatten die vielen Sozialarbeiter, die uns jahrelang vollgequatscht hatten, mal einen praktischen Vorteil. Uns war nichts aufgefallen, weil Ella alles getan hatte, unauffällig zu sein, das gehörte zur Sucht. Aber das Gefühl von Schuld blieb. Ellas Ehrgeiz passte nicht in unsere Welt, wir hatten sie zwar unterstützt, aber sie war eigentlich die Einzige, die wirklich etwas leisten wollte, der Erfolg richtig wichtig war. Mir fielen meine ganzen dummen Bemerkungen ein, mit denen ich sie gepiesackt hatte. Wie einsam musste sie sich gefühlt haben. Ihre langen Badezimmeraufenthalte und ihre Sucht nach Pfefferminzatem hingen ganz bestimmt auch mit dem heimlichen Trinken zusammen.

»Ich weiß nicht, woher dieser Druck, unter dem sie immer steht, kommt. Vielleicht ist es einfach so, dass manche den in sich drin tragen, egal, was um sie herum ist, egal, wie sie aufgewachsen sind«

»Du willst, dass wir keine Verantwortung dafür tragen.«

»Ja, stimmt. Darf sie jetzt nie wieder Alkohol trinken? Echt nie wieder?«

»Ich weiß nicht, wie das heute gehandhabt wird, ob sich da was verändert hat. Aber wahrscheinlich nicht.«

»Arme Ella, dann müssen wir auch aufpassen, wenn wir sie sehen, irgendwie gehört Trinken doch ganz schön dazu bei uns.«

»Darüber denken wir nach, wenn es so weit ist.«

»Meinst du, Rafi wusste Bescheid?«

Nachdem in der Klinik im ersten Monat keine Kontakte zugelassen gewesen waren – die Patienten sollten sich alleine auf sich konzentrieren, für eine kurze Zeit ganz rausgehen aus allen sozialen Zusammenhängen –, konnten wir sie jetzt, in ihrem zweiten Monats des Aufenthalts besuchen.

Wir gingen mit ihr im Klinikpark spazieren, und zwischen alten, hohen Bäumen erzählte sie uns endlich, was mit ihr los war.

Sie versucht, nicht mehr zu trinken, nicht mehr so viel wie in den vergangenen fünf Jahren. Als das mit Frau Scholz passiert ist, da konnte sie einfach nicht mehr, da ist ihr alles zu viel geworden. Sie ist Alphatrinkerin, so heißt das jetzt, weil sie immer trinkt, wenn sie angespannt ist, und aus Angst vor Konflikten. Mit der Zeit hat sie ohne Alkohol überhaupt nicht mehr entspannen können. Die Therapeuten in der Klinik haben ihr gesagt, sie sei gerade noch rechtzeitig gekommen. Noch ist sie nicht abhängig, aber kurz davor. Sie muss andere Lösungen finden, eine Psychotherapie machen, um nicht mehr in den immer gleichen Kreislauf zurückzukehren. Sie lutscht auch keine Pfefferminzbonbons mehr, das war ja nur, damit niemand ihre Fahne riecht, sie hasst Pfefferminz. Schon von dem Geruch bekommt sie jetzt feuchte Hände, weil sie das mit dem Alkohol verbindet, und sie ist froh, dass alles rausgekommen ist.

Ich war … irgendwie erleichtert. Endlich passte alles zusammen. Ella würde das schaffen, da hatte ich wenig Zweifel, willensstark blieb sie ja. Im Geheimen dankte ich Frau Scholz, ohne sie wäre es vielleicht nicht so glimpflich abgelaufen.

Im Nachhinein gab es natürlich Anzeichen. Wahrscheinlich hätte ich es bemerken können, wäre ich misstrauischer oder aufmerksamer gewesen. Frau Scholz ruft dazu: »Hätte, hätte, Fahrradkette!«, meine Mutter schüttelt missbilligend den Kopf über so viel Dummheit: »Ich hab' es dir doch schon immer gesagt, Kind, du musst auf Ella achten. Nicht auf Rafi. Aber du hattest ja schon immer nur Jungs im Kopf.«

Ella hat gekündigt. Sie wisse noch nicht, was sie machen werde, wenn sie mit der Therapie fertig sei. Im Moment sei sie krankgeschrieben, und danach bekomme sie Arbeitslosengeld. Vielleicht mache sie auch mal eine Zeit lang überhaupt nichts, das habe ihr ihre Therapeutin empfohlen. Sie erkundigte sich nach der Beerdigung, und was jetzt aus der Wohnung von Frau Scholz werden würde.

»Um den Film ist es schon schade. Aber immerhin: Ich hab' ja die Aufnahmen aus den Vorgesprächen mit ihr, vielleicht kann ich später daraus eine Collage bauen. Edith war echt eine tolle Frau. Ist übrigens nicht so, dass ich hier drin nur noch nachdenke oder ständig heule. Ich will bloß gerne lernen, alles gelassener anzugehen.« Sie blieb stehen. »Nein, das stimmt eigentlich nicht. Ich will das nicht, aber ich muss! Irgendwie hat alles nicht so funktioniert, wie ich mir das vorgestellt habe, versteht ihr?«

Auf der Rückfahrt schaute ich viel aus dem Fenster und dachte nach. Von dem, was sich in den letzten Monaten in mir so unerträglich angefühlt hatte, war nur noch ein kleiner Rest übrig, und ich begriff, dass ich die ganze Zeit an der falschen Stelle gesucht hatte. Es ging gar nicht darum, dass mein Leben aus dem Ruder gelaufen war, oder um das Wunschbaby von Rafi, es war die ganze Zeit um Ella gegangen.

Der Winter war vorbei, ganz eindeutig vorbei. Tagsüber stand die Balkontür offen, die Kastanie im Hof trug schon dicke rote Kerzen, die bei genügend Sonnenschein in einer Woche aufblühen würden. Fritz hatte die dicken Wintermäntel, Handschuhe und Schals unterm Bett verstaut, ich freute mich über meine Sandalen, die im Flur auf den ersten Ausgang warteten. Amseln erinnerten sich, dass sie singen konnten, aus den Blumengeschäften wurden Narzissen, Tulpen und Tausendschön palettenweise in die Wohnungen getragen, und Frau Scholz wurde begraben.

Im Blumengeschäft, in dem wir einen Kranz kaufen wollten, stand sie plötzlich neben mir.

»Was soll ich denn mit Nelken?«, maunzte sie. »Bin ich etwa Kommunistin? Und was anderes als Rosen fällt Ihnen nicht ein? Ist das Grüne da etwa Schnittlauch? Na, sieht aber verdammt so aus. Jetzt nehmen Sie Gerbera – und da von dem blauen Schleierkraut auch was. Und seien Sie nicht so geizig.«

Ich hörte auch meine Mutter. Die hatte mir zu Chrysanthemen geraten, nur das seien angemessene Begräbnisblumen, sagte sie, aber diese einfache Frau, die habe einfach keine Ahnung. »Dann lass ihr eben ihren Willen«, zischelte sie, drehte sich weg und begann mit Frau Scholz einen Streit über die richtige Kleidung von Frauen über siebzig.

Ich war noch einmal in der Wohnung, gemeinsam mit einer Angestellten der Hausverwaltung. Zum ersten Mal betrat ich dabei die anderen Zimmer, im Wohnzimmer standen erstaunlich viele Bücher. In Regalen, in mehreren unordentlichen Stapeln auf dem Fußboden, auf dem Fensterbrett, dem Sofa und dem Fernseher, überall lagen Bücher, aufgeklappt manche, viele waren verstaubt.

Ob ich etwas davon haben wolle, fragte die dumme Kuh von der Verwaltung, man bringe das in jedem Falle alles auf den Sperrmüll – was das alleine koste! Ärgerlich sei das.

Ich hätte mich gerne durch die Bücher gewühlt, aussortiert, geordnet, verschenkt, verkauft, ein paar behalten, und auf diese Art versucht, Frau Scholz noch mal kennenzulernen. Auf den ersten Blick war es keine besondere Sammlung, hauptsächlich Belletristik. Aber ich lehnte ab, ich musste ablehnen. Hätten wir ein Haus, in dem ich alles unterbringen könnte, aber so. Nein, es ging nicht.

Ihr anderes Zimmer war vermüllt. Defekte Haushaltsgeräte lagen in Kartons, Holzbretter von einem alten Regal waren in einer Ecke übereinandergeworfen. Hatte sie damit heizen wollen? Blaue Müllsäcke voller Kleidung, Handtücher, Tischdecken, Vorhänge, Bettwäsche und Stoffservietten waren in und auf eine Schrankwand gestopft, Werkzeug lag hier und da rum. Ein entrüsteter Blick reichte ihr, dann schloss die Frau von der Hausverwaltung die Tür, als müsse sie persönlich alles raustragen. Mit einem kleinen Handwagen und ohne Handschuhe.

Ich behielt den Karton mit ihren Fotos und Briefen, sonst nichts.

Er liegt in einer Schublade, und vielleicht setze ich mich an ihrem ersten Todestag an meinen Schreibtisch, zünde die Kerze an und fange an, darin zu lesen.

Ich hatte Karl natürlich erzählt, was mit Frau Scholz passiert war, Ellas Zusammenbruch verschwieg ich. Ich konnte mir seine Kommentare über die skrupellose Filmbranche auch so vorstellen. Kurz nach dem Begräbnis, zu dem wir gemeinsam mit den Nachbarn gingen, nahm er mich gegen Mittag, als im Geschäft nichts zu tun war, beiseite.

»Ich habe ein bisschen was über deine Nachbarin herausgefunden. Das mit dem Tunnel hat mich natürlich interessiert, und vorgestern war ich im Stadtarchiv – da führt eine ganz interessante Spur zu meinem Großonkel väterlicherseits – also, da dachte ich, ich sehe mir konkret an, was das für eine Art Fluchttunnel war, ob es Konstruktionszeichnungen gibt, und dann sollte man auch im Stasi-Archiv mal anklopfen.«

Ich begann wegzuhören.

»Aber: Ich habe nichts gefunden. Nichts. Und das kann nur eines bedeuten: Es hat diesen Tunnel in der Wolgastraße niemals gegeben. Ich habe zur Sicherheit, bevor ich dir das sagen wollte, auch in verschiedenen Internetforen nachgeforscht, da treffen sich durchaus ernstzunehmende Fachleute und Historiker. Alle sind unisono der Meinung, dass es unmöglich ist, dass ein Tunnel gegraben wurde, von dem niemand etwas weiß. Das geht nicht. In der Nähe gab es einen, aber der kann es nicht gewesen sein, da sind alle Akteure bekannt, und es gibt sogar ein Buch darüber – das kann ich dir mal mitbringen, steht in der Bücherei, ich kaufe prinzipiell keine neuen Bücher, einfach schon wegen der Papierverschwendung, das ist doch Wahnsinn, und die Preise, ja, verstehst du, was ich meine? Die ganze Kohle stecken die Konzerne ein und sind nur auf Gewinn aus, nicht mehr auf Qualität, und mit meinem Geld kauft sich dann so ein Oberfuzzi noch einen Jacuzzi oder eine vierte Nobelkarosse, nein, nicht mit mir. Also: In Antiquariaten kaufe ich schon, aber egal, ich schweife ab. Fakt ist: Es gab diesen Tunnel von deiner Nachbarin nie. Da war nicht mal die Mauer, also jedenfalls nicht, wenn du mir die richtige Adresse genannt hast. Jetzt wollte ich von dir wissen: Du hast doch sicher das Geburtsdatum der Frau? Oder das vom Sohn, ich würde mir das alles gerne mal genauer ansehen. Was sagst du jetzt? Irre, oder?«

»Nein. Das ist mir eigentlich egal.«

Karl war fassungslos. Was sollte ich ihm denn sonst sagen? Dass Geschichte nichts mit Realität zu tun haben muss, um wahr zu sein? Ich machte mir nicht die Mühe. Außerdem war ich völlig geschockt, mir fiel auf die Schnelle überhaupt keine andere Entgegnung ein. Ich glaubte Karl sofort, kein Zweifel, die Scholz hatte alles nur erfunden. Mich angelogen, weil sie ganz genau verstanden hatte, dass jede Geschichte von ihr mindestens fünf Eimer Kohlen wert war. Und zusätzlich wollte sie Gesellschaft haben. Notfalls sogar meine. Ein gerissenes altes, einsames Luder. Ob sie nur den Tunnel erfunden hatte oder alles?

Es dauerte eine Weile, dann entschied ich, dass es für mich wirklich vollkommen unerheblich war, es machte keinen Unterschied. Und immerhin: Es war eine ziemlich gute Geschichte, das musste man ihr lassen.

»Ich finde übrigens, Ben hat sich in dem ganzen Trubel um Ella und Frau Scholz ganz schön zurückgehalten, oder?«

Rafi sah mich an. Er zog seinen Tabak zu sich heran und begann, sich eine Zigarette zu drehen. Beim Anlecken des Blättchens verdrehte er die Augen: »Mamse, geht das jetzt echt immer so weiter?«

Ich hoffe es.

VERBRECHER VERLAG

Sarah Schmidt

BAD DATES

Geschichten

Mit einem Vorwort von Horst Evers

176 Seiten
Broschur
12 € / 22 SFr

ISBN: 978-3-935843-95-9

»›Ey, ich heiß nicht mehr Elvis, ich heiß jetzt Pogo‹, sagte er.« Der Punk, der eben noch Rocker war, ist blamiert. Alle treten sie hier auf: der Jesus-Freak, die für Männer unsichtbare Frau, der Motorradfahrer aus der Vorstadt, die notorische Schorf-Abkratzerin, die Frau, die immer für eine Faschistin gehalten wird oder die blöde Thekenbekanntschaft. In den hier versammelten Storys geht es um die zweite große Liebe, schlechten Sex, um das merkwürdige Verhältnis zu Vögeln und draußen »ist Neukölln«. In »Bad Dates« zeigt sich bei vielen schnellen, hochkomischen Dates ein Panorama unseres Alltags. Wer bei diesen Geschichten nicht lacht, der hatte kein Leben.

»Bad Dates« kann aus schlechten Tagen wirklich gute machen.
Martina Bauer / ORF FM 4

Der schnoddrige, freche Erzählton und die, die an Pointen und Lachern reiche Sprache sind nicht die einzigen Vorzüge dieses Buchs. Es besticht auch durch den intelligenten, frischen und sehr humorvollen Blick auf alles, was Menschen so im Leben begegnen kann.
Olga Hochweis / Deutschlandradio Kultur

Verbrecher Verlag | Gneisenaustraße 2a | 10961 Berlin | info@verbrecherei.de
www.verbrecherei.de

VERBRECHER VERLAG

Sarah Schmidt

DANN MACHEN WIR'S UNS EBEN SELBER

Roman

176 Seiten
Broschur
13 € / 24 SFr

ISBN: 3-935843-41-0

Winter 1986/87. Zwei Kreuzbergerinnen, allein erziehende Mütter, jung, abenteuerlustig, wollen dem Kiez entfliehen – die Kinder kranken an Pseudo-Krupp, die Stadt stinkt nach Kohleöfen. Mit einigen Tricks und etwas Betrug schaffen sie es, sich ein paar Tage auf Mallorca zu finanzieren. Doch außerhalb der Saison ist die Insel sterbenslangweilig, die Kinder brauchen Aufmerksamkeit, die Mütter jedoch ebenso. Schließlich lernen sie einen Hotelgast kennen … Die Struktur eines klassischen Urlaubsromanes erlaubt es Sarah Schmidt nicht nur, den Alltag alleinerziehender Mütter minutiös zu beschreiben, sondern auch auf das Grauen zu verweisen, das hinter dem lauen Alltag und den kühnen Träumen lauert.

Die Autorin steht hundertprozentig hinter ihren beiden Hauptfiguren, und das trägt die Geschichte. Man lernt als Leser zwei Frauen kennen, mit denen man gerne befreundet wäre.
Katrin Schings / Berliner Zeitung

Sarah Schmidt schafft es, die beiden Frauen, ihre Macken, Sorgen und Wünsche wunderbar plastisch darzustellen, ohne zu langweilen und dabei gleichzeitig eine sehr authentische Kreuzberggesellschaft zu beschreiben […] Schlicht, aber im Detail hervorragend umgekrempelt.
Danke dafür, Frau Schmidt!
Sandra Sydow / de:bug

Verbrecher Verlag | Gneisenaustraße 2a | 10961 Berlin | info@verbrecherei.de
www.verbrecherei.de

VERBRECHER VERLAG

Tilo Prückner

WILLI MERKATZ WIRD VERLASSEN

Roman

304 Seiten
Leinen mit Lesebändchen
24 €

ISBN: 978-3-943167-40-5

Nach 39 Ehejahren wird der Mediziner Willi Merkatz von seiner Frau verlassen. Krise, Auszeit, Trennung? Willi Merkatz biegt sich sein neues Leben zurecht, deutet die Vergangenheit um und droht dann doch in Selbstmitleid zu versinken. Zugleich wird seine Berliner Altbauwohnung von dem neuen indischen Geliebten seiner Frau in eine Ayurveda-Praxis verwandelt und es muss entschieden werden, wer das mit Erinnerungen beladene Gemüsemesser bekommen soll. Er rast wie gehetzt über die Avus, sucht Trost in der klassischen Literatur und versucht angestrengt, sich neu zu verlieben.

»Willi Merkatz wird verlassen« ist ein satirischer Roman über einen älteren Mann im Kampf gegen den Verfall und seine Beziehungsabhängigkeit.

Vorsicht ist geboten, wenn Prominente Romane schreiben. Der Schauspieler Tilo Prückner ist eine große Ausnahme. Mit 73 Jahren hat er ein wunderbares Debüt veröffentlicht.
Christoph Schröder / ZEIT ONLINE

VERBRECHER VERLAG

Lisa Kränzler

EXPORT A

Roman

272 Seiten
Hardcover
21 €

ISBN: 978-3-943167-03-0

In Kanada, diesem für sie fremden Land, muss sich Lisa Kerz in das Highschool-Leben mit seinen neuen Regeln und Hierarchien einfügen. Und sie ist hin- und hergerissen zwischen den Extremen: auf der einen Seite das aufregende Neue, die Stoner, verlorene Jungs, die sie kennenlernt und mit denen sie schließlich in eine Wohngemeinschaft zieht – mit Punkrock, Drogen, Alkohol, Hunger und Zärtlichkeit. Auf der anderen Seite stehen die sonntäglichen Kirchenbesuche mit der Schwester, mit Predigten, die einer ausgeklügelten Choreografie folgen und angefüllt sind von Gottesliebe, aber auch von Warnungen vor dem Teufel und dem Bösen – und die unbedingte christliche Demut und Enthaltsamkeit verlangen. Lisa droht, zwischen der Angst vor der ewigen Verdammnis und ihrem wilden Leben zerrieben zu werden. In Rückblenden und mit feinsinniger Montagetechnik erzählt Lisa Kränzler in einer wunderbaren Sprache vor der Folie einer in Eis und Kälte erstarrten Landschaft von Einsamkeit und Erwachsenwerden, von Ekstase und Schuld. Ein packender Debütroman!

Lisa Kränzler, geboren 1983, ist bildende Künstlerin und lebt in Freiburg. Sie studierte Malerei an der Staatlichen Akademie der Bildenden Künste Karlsruhe und war 2010/11 Meisterschülerin bei Prof. Tatjana Doll. Ihr Debütroman »Export A« wurde für den Klaus-Michael Kühne-Preis 2012 und für den Rauriser Literaturpreis 2013 nominiert.

VERBRECHER VERLAG

Lisa Kränzler
NACHHINEIN
Roman

272 Seiten
Hardcover
22 €

ISBN: 978-3-943167-16-0

Der Roman »Nachhinein« erzählt von der Entwicklung zweier Mädchen und ihrer schwierigen Freundschaft. Zwischen beiden gibt es einen wesentlichen Unterschied: Die eine wächst gut behütet auf und wird geliebt, darf sogar rebellisch sein, die andere hingegen kommt aus schwierigen sozialen Verhältnissen, wird angegriffen und in ihrer Familie missbraucht. Bald verändert dies auch die Beziehung der Mädchen zueinander, die von kindlicher Liebe, bald auch von Eifersucht und erwachender Sexualität, von Machtspielen und Grausamkeit geprägt wird. Bis die Ereignisse außer Kontrolle geraten …

Lisa Kränzler gewann beim Ingeborg Bachmann-Wettbewerb 2012 den 3sat-Preis für einen Ausschnitt aus »Nachhinein«. Mit diesem Roman wurde sie zudem 2013 für den Preis der Leipziger Buchmesse nominiert und erhielt das Märkische Stipendium für Literatur 2014 und den Reinhold-Schneider-Förderpreis der Stadt Freiburg.

Sie erzählt so akribisch, als führe sie mit der Lupe einen Filmstreifen ab – und schafft dadurch Sätze zum Einrahmen. Dass die betörenden Sprachbilder mit einem oft grausamen Stoff kollidieren: ein Glücksgriff.
Kaspar Heinrich / KulturSPIEGEL

Lisa Kränzler hat mit »Nachhinein« einen Roman aus dem Epizentrum unserer Zeit geschrieben.
Volker Weidermann / Frankfurter Allgemeine Sonntagszeitung

Verbrecher Verlag | Gneisenaustraße 2a | 10961 Berlin | info@verbrecherei.de
www.verbrecherei.de